Birds, Bees and Babies'94

Published by Harlequin K.K., Tokyo, 2003

この恋は止まらない

松村和紀子 訳

ノーラ・ロバーツ
アン・メイジャー
ダラス・シュルツェ

Nora Roberts
Ann Major
Dallas Schulze

CONTENTS

すてきな同居人

ノーラ・ロバーツ

主要登場人物

ゾウイ・フレミング……………ウエイトレス。花屋店員。
キーナン・フレミング…………ゾウイの息子。
フィンクルマン夫妻……………ゾウイの隣人。
J・クーパー・マッキノン……新聞記者。愛称クープ。
ベン・ロビンス…………………クープの同僚。

作品に寄せて——ノーラ・ロバーツ

ママになりたい。私はかねてからそう願っていました。母の日にプレゼントをもらったり、ちやほやしてもらえるからというのではなく——それもあるかもしれませんが——もっとクールに考えていました。母親になるという考えがなぜそれほどすばらしく思えたのか、実のところ、わかりません。私は五人きょうだいの末っ子で、私の母はいつも忙しく働いていました。洗濯、アイロンかけ、料理。買い物に、学校に、歯医者さんにと走りまわっていました。とくに私たちの誰かが血を出したときには緊急治療室に駆け込むのが常でした。

私たちはずいぶんとやんちゃで腕白だったのです。

母をさんざんてこずらせていたにもかかわらず、私はお母さんになるのはすてきなことだと思っていました。どうやら、お母さんというのは、いろいろなルールを定め、プランを立て、指をぱちんと鳴らして子供を命令に従わせられると勘違いしていたようです。

私の二人の息子がそんな薔薇《ばら》色の未来図を見事ひっくり返してくれました。けれど、母親であることのすばらしさは変わりませんでしたし、これからもけして変わらないでしょう。私と血のつながった小さな人。私を頼り、無条件で私を愛してくれる人。この人間は完璧《かんぺき》ではありませんし、いつも聞き分けよく愛らしいわけでもなく、静かにしていることもめったにありません。ですが、これは私の子供で、この子と同じ人間はこの世に二人といないのです。

彼らは育ち、変化し、発達します。はなをふいてやり、靴の紐《ひも》を結んでやった小さな子が、あるとき男性になっている。それはショックです。過ぎていく年月はなぜかまったく準備になりません。私の上の息子の場合、その瞬間というのは、息子がしてはいけないことをしたので腹を立て、彼を捕まえようとキッチンの中を追いまわしていたときでした。彼を捕まえ、いつものようにきつく叱《しか》りつけようとして突然気づきました。私は息子を見上げていたのです。幸い、息子はそのことに気づかなかったので、母と子という力のバランスは保たれました。

　その選択は正しかったと今でも思っています。母親になってよかった。よい選択だったと。それは骨の折れる道ではあります。穴ぼこだらけで、いたるところに急カーブが待ち受けていますが、まったく興味の尽きないドライブです。ひょっとするともっと大変なことになっていたかもしれません。なぜなら私の母が、私が私とそっくりな子供を一ダースくらい持つといいのにとよく言っていたからなのですが――ですが、たぶん母は皮肉としてそう言ったのでしょう。ともかく、私は二人で止めておきました。それで正解でした。

ノーラ・ロバーツ

1

誰も玄関に出てこない。クープは手にしているメモを見て住所がまちがっていないかどうかたしかめた。合っている。チューダー様式の二階建てのこぎれいな建物といい、整然とした並木道といい、まさに彼の希望どおりだ。彼は再びノックした。大きく。

ドライブウェイには車が一台。年季の入ったステーションワゴンで、傷やらでこぼこがあり、まずは洗車する必要がある。誰もいないはずはないのにな。彼は顔をしかめながら二階の窓を見上げた。そこから音楽が、バックビートのきいたロックが大ボリュームで噴出している。彼はメモをしまい、両手をポケットに入れて周囲を眺めまわした。

きれいな家で、道路から適度に奥まっており、きちんと刈り込まれたベイラムの生け垣をめぐらしてある。花壇は、春の花がちらほら咲きはじめたところだが、彩り豊かで、整然としすぎずほどよく野趣を感じさせた。

さして園芸趣味があるわけではなかったが、この花壇の趣はなかなかのものだと彼は思った。

ドライブウェイの端に赤いぴかぴかの三輪車がある。彼は少し不安を感じた。実のところ子供は苦手だ。嫌いなのではないが不可解な存在だった。言葉も文化もちんぷんかんぷんな、遠い星から来たエイリアンのようだ。それに背が低くて、たいていべたべたしている。

だが広告には、静かな個室でボルティモアから便利な距離とうたってあった。彼が探しているのはまさにそれだった。

彼はまたノックしたが、頭上の窓でロックが轟《とどろ》いているばかりだった。ロックは気にならない。少なくとも理解できる。それに彼は閉ざされたドアの外でぐずぐず待っているタイプではなかったので、ノブをまわしてみた。

ノブがまわった。彼はドアを押して開け、中に入った。額に落ちてきた黒い髪をかきあげながら――いつもの癖なのだ――雑然としたリビングルームを眺めた。

ひどく散らかっている。三十二年間のほとんどを一人で暮らしてきた独身の彼はそのありさまに驚いた。ぼくは神経質でもないし潔癖症でもない。彼はよくじぶんにそう言ってみる。ただ単純な意見としてものにはそれぞれあるべき場所があり、そこに置けば探すときに簡単だ。しかし、彼が部屋を借りることになるかもしれないこの家の主の考えは明らかに違うらしい。

外に三輪車があったが、ここにも玩具《おもちゃ》がいろいろ転がっている。雑誌と新聞が山になっていた。ちっぽけな野球帽はオーズ――ボルティモア・オリオールズのだ。

少なくともその子の好みはいい。クープはそう判断をくだして先に進んだ。

小さな化粧室があった。紫と緑という驚きの配色だった。小さな書斎は間に合わせのオフィスになっていて、ファイル用のひきだしは開けっぱなしで書類が乱雑にはみだしていた。キッチンに行くと、シンクには洗っていない食器がほうってあり、冷蔵庫のドアには、子供が空想豊かに描いたけばけばしい色の絵が留めてあった。

呼び鈴にこたえて誰も出てこなかったのはかえってよかったのかもしれないと彼は思った。

玄関に戻って上ものぞいてみようか。せっかく中に入ったのだから道理としては全部を見ておくほうがいいだろう。だが彼はそうはせず、敷地全体を眺めようと外に出た。小さなテラスに続く木の段々が目に入った。専用の玄関つきと広告に書いてあったな。彼はそう思いながら段々をのぼった。

　ガラスのドアは開けっぱなしで、圧倒するようなボリュームで音楽が流れだしている。塗り立てのペンキの匂《にお》いがした。彼はこの匂いが好きだった。楽しくなる匂いだ。彼は中に入った。

　入ったところはリビングキッチンで、使い勝手がよさそうで十分なスペースがあった。調度品は新しくはないがぴかぴかしている。タイルの床は磨かれたばかりで、ペンキの匂いにまじって松のようなクリーナーの匂いがしていた。

　なかなかいいじゃないか。期待がふくらんできた。彼はあちこちをのぞきながら音楽が流れてくる方に足を進めた。バスルームはキッチンと同様に徹底的に清潔で、幸いにも、光沢のある白一色だった。シンクのそばに家の修理の本があり、水まわり関係のページが開いていた。懸念を抱いてクープは水道の蛇口をひねってみた。勢いよく澄んだ水が出た。彼は安心してうなずいた。

　小さな部屋はオフィスにぴったりで、廊下越しに庭がよく見える。広告にはベッドルームが二つとなっていた。

　音楽が導いてくれた。家の表側に面した広々とした部屋だ。彼のカリフォルニア風キングサイズ・ベッドを置くのに十分なスペースがある。さまざまな幅のオーク材を張り合わせたように見える床の状態は良好で、そこら中に雑巾《ぞうきん》が散らばっていた。いくつものペンキの缶、いくつものトレー、いくつもの刷毛《はけ》、予備のローラー。オーバーオールに裸足《はだし》で働いている人間が一人いてこの光景は完成だ。髪は帽子で隠れ、だぶだぶのデニムを着ていたが、一目見て女性だとわかった。

　彼女は背が高く、脚立にのっている脚はほっそりと長くて、ペンキのしみが模様のようにつき、ホットピンクのペディキュアが施されていた。音楽に合わせて歌っている。下手くそだ。

「ちょっといいですか」クープはドアの横の柱を叩《たた》いた。

彼女はペンキ塗りを続け、ヒップがリズミカルに動いた。天井の端を塗りはじめたところで、クープは雑巾をまたいで部屋を横切り、彼女の背中を軽くつついた。

彼女は悲鳴をあげ、びくんと飛びあがるとさっとふり返った。彼はすばやく身をかわしたが間に合わず、ペンキの刷毛で横面をひっぱたかれた。

彼は悪態をついて飛びのいたが、すぐまた前に出て、脚立から落ちそうになる彼女を捕まえた。ほっそりした体だった。悪くない感触だとクープはとっさに思った。白い三角形の顔の大部分をまつげの長い茶色の目が占めており、すいかずらの香りがした。

つぎの瞬間彼は鳩尾《みぞおち》に肘の一撃を食らい、うめいて後ろによろめいた。彼は詰まった息を取り戻そうとあがき、彼女は何かわめいていた。

「頭がどうかしているのか？」口がきけるようになると彼は言い、あわてて手をあげた。彼女がペンキの缶を持ちあげ、投げつけようとした。缶の縁からぼとぼとペンキがたれる。「おい、それをぼくに投げつけたらただじゃすまないぞ」

「なんですって？」彼女がわめいた。

「それを投げるなと言ったんだ。ぼくは広告を見て来たんだ」

「なんですって？」彼女は再びわめいた。彼女の目はまだ大きく見開かれ、パニック状態で、何をしでかすかわからない様子だった。

「広告だ」クープは鳩尾をさすりながらポータブルステレオに歩み寄り、スイッチを切った。「広告を見て来たんだ」急に静かになった部屋に彼の声が大きく響いた。

大きな茶色の目が怪しむように細められた。

「なんの広告？」

「アパートメント」彼は頬を拭《ぬぐ》い、手についた白い汚れを眺め、もう一度言った。「アパートメントの」

「まさか」彼女は彼から目を離さなかった。強そうな男だ。喧嘩《けんか》が好きそうながっしりとした広い肩をしている。スポーツマンタイプで体は引きしまり脚が長い。目は明るい、透きとおって見えるようなグリーン。親しみを感じさせるタイプではないし、色の褪《あ》せたボルティモア・オリオールズのTシャツに古いジーンズという格好で、どちらかといえば怪しげな人間に見えた。走って逃げ切れるかもしれないと彼女は思った。それに金切り声なら負けはしない。「広告が掲載されるのは明日からよ」

「明日？」彼は困惑し、ポケットに手をつっ込んでメモを取りだした。「住所はまちがっていない。この広告だ」

彼女は頑として譲らなかった。「広告は明日にならないと載らないはずよ。あなたはどうやって知ったのかしら。おかしいわね」

「ぼくは新聞社で働いている」彼は用心深く前に出てメモを差しだした。「ここしばらく住まいを探しているので、広告欄の担当の女性にめぼしいものを教えてほしいと頼んだんだ」彼はもう一度メモに目をやった。「二寝室のアパートメント。二階で専用の玄関つき。静かな環境で通勤に便利」

「そのとおりよ」だが、彼女は相変わらず眉をひそめている。

内部から手をまわしたのは倫理違反だったと気づき、彼は顔をしかめた。「彼女はちょっと熱心にやってくれすぎたみたいだ。野球のチケットを二枚プレゼントしたので、きっと気にかけて一足先に情報をまわしてくれたんだろう」

彼女が缶を握る手をゆるめたのを見てクープはなんとか微笑を浮かべた。

「玄関をノックして、それから裏にまわってきたんだ」その前に家の中を見てまわったことは黙っていたほうがよさそうだと、彼は思った。

「広告に住所は入れなかったわ」

「ぼくは新聞社で働いている」

クープは再び言い、彼女をよく眺めた。どことなく見覚えがある顔だった。すてきな顔だ。きりりと斜めに走る頬骨、涼しい目元、女性のフェイスクリームのコマーシャルが常に熱っぽく讃《たた》える磁器のようになめらかな白い肌。口は大きく、下唇は豊かで肉感的だ。ただし、今その顔には相変わらず不興の色が浮かんでいる。

「会社は広告主の住所を記録しているから」彼は続けた。「二時間ほど時間ができたんでちょっと見に来たんだ。そのほうがよければ明日また出直すが、せっかく今ここにいるので」彼は肩をすくめた。「記者証を見せようか」

彼がパスを取りだして差しだすと、彼女は目を細めてじっと眺めた。

「スポーツ担当のJ・クーパー・マッキノン。コラムを書いている。『ゲームのこぼれ話』というのを」

「そう」彼女にとってその言葉はなんの意味もなかった。スポーツのページは読まない。けれど微笑が彼女の気持ちを懐柔した。ほほ笑むと彼はそう悪い人には見えなかった。それに日焼けした肉の細い顔にペンキがくっついている様が滑稽《こっけい》に思えた。「まあいいでしょう。アパートメントを見せるのは二日くらいしてからと思っていたのだけれど。まだ準備ができていないの」彼女はペンキの缶をちょっと持ちあげてまた床に置いた。「塗り替え中なので」

「見てそう思った」

彼女は笑った。豊かで大きな笑い声は、生来のハスキーな話し声と調和していた。「そうでしょうね。私はゾウイ・フレミング」彼女はかがんで布切れをペンキ剝離《はくり》剤にひたし、クープに渡した。

「どうも」彼は布切れで頬をこすった。「広告では即入居可となっていたが」

「ええ。今日中にペンキ塗りを終えるつもりで、広告は明日から掲載されることになっていたから。近くにお住まいなの？」

「ダウンタウンに。今よりもう少し広いスペースがほしいし、もう少し雰囲気がいいところを探しているんだ」

「ここはかなり広いわ。改築して八年くらいかしら。かつての持ち主が息子のために手を入れたの。その人が亡くなったあと、息子はここを売ってカリフォルニアに引っ越したわ。彼はコメディーのシナリオを書きたがっていたのよ」

クープは窓辺に歩いていき眺めをチェックした。動きがなめらかだ。敏捷《びんしょう》な身のこなしが板についている人らしいとゾウイは思った。さっき脚立から落ちそうになったときに受けとめてくれた体はしなやかで強かった。両手もがっしりしていた。それに動きが早かった。彼女は唇をすぼめた。近くに男性がいるのはいろいろと便利かもしれない。

「あなたはお一人？」彼に家族がいたら――キーナンの遊び相手になる子供がいたら言うことはないのだけれどとゾウイは期待した。

「一人だ」願ってもないところだと彼は思った。箱の集合である建物の、たくさんの箱の中の一つから出てときどき草の匂いを嗅《か》ぐのはいい。バーベキューの煙も。「週末には移ってこられるが」

こんなに簡単にいくとは予想していなかったので、どんなものだろうとゾウイは唇を噛《か》みながら考えた。家主になるのははじめてだが、テナントでいた経験はあるので要点はわかっていた。「家賃二カ月分を前払いでいただくけれど」

「いいよ」

「それから、ええと――身元の照会先が」

「今いる建物を管理している会社の電話番号を教えよう。新聞社の人事課に電話で確認してもらってもいいし。サインが必要な書類があるのかな?」

なかった。図書館から借りた本で調べてはある。明日の朝それを参考に賃貸契約書の書式をタイプしておくつもりだった。「明日なら用意できるわ。ほかの部屋をごらんになってはいかが? ご質問があればなんなりと」この数日、彼女は大家らしい台詞《せりふ》を練習していた。

「もう見た。文句ない」

「そう」彼女はちょっと気をそがれた。「広告は取り消せるでしょうね」

象の群れが突進してくるような地響きがした。ゾウイは開いている戸口に目をやり、身をかがめて飛んできたミサイルを受けとめた。

彼女が子供を抱きあげたときに男の子だとクープにはわかった。ふさふさとした金髪、赤いスニーカー、ジーンズ。ジーンズにはなんだかわからないが触ったらくっつきそうな汚れがついていた。子供は宇宙戦争らしい絵柄のプラスチックのランチボックスと、縁が汚くなっている画用紙を持っている。

「海の絵を描《か》いたんだよ」子供は告げた。「たくさんの人間が鮫《さめ》に食べられちゃうとこ」

「ぞっとするわ」ゾウイはさも怖そうに身震いし、べちょっとしたキスを受けとめた。子供をおろして絵を眺め、絵の具のしみのどれが人間でどれが鮫なのか判別するのに苦労しながら、感心した口ぶりで言った。「すごく大きな鮫ね」

「モンスターの鮫なんだ。突然変異した鮫の怪物。歯があるんだよ」

「なるほどね。キーナン、こちらはミスター・マッキノン。こんどここに住む方よ」

キーナンはゾウイの脚に片腕でしがみつきながら知らないおとなを見た。クープの顔を見上げた目が途中でTシャツをとらえ、きらっと輝いた。「それ野球だね。ぼく教わってるとこなんだ。ママが本で教えてくれるんだよ」

本で。クープは思わずふんと鼻を鳴らしそうになった。人類が発明したもっともすばらしいスポーツを本なんかで学べるものか。この子の父親はどんな間抜けなんだ？

「それはすごい」クープはそれ以上言うつもりはなかった。十六歳以下の人間とはややこしい話をしないのが身のためだ。彼は日ごろからそう思っている。

キーナンはそう考えてはいなかった。「ここに住むなら家賃を払ってくださいね。そしたらうちはローンとかいろいろ払えるし、ディズニー・ワールドに行けるんだ」

この子はなんなんだ？　会計士か？

ゾウイは笑って男の子の髪をくしゃくしゃにした。「オーケー、ご苦労さま。その先は私がやるわ。行って荷物を置いていらっしゃい」

「今夜はベスが来て遊んでくれるの？」

「ええ、ベスが来てくれるわよ。さあ、走って。私もすぐに行くわ」

「オーケー」キーナンはドアに向かって走りだしたが、母親に呼ばれて立ち止まり、ぴくんとあがった眉を見てすぐわかったらしかった。彼はクープを見てにっこりした。「さよなら、おじさん」

再び象の群れが走っていくように床が鳴り、それからドアがばたんと乱暴に閉まった。

「なかなかの登場ぶりでしょう」ゾウイはクープをふり返って言った。「演劇的素質は私の母譲り。母は女優でオフ・オフ・ブロードウェイに出ているの」彼女は頭をかしげ、裸足の片足を脚立の一番下の段にのせた。「気が変わりかけているみたいな様子ね。子供がいるとまずいことでも?」

「いや」子供は彼を煙たがるかもしれないが、それは別にまずくはない。あの子が邪魔をしに来ることはないだろう。もしそうしたらすぐに追い払えばいいだけのことだ。「彼は――かわいい子だ」

「ええ。あの子は天使だとは言いませんが、厄介の種になることはないはずよ。ご迷惑をかけるようなことがあったら言ってちょうだい」

「そうします。それじゃ明日。書類にサインして小切手で支払うよ。そのときにキーをもらえるとありがたいが」

「ええ」

「君の都合のいい時間は?」

彼女はちょっと宙を見つめた。「明日は何曜日だったかしら?」

「金曜だ」

「金曜日」彼女は目をつむって頭の中の乱雑な日程表をめくった。「十時から二時までは仕事。だと思うけれど」彼女は目を開けると微笑した。「ええ、そのはず。二時半以降ならいつでも。それでいいかが?」

「けっこう。じゃ、これで、ミセス・フレミング」

ゾウイは彼が差しだした手を握った。そして屈託なく言った。「ミスよ。結婚してないわ。それに、これからいわばいっしょに暮らすことになるのだから、ゾウイと呼んでちょうだい」

2

誰も玄関に出てこない。またしても。クープは腕時計を見た。三時十五分前。じぶんが時間にうるさい人間だとは思いたくなかったが、原稿の締め切り時間に追われて暮らしている身としては、時間は守るべきものだった。今日はドライブウェイに錆《さび》の出たステーションワゴンがなかったが、彼は万一を期待して家の裏にまわった。アパートメントに通じる階段をのぼろうとしたとき、金網フェンスの向こうから声がかかった。

「あなた！　ねえ、ちょっと！」

隣家の庭を花柄のムームーが横切ってくる。むっちりした顔の上にオレンジ色に染めたちりちりの髪がこんもりとのっかっている。色の塊が転がるようにその女性はフェンスの方へ駆けてきた。嘘《うそ》っぽいのは髪だけではなかった。顔も虹《にじ》のようだった。真っ赤な口紅にピンクのチーク、ラベンダー色のアイシャドー。

フェンスにたどり着くと、彼女は張りだした胸に両手を当てた。「昔みたいに若くはないから」彼女は言った。「ミセス・フィンクルマンよ」

「こんにちは」

「あなたが二階に越してくる人ね」ミセス・フィンクルマンは縮れた髪にあだっぽく手をやった。「こんなにハンサムな人だなんてゾウイはひとことも言ってくれなかったわ。独身なの？」

「ええまあ」クープは用心深く答えた。「今日来る約束をしていたんですが、ミス・フレミングは留守らしくて」

「ゾウイらしいわ。彼女はあっちこっち飛びまわっているから」ミセス・フィンクルマンはにっこりし、ひとしきり噂話《うわさばなし》の花を咲かせようとでもするように、のんびりとフェンスにもたれた。「いろいろと大変なのよ、彼女は。一人であの坊やを育てなきゃならないし。うちの子たちが小さかったときにハリーがいなかったら私はいったいどうなっていたかしら」

つまるところ、クープは新聞記者だった。これから家主となる女性についての好奇心も手伝い、彼はインタビューの態勢に入った。「あの子の父親は何も援助しないんですか？」

ミセス・フィンクルマンは鼻を鳴らした。「影も見かけたことないわね。聞いた話では、その男はゾウイが妊娠したのを知ったとたんに逃げだしたんですって。見捨てたのよ。彼女もまだ子供同然だったのに。私の知るかぎりじゃ、彼は坊やに会いに来たこともないわ。ちっちゃなスイートハート」

クープは彼女がキーナンのことを言っているのだろうと思った。「いい子ですね。五歳か六歳？」

「まだ四つよ。とっても賢い子。最近の子供はおませね。いろんなことをどんどん教えるから。坊やは幼稚園に行っているの。そろそろ帰ってくるころだわ」

「じゃ、お母さんは迎えに行っているのかな？」

「違うわ。彼女の番じゃないもの。今週の送り迎えはアリス・ミラーの番よ。この先の白にブルーの縁取りのある家の。アリスには男の子と女の子がいるの。かわいい子たちよ。下のステフィはキーナンと同い年なの。上の子のブラッドはそりゃいたずらっ子でね」

近所のやんちゃな子の話がはじまりかけたのを潮時にクープはインタビューを打ち切ることにした。

「ミス・フレミングにぼくが来たことを伝えてもらえますか？　ぼくの連絡先の電話番号を――」

「あら、いやだ」ミセス・フィンクルマンは手をふった。「私ったら余計なおしゃべりばかりして。そもそもここに来た理由を忘れるところだったわ。ゾウイから電話があって、あなたが来るのを見張っていてと頼まれていたのに。彼女は花屋から出られないの。彼女は週に三日働いているの。エリコット・シティにある〈フローラル・ブーケ〉で。すてきなお店だけれど、お値段がね。デイジー一鉢で目の玉が飛びでるくらいするのよ」

「彼女は出られない」クープは言った。

「交替の人の車が故障して、それでゾウイは帰りが遅くなってしまうんですって。そこのキッチンから中に入ってもらうようにと言っていたわ。書類と鍵《かぎ》が置いてあるそうよ」

「よかった。ありがとう」

「どういたしまして。お隣どうしの助け合いよ。手を貸し合わないとね。そういえばゾウイから聞いていなかったけれど、どんなお仕事をなさってるの？」

「デスパッチ紙でスポーツ記事を書いています」

「嘘！　うちのハリーはスポーツが大好きなのよ。試合の中継をしているときは、てこでもテレビの前から動かないわ」

「だからこの国はすばらしい」

ミセス・フィンクルマンは大きな声で笑い、クープの腕をばしっと叩《たた》いた。か弱い男だったら倒れたかもしれない。

「男の人って皆同じね。ハリーとスポーツの話をしにうちにいらっしゃいな。いつでもいいわ。私だって、野球の話ならまかせて」

クープは歩きだそうとしていたのだが、顔を輝かせた。「野球が好きなんですか？」

「当たり前。私は生え抜きのボルティモアっ子よ」だから当然だと言うかのようだった。「オリオールズは今年はとことんやってくれるわよ。この私が言うのだからまちがいなし」

「やってくれそうですね。がんがん打っていけば。今年の投手陣は最高だし、内野もがっちりしている。あと必要なのは——」

にぎやかならっぱの音がクープをさえぎった。ふり返るとキーナンが赤いセダンから降りてきた。ロケットのように庭を横切って走ってくる。

「こんにちは、おじさん。ただいま、フィンクルマンのおばさん。カーリー・マイヤーズが転んだんだよ。それで、いっぱい血が出たの」大きな茶色の目がいたずらっぽい笑いできらめいた。「いっぱい、ものすごくいっぱい。そして彼女はとっても大きな声で泣いたんだ」

キーナンがまねをして喉が張り裂けるような声をあげたので、クープは耳が痛くなった。

「だから彼女はバンドエイドを巻いてもらったの。星がたくさんついているやつなんだ」キーナンはそんなかっこいいご褒美をもらえるなら少しくらい血を出してもいいと思っているみたいだった。「ママはどこ？」

「かわいい子」ミセス・フィンクルマンはフェンスから腕をのばし、キーナンのほっぺたをちょっとつまんだ。「ママは仕事で少し遅くなるの。帰ってくるまでおばさんのところにいなさいって」

「オーケー」キーナンはお隣に行くのが好きだった。お隣にはいつもクッキーがあるし、フィンクルマンおばさんが膝にのせてくれる。とてもやわらかくて気持ちがいい。「ぼく、お弁当箱を置いてくる」

「いい子ね」ミセス・フィンクルマンはやさしく言った。「この人を家に連れていってあげたらどうかしら。そうすればお母さんが帰ってくるまで中で待ってもらえるでしょう」

「オーケー」

クープはやんわり断ろうとしたが、その前にキーナンが手にしがみついてきた。思っていたとおりだ。彼は顔をしかめた。子供の手はべたべたしている。

「クッキーがあるよ」うまくいけばおやつを二度もらえるかもしれない。キーナンは頭を働かせながら言った。

「それはいい」

「うちで作ったの。ママとぼくとで。お休みの日の夜に」キーナンは期待をこめてクープを見上げた。

「すごくおいしいんだよ」

「そうだろうな」クープは裏口のドアが叩きつけられる前に手で押さえた。

「あそこ」キーナンはカウンターにのっている大きな黄色い鳥の形の壷《つぼ》を指差した。「ビッグバードの中に入ってる」

「わかった、わかった」子供の胃袋の求めに応じるのがいちばんだろう。クープは手をのばし、一つかみクッキーを取りだした。それをテーブルの上に置くと、キーナンは目を皿のようにした。こんなにいいことが起こるなんて信じられなかった。

「おじさんも一つ食べたら」キーナンはチョコレートチップがたっぷり入ったクッキーを丸ごと口に押し込み、にやっとした。

「うん、いける」クープは肩をすくめ、一つつまんで一口かじると結論をくだした。この子はクッキー通だ。「君はお隣に行ったほうがいいんじゃないかな」

キーナンはクッキーをもう一つ口に入れ、時間を稼いだ。「魔法瓶を洗わなくちゃ。どうしてかっていうと、そうしないと臭くなっちゃうんだ」

「なるほど」

クープは腰をおろし、テーブルに向かって賃貸契約書に目を通した。そうしているあいだに子供はスツールをシンクの前にひきずっていった。

キーナンは食器用洗剤を魔法瓶の中にたらした。クープがこっちを見ていないのがわかるともっとたらした。ぼとぼと。さらにぼとぼと。それから蛇口をいっぱいに開き、洗剤がぶくぶく泡だってふくれあがってくるとくすくす笑った。したり顔でシンクの栓をはめると、キーナンは食器洗い機遊びをはじめた。

クープは子供のことを忘れていた。すばやく書類を読み、標準的な契約内容だと思った。二枚の書類にはすでにゾウイのサインがあった。彼はその横にじぶんのサインをして一枚をたたみ、テーブルの上に小切手を置いた。鍵を取りあげ、腰をあげてたたんだ契約書をポケットに入れながらキーナンの方を見た。

「ああ！」

子供は頭から足までびしょ濡《ぬ》れだった。顔も髪の毛も洗剤の泡まみれだ。スツールの下のタイルに大きな水たまりが広がりつつある。

「何をしてるんだ？」

キーナンは無邪気な笑顔でふり返った。「なんにもしてない」

「そこら中水びたしじゃないか」クープは目でタオルを探した。

「うん、そこら中」キーナンはそう言いながら、おかまいなしに両手をシンクの中でばしゃばしゃさせた。水とあぶくが大きくはねて飛び散る。

「ストップ！　やめろ！　君は別のところへ行っているはずじゃなかったのか？」彼は布巾《ふきん》をつかんで飛んでいったが、またしてもあがった大しぶきをばしゃっと顔に浴びた。彼は子供をにらんだ。「こら、おまえ――」

玄関のドアがばたんと乱暴に閉まる音がした。あの母親にしてこの子ありだな。クープは思った。

「キーナン」ゾウイが大きな声で言った。「あのクッキーを食べたりしていないでしょうね」

クープはテーブルの上のクッキーの屑《くず》を見た。床に落ちているし、あぶくの水たまりにも浮かんでいる。

「うーん、困ったな」

「うーん、困った」キーナンが鸚鵡《おうむ》返しに言い、クープを見てにこっとした。笑い声をたててスツールの上で飛び跳ねる。「おかえりなさい、ママ」

昨日の売れ残りのアイリスを腕いっぱいに抱えたゾウイは一目で状況をのみ込んだ。息子は水に落ちた犬のようにずぶ濡れで、キッチンは小型のハリケーンが通過したあとのようなありさまだった。ハリケーン・キーナンね。新しい入居者も濡れて、おたおたし、小さくなっているところがかわいかった。

クッキーの壷に手をつっ込んだところを見つかった男の子みたいだと思ったとたんに、動かぬ証《あかし》のクッキーのかけらがゾウイの目に入った。

「また食器洗い機遊びをしていたのね？」

彼女は花束を置きながら少しも動じずに言った。クープはかえって困惑した。

「とても熱心だけど、それが正しい職業選択だとは思えないわね、キーナン」

キーナンは濡れた、長いまつげを瞬いた。「彼がクッキーをほしがったんだよ」

クープは弁解が口から出かかったが、男の子をにらむにとどめておいた。

「そうなんでしょうね。さあ、洗濯室に行ってその濡れた服を脱ぎなさい」

「オーケー」彼はもう一度水をばしゃんと跳ね返してスツールから飛びおりた。走っていきながら母親にすばやく湿ったキスをし、隣の部屋に消えた。

「遅れてごめんなさい」ゾウイはこともなげに言い、シンクの栓を抜いてから戸棚のところへ行って花瓶を取りだした。

クープは口を開いた。この十分間の出来事を説明しようとしたのだが、気づけば、何がどうなったのか定かでなかった。

「書類にサインをしておいた」

「見たわ。これに水を入れてくれない？」彼女は花瓶を差しだした。「モップを取ってこなくては」

「いいとも」

ついでに子供の尻をひっぱたいてくるのだろうとクープは思い、ちょっと気がとがめた。彼女が姿を消した洗濯室から聞こえてきたのはお仕置きにはほど遠く、きゃっきゃっという子供の声と、笑っている彼女の声だ。クープはわけがわからなくなり、水を入れた花瓶を手に持ってつっ立っていた。

「あなた、水たまりの中にいるわよ」モップとバケツを持って戻ったゾウイが言った。

「そうだね」クープはハイトップ型のスニーカーに目をやり、場所を移動した。「ほら花瓶」

「どうも」彼女はまず花を生けにかかった。「ミセス・フィンクルマンに会ったんですってね」

「ニュースの伝播《でんぱ》が早いな」

「このあたりではそうなの」

顔をふくように彼女が布巾を手渡したとき、クープは彼女の匂《にお》いを嗅《か》いだ。花の香りよりずっと強くてずっと魅惑的だった。彼女はジーンズと、胸に〈フローラル・ブーケ〉のロゴが入っただぶだぶのTシャツを着ている。髪は褐色ともブロンドともつかない色合いで、後ろで一つにまとめ、おしゃれなポニーテールにしていた。

どうかしたかと言いたげに彼女が眉をあげたので、彼はじっと見つめていたことに気づいた。

「すまなかった。つまり……こんなに汚して」

「あなたも食器洗い機遊びをしたの？」

「まさか」彼女の笑顔につり込まれ、クープは思わず微笑を返した。

悪くないな、と彼は思った。美人の大家と同じ屋根の下に住み、もしかしてたまにいっしょに食事をしたり、たまに――。

「ママ！」キーナンが裸でドアのところに立っていた。「パンツが見つからない」

「洗濯機の横のバスケットの中よ」彼女は目をクープに向けたまま言った。

彼は子供のことを忘れていた。彼女が独身というわけではないのを忘れて空想を走らせていた。彼は心の中でぐいとじぶんを引き戻し、新しい住まいの鍵をちゃらちゃら鳴らした。

「箱をいくつか持ってきた。車の中にあるんだが、今日のうちに少し荷物を移していいかな」

「かまわないわ」ばかげているが、ゾウイはちょっとがっかりした。彼が関心のありそうな目をしたからといっていい気になるなんて、愚かな女心だわ。キーナンが呼んだとたんに彼の目が冷たくなったからといって失望するのはもっとばかみたいよ。「お手伝いしましょうか？」

「いや、一人でだいじょうぶだ。今夜は試合の取材があるので、残りの荷物は明日」彼はあとずさりしながらドアに向かった。「ありがとう」

「ようこそ。よろしく、ミスター・マッキノン」

「クープ」外に踏みだしながら彼は言った。「クープ」

クープ。モップの柄にもたれながら彼女は考えた。二階を貸すことにしてよかった。もう一つ収入源ができればだいぶ気が楽になるし、少しじぶんにボーナスをあげられるかもしれない。キーナンの願いを叶《かな》えてディズニー・ワールドに行くとか。

家を買うのはかなりの冒険だったが、よい環境の中で子供を育てたかった。庭がほしかったし、キーナンがもう少し大きくなったら犬を飼ってやりたい。家賃の収入で経済的なリスクはかなり緩和されるだろう。

けれど、別のリスクについては考えなかった。じぶんの身にややこしいことが起こるかもしれないとは考えなかった。独身で、そのうえとても魅力的な男性がテナントになった場合のリスクについてまでは考えが及ばなかった。

彼女はじぶんを笑い飛ばした。おあいにくさま。現実はそんなに甘くないわよ、ゾウイ。J・クーパー・マッキノンもほかの男と同じ。子供の足音が聞こえたら一目散に逃げだすのだ。

洗濯室でがしゃんと音がした。彼女は頭をふった。

「出てらっしゃい、水兵さん」彼女はキーナンを呼んだ。「甲板掃除の時間よ」

3

「いい掘り出し物じゃないか。まったく」デスパッチ紙の同僚の記者ベン・ロビンスが、冷たいビールをちびちびやりながらクープの部屋をぐるりと見まわした。「君のがらくたをここにほうり込んだときには予想しなかったが、こいつは悪くないな」

悪くないどころか最高だ。クープにはわかっていた。すべて望みどおりだ。リビングルームにはバーガンディ色の革張りの大きなソファと大画面のテレビが据えられている。これで試合の観戦は完璧《かんぺき》だ。真鍮《しんちゆう》のスタンドが二つ、たくさんの靴の踵《かかと》がのせられ、その結果傷だらけになっているお気に入りの古いコーヒーテーブル、たっぷりとしたサイズの椅子が一脚、それで部屋の接客スペースは完成だ。

レクリエーションのスペースにはインドア用の小型のバスケットボールのリングがある。ちょっと体を動かすために。二、三回シュートすると頭の働きがよくなるのだ。〃ホームラン〃というニックネームの中古のピンボール・マシーンがあるし、スタンドには野球のバットが二本、テニスのラケット、ホッケーのスティックがほうり込んであった。壁にはボクシングのグローブが一対かかり、そして傷だらけのフーズ・ボールのテーブル。

クープはそれらを玩具《おもちゃ》とは呼ばない。それらは職業上必要なものたちだ。

窓にはカーテンではなくブラインドを選んだ。午後一眠りしたいときに、ブラインドのほうが外光をさえぎってくれる。

寝室にはベッドとナイトテーブルとテレビしか置かない。そこは睡眠をとるための部屋であり、またついているときには、別の種類のスポーツの場所だ。

いちばんうれしいのはオフィスだった。こうしているあいだも、クープはデスクトップ型のテレビを前に何時間でもゲームに興じるじぶんの姿が想像できた。大きな回転椅子と、傷やら焼けこげが心地よくついているデスク、ファックスと親子電話とビデオ装置。これがあれば微妙な審判の判定やスリリングな場面をくり返して見ることができる。

加えて、額やら写真やらスポーツの記憶にとどめておきたい記事の切り抜きがそこら中に散らばっている。これこそ我がすみか。

楽しい我が家だ。

「気のおけないバーみたいだな」ベンは言い、毛深くて短い脚をだらりとのばした。「よくサポーターたちがたむろしているような」

クープはそれを最高の賛辞と受けとった。

「ぼくにぴったりだ」

「いかにもまったく」ベンはクープに向かってビールのボトルを持ち上げ、乾杯した。「男のくつろぎの空間。男が一人になれる場所。シーラと暮らしはじめてからというもの、うちは小さな瀬戸物だのなんだのだらけさ。バスルームには下着が干してあるしね。このあいだ彼女は新しいベッドカバーを持ってきた。一面ピンクの花模様のだぜ」彼は一口飲んで顔をしかめた。「まるで牧場で寝ているみたいだ」

「へえ。だが、君だってそういうのが気に入っているくせに」クープは遠慮なく勝手な意見を言った。

「ああ、ああ、そうなのさ。残念なことにぼくは彼女にぞっこんだ。おまけに彼女はオークランドのファンときてる」

「ついでに全部引き受けろ。オークランド・アスレチックスといえば、レミレスをトレードに出したな」

ベンは鼻を鳴らした。「どうせならもっともっともらしいことを言えよ」

「噂《うわさ》さ」クープは肩をすくめてじぶんのビールをごくりと飲んだ。「彼をカンザスシティにやってダンバーと野手にルーキーのジャクソンをとる」

「どうかしてる。レミレスは昨シーズン二割八分打っているんだぜ」

「二割八分五厘」クープは言った。「そして二十四本のヒット。エラーの数はチームの筆頭だ」

「ああ。だが、あれだけのバットがあれば……ダンバーはどうなんだ？　二割二分ってところだろう」

「二割一分八厘。しかし、バキュームクリーナーみたいにがっちり二塁を守ってる。後逸なし。それに将来の可能性大だ。体がでかいし、ファームでしごかれてきているし、腕の動きときたら弾丸のようだ。チームは若返りが必要だ。スターティングメンバーのほとんどが三十を過ぎてる」

二人は野球の話で盛り上がり、男どうしの言うことなしの心地よさの中でビールを空けた。

「一試合見に行かないとならない」

「今夜か？　オリオールズは明日までシカゴだと思ったが」

「そうだ」クープはテープレコーダーとメモ帳と鉛筆をポケットに入れた。「これから行くのは大学チームの試合さ。スカウト連中がよだれをたらしてほしがっている三塁手がいるんだ。ちょっと見て、インタビューをしてこようと思って」

「因果な仕事だな」ベンはさっと腰をあげた。「試合に通い、ロッカールームのまわりをうろつく」

「ああ、人生はつらいな」彼はベンの肩に腕をまわし玄関に向かった。「それで、去勢されたペットの記事はうまくいってるのか？」

「よしてくれ」

「ある者は檻《おり》のまわりをうろつき、ある者は球場のまわりをうろつく」

それには最高の日だとクープは思った。爽快《そうかい》に晴れあがった空。香ばしい炒《い》りピーナッツとホットドッグの匂《にお》いがもう鼻をくすぐっているようだった。

「君が汗くさい大学生の野球坊やたちのまわりをうろついているあいだ、ぼくは女性とよろしく過ごすことにしよう」

「花模様のベッドカバーの下でか」

「ああ。彼女いわく、花柄はセクシーな気持ちにさせる。で、忠告だが――これはこれは……」

ベンの小さい角張った顔がゆるんだ。クープは首をめぐらせた。じぶんの顎が落ちるのがわかった。鼻の下も長くなった。

彼女は見たこともないほど短いスカートをはいていた。その下にのびる長い長い脚は黒い網タイツに包まれている。彼女は腰をふって歩いてきた。摩天楼みたいにヒールの高い靴をはいてよくあんなふうに歩けるものだ。

ちっぽけなビスチェからよだれが出そうな胸の谷間がのぞいている。彼女の喉元のぴかぴかした黒の蝶《ちょう》ネクタイに目がいったとたん、クープには理由がまったく不明だったが、彼の体内のすべての男性細胞がかっと燃えて音をたてた。

彼女は髪をおろしている。肩先までまっすぐピンのようにたれている髪のまだらな色は、日差しのこぼれる森を駆けていく野生の鹿《しか》を思わせた。

彼女は足を止めて微笑し、何か言った。しかし彼女の脚に目がいった瞬間から彼の心はどこかに飛んでしまっていた。

「……ちゃんと落ち着いたかしら」

「え……」クープは昏睡《こんすい》から覚めたように目を瞬いた。「なんだい？」

「見に行くひまがなかったけれどちゃんと落ち着いたかしらと言ったの」

「だいじょうぶ」彼ははっとして気を取り直した。

「問題なくちゃんと」

「よかった。キーナンが風邪をひいて、忙しかったの。二日前にあなたが荷物を引っ張りあげているところをちらっと見たのだけれど」

「引っ張りあげて……。ああ、ベン」友達が彼の脇腹《ばら》を小づいた。「これはベン。引っ越しの手伝いをしてくれていたんだ」

「はじめまして、ベン。私はゾウイ」

「はじめまして、ゾウイ。ぼくはベンです」ベンはばかみたいな言い方をした。

彼女は微笑した。この服のせいだとわかっている。こんな格好は大嫌いなのだが、ある種の人類に対して強烈な影響を与えることが面白くもあった。

「あなたも新聞社の方？」

「ええ。ぼくは、あの、今——去勢されたペットについて連載記事を書いています」

「そう？」彼が喉仏をひくひくさせているのを見て

ゾウイはちょっと気の毒になった。「ぜひこんど読んでみないと。引っ越しが無事にすんでよかったわ。さて、仕事に行かないと」

「出かける？」クープは言った。「その服で？」

ゾウイの唇がおかしそうによじれた。

「相乗《カープーリング》りするときはいつもこの格好よ。それに今夜は仕事だから。〈シャドウズ〉は知っているかしら？　私、ウェイトレスをしているの。お目にかかれてよかったわ、ベン」

彼女は車の方へ歩いていく。いや、違う。ベンは思った。あれは腰をふっていく、だ。ゆっくりとした歩調で。二人の男は、彼女の車が私道から通りに出て走り去るのをじっと眺めていた。

「あれは君の大家さんか」ベンはうっとりしたような声で低く言った。「あれがね」

「そのようだ」賃貸契約書類にサインをしたときには、彼女はあんなふうじゃなかった。きれいだった。たしかに美人だった。だが、健全で、あんな度胆を抜くようなふうじゃなかった。あんなふうには……あんな……クープは言葉を失した。だめだ、彼女は一児の母だ。あんな格好をするべきじゃない。「彼女には子供がいる」

「ええ？　どんな？」

「人間のさ。と、思うが」

「よせよ」

「男の子だよ」クープはうわの空で言った。「このくらいの」彼は地面から一メートル足らずのところへ手を置いて示した。

「彼女は子持ちだとしても、すばらしく長い脚をしてる。このくらいの」ベンはじぶんの喉のところへ手をやった。「君は人生の楽しみを手に入れたな、クープ。うちの大家は建築用のセメントブロックみたいな腕をしてて、そこにとかげの刺青《いれずみ》をしてる。君のところのは雑誌の見開きページに載っているヌード写真のモデルみたいだ」

「彼女は子持ちだ」クープはつぶやいた。

「ぼくなら、家に帰ってきて彼女からミルクとクッキーをもらえれば十分うれしいけどね。じゃ、また搾取工場で」

「ああ」クープはそこに立ったまま、静かな通りに向かって顔をしかめた。母親があんな格好をすべきじゃない。彼は再び思った。母親は……母親らしく見えなくちゃいけない。あんな度胆を抜くような格好はよくない。彼は大きく息を吐き、決然と鳩尾《みぞおち》のつかえを排除した。

彼女はぼくの母親じゃない。クープはじぶんにそう言い聞かせた。

真夜中の十二時前からゾウイの足は悲鳴をあげていた。背中も痛かったし、腕は飲み物をのせたトレーではなく、大きな石を運搬しているように重たかった。今夜はこれまでで六回誘いを断った。二つは気持ちのよい誘いで笑い飛ばせた。一つは言った当人の品位を著しく損なうような類《たぐい》のもので、足の甲に尖《とが》ったヒールであざを一つお見舞いしてやった。残りはいつもながらの、どうということのないものだった。

男からの誘いはこの仕事につきもので、ゾウイはたいして気にしていなかった。

店は〈シャドウズ〉という名前のとおり、ぼんやりしたネオンがともり、店内は薄暗かった。中は野暮ったい五〇年代風に飾られ、ウェイトレスたちは昔の色気が売り物の頭の悪い女のような幼稚っぽくて品のない格好をしている。

けれどチップは最高で、それに客層もだいたいのところ無害だった。

「ハウスワインの白二つ、ブラックラシアン一つ、コーヒーを薄めで一つ」バーテンダーにオーダーを通してから、ゾウイは凝った肩をちょっと上げ下げした。

　キーナンはベスをてこずらせずにベッドに入ってくれたかしら。だといいけど。彼は一日中機嫌が悪かった。つまり、めそめそしていた。朝、幼稚園に行きたがるのにだめだと言うと、すごくぐずって大変だった。

　思えば、私はそんなことなかった。学校に行かずにすんで不機嫌になるなんて一度としてなかった。そして、現在、二十四歳にして、勉強をおろそかにしたことを深く悔やんでいる。大学に行っていたら技能を身につけられただろう。今ごろはきちんとした職業に就けていただろう。

　現実は高校の卒業証書もやっともらったようなもので、その報いとして、今は胸の谷間をのぞき込みたがる男たちに飲み物を給仕する仕事くらいしかできない。

　しかしゾウイはくよくよするたちではなかった。過ぎたことは過ぎたことだ。それに私にはキーナンという宝物がある。あと二年で貯金が目標に達したら、こんなビスチェや夜の仕事とは縁切りだ。ビジネスコースを二、三受講して自信をつけたら、じぶんで花のお店を持つのだ。そうすれば夜キーナンをベビーシッターに預けて家を空ける必要はなくなる。

　彼女は飲み物を配り、ほかのテーブルから注文を取り、あと五分ほどで休憩できるのを神に感謝した。

　クープが入ってきたとき、まっさきに頭に浮かんだのはキーナンのことだった。だが、危惧《きぐ》は一瞬にして消えた。クープには緊迫した様子はなく、のんびりと店内を眺めまわしている。ゾウイと目が合うと、彼はテーブルのあいだを抜けてやってきた。

「ちょっと喉を潤そうと思って」

「ここはそのための場所よ。カウンター？　それともテーブル席がいいかしら？」

「テーブルがいい。ちょっといいかな？」

「十五分たったら十五分休めるけれど、何か？」

「話したいことがあるんだ」

「オーケー。ご注文は？」

「コーヒー。ブラックで」

「コーヒーをブラックで。どうぞかけて」

彼はカウンターの方へ歩いていく彼女を目で追った。とても魅力的な後ろ姿をじろじろ見ないようにするのが難しかった。彼は飲み物がほしくて店に入ったのではなかった。彼女はすてきな人なのにスカートがぴちぴち——いや、訂正、ピンチに陥っているように思えるからだった。

しっかりしろ、クープ。彼はじぶんをいさめた。すらりと長い脚のせいで判断が鈍るほどばかではない。彼は二、三質問しに来た。そしてそこから事の全体を把握する。それが彼の職業であり、彼はそのことを得意としていた。同様にゲームを詳細に分析し、どんなゲームであれ、結果につながる小さな手柄や小さなミスを発見するのが得意だった。

「今夜はずっと忙しくて」ゾウイはコーヒーを二つテーブルに置き、クープと向かい合った椅子に腰をすべらせて座った。大きなため息を一つつき、にっこりした。「四時間ずっと立ちっぱなしだったの」

「君は花屋で働いているのだと思っていた」

「ええ、週に三日働いてるわ」ゾウイはずきずきする足を靴から抜いた。「母の日とかクリスマスとか復活祭とか——花がたくさん売れる時期にはもっとたくさん店に出られるのだけれど」彼女は、エネルギーを補給するために砂糖をどっさり入れたコーヒーを飲んだ。「小さな店で、だからフレッドは——彼がオーナーなの——パートタイマー二人でやっているの。そうすれば、保険とか病気休暇や、余分な手当や経費を出さないでやっていけるから」

「しみったれだな」

「あら、それが商売よ。私はいいと思うわ。フレッドと奥さんのマーシャだけでやっているの。二人から花や植物のことをたくさん教えてもらったわ」

誰かがジュークボックスにコインを入れた。店内に音楽が充満した。クープは声が聞こえるようにテーブルに身を乗りだした。一瞬彼女の大きな茶色の目に頭がかきまわされた。

「前にどこかで会ったことがないかな？」

「アパートメントで」

「そうじゃなく……」彼は頭をふった。本題に入るんだ。「えーと、なぜここなんだ？」

「なぜここって、なんのこと？」

「どうしてここで働いているんだ？」

彼女は瞬きした。長いまつげが伏せられ、それからあがった。「お金のためよ」

「バーで働くなんて君には合わない気がする」

「どういうこと？」ゾウイは面白がるべきか怒るべきかわからなかった。彼女は前者のほうにとった。理由は、単にそれがじぶんらしかったからだ。「お酒を出す店のウェイトレスが何かまずいの？」

「いや、そうじゃない。ただ、君はお母さんだ」

「ええ、いかにも私はお母さんよ。その証拠に息子がいるわ」彼女は笑い、肘をついてこぶしの上に顎をのせた。「あなたは私が家にいてクッキーを焼いたりスカーフを編んでいるほうがふさわしいと思っているわけ？」

「そうじゃない」だが、実はそうだったので彼は気恥ずかしくなった。「問題はその服さ」彼は思い切って言った。「それと男たちが君を見る目つき」

「女がこういう格好をすると男たちは見る。でも、彼らは見るだけよ。ＰＴＡの集まりにはこんな服を着ていかないわ。それで安心した？」

彼は刻一刻滑稽《こっけい》な立場になっていくのを感じた。

「むろん、ぼくが口出しすることじゃないが、疑問を抱くと質問するのが習性になっていて。君はこんなことをしなくていいんじゃないかと思うんだ。つまり、君には花屋の仕事があるし、家賃――」

「それにローンがあるし、どんどん大きくなって毎週服がきつくなったり、靴が小さくなったりする息子がいるし、車の払いがあるし、食料品店や医者の請求書があるし」

「医者？ 坊やは病気なのか？」

ゾウイは天井に目を向けた。苛立《いらだ》ちを覚えていた。

「いいえ。キーナンくらいの子供は何かしら病気のもとをもっていたり、幼稚園で菌をもらってきたりするの。小児科と歯医者には定期的に検診に行かないといけないのよ。それだって無料じゃないわ」

「たしかに。だが、いろいろなプログラムが、援助の――」彼は言葉を切った。ゾウイの茶色の目が険しくなったからだ。

「私はちゃんと自活しているし、子供の世話もできるわ」

「ぼくはそんなつもりで――」

「私は大学を出ていないし、特別な資格や技能も持っていないけれど、でもじぶんの力で生計を立てられるし、子供にはなんの不自由もさせていないわ」

ゾウイは足をハイヒールにむりやり押し込んで立ちあがった。「私と息子は二人でなんの問題もなくやってきました。母親はどうあるべきかなんて、おせっかいな新聞記者に今さらお説教をしてもらう必要はないわ。せっかく押しかけてきてくださったけど。コーヒーは店のおごりよ」

彼女は嵐《あらし》のようにテーブルから去っていった。クープは顔をしかめ、やがて長いため息をついた。まったく見事なお手並みだったな、クープ。

もしかすると、明日の朝、ドアに立ち退き要求のはり紙がしてあるかもしれない。

4

ゾウイは彼を追いださなかった。そうしようと思ったが、追いだして溜飲《りゅういん》を下げるより家賃収入のほうが大きいと判断したのだ。それにあの手のお説教なら前にもさんざん聞かされた。

　彼女がニューヨークから引っ越してきた理由の一つは、生計の立て方や子供の養育について友達や家族からいろいろ言われるのに心底うんざりしたからだった。

　ボルティモアにはしがらみが何もない。

　寝室二つの快適なアパートメントを借りるのに十分な貯《たくわ》えがあったし、余った分は投資にまわした。それにどんなきつい仕事であろうといとわなかったので、仕事にありつけないことはまずなかった。キーナンをデイケア・センターに預けるのが苦労だったが、彼は元気にすくすく育ってくれている。友達を作る才能を母親から受け継いでいた。

　引っ越してきて二年、彼女は子供のために望ましい環境のところに家を持てた。庭もある。そして、すべてじぶんで稼いだお金でまかなっている。

　そんな考えはとんでもないと誰もかれもがゾウイに言った。若すぎると言った。人生もチャンスも投げ捨てる気なのかと言った。ゾウイは腹立たしげに一つうめき、芝刈り機の方向を変えてまた草を刈りはじめた。

　これは私の草。じぶんで蒔《ま》いた種はじぶんで刈ってる。独力でちゃんと生活を立てているわ。彼女はいまいましそうに奥歯を噛《か》みしめた。

　私はみんなの意見がまちがいだったことを証明した。私は赤ちゃんを産み、どこへもやらずにじぶんの手で育て、きちんとした暮らしを与えている。私とキーナンは統計の数字ではない。家族だ。誰からも哀れんでもらう必要はないし、施しもいらない。私は一人ですべてちゃんとやっている。着実に。それに計画もある。きちんとした計画が。

肩を叩《たた》かれ、ゾウイは飛びあがった。すばやくふり向くとクープがいた。彼女は芝刈り機のハンドルを握りしめた。

「なんの用?」

「謝りたい」クープは怒鳴るように言った。彼女はただにらみつけている。彼は手をのばしてエンジンを切った。「謝りたい」もう一度言った。「ゆうべは失礼なことをした」

「あら、本当?」

「ぼくはつい他人のことに余計な首をつっ込む癖があって」

「そういう癖は直したほうがいいんじゃない」ゾウイは身をかがめてコードに手をのばした。彼の手が上にかぶさった。彼女は一瞬その手を見つめた。大きな手で、手のひらがざらざらしている。以前に彼から受けた、強さとエネルギーに満ちた印象がよみがえった。今、その手はやさしく、払いのけるのは難しかった。

彼女は久しく男性の手に触れたことがなかった。触れたいとも思わなかった。

「ぼくはときどきまちがったボタンを押してしまう」クープは言った。彼は重なった手を眺めながら、下にある彼女の手をなんて小さいんだろうと思った。それにとてもやわらかい。「おかげでパンチをくらったこともある」彼は目をあげた彼女になんとか微笑を作った。

「でしょうね」

彼女は微笑を返さなかったが、気持ちが少し和らいだのはわかった。クープは芝刈り機の音で目を覚ました。外を見ると、だぶだぶのショートパンツにTシャツ、おかしな麦藁《むぎわら》帽子をかぶった彼女が元気よく芝を刈っていた。彼はベッドに戻りたかった。だが、むりやりじぶんの尻を叩いて彼女のところへ来たのだ。

休戦旗をあげるだけだ。彼はじぶんに言い聞かせた。結局、彼女と一つ屋根の下に――そう言ってもまちがいではない――住まなくてはならないのだ。

「難癖をつけようと思ったんじゃない。君のことに興味を覚えたんだ。坊やのことも」彼は急いで先を言った。「昨日の君の服装を見て話すきっかけを作ったということかな」

彼女は眉をあげた。ずいぶん正直だ。「オーケー。修正不可能なことなんてないわ」

彼の予想よりずっと簡単だった。クープはもう一つ運にかけてみることにした。「あの、今日の午後一つ試合の取材があるんだ。よかったらいっしょに行かないか。今日は野球日和だ」

本当にそうだと、ゾウイは思った。暖かで、日差しがあって、気持ちのよい風が吹いていて。失敗を取り繕おうと一生懸命になっているすてきな男性と球場で過ごすのは悪くないだろう。

「楽しそうね。仕事がなければ……でも、キーナンは大喜びすると思うわ」

彼の顎ががくんと落ちた。ゾウイはにんまりしそうになるのをこらえた。

「キーナン？　子供を連れていってほしいって？」

「彼は何より喜ぶはずよ。子供たちが庭で野球をして遊ぶの。あの子もボールを追いかけさせてもらってるわ。でも、彼は一度も本物のゲームを見たことがないの。テレビは別として」ゾウイはつい顔が笑ってしまったが、吹きだすのはこらえた。クープが今何を考えているかすっかり透けて見える。

「子供のことはよくわからないんだ」彼は婉曲《えんきょく》に

辞退した。

「でも、スポーツには詳しいでしょう。キーナンはついてるわ。生まれてはじめて見るゲームが専門家といっしょだなんて。何時に出かけるの？」

「あ……二時間くらいしたら」

「じゃ、したくさせておくわ。本当にありがとう」

彼女は呆然《ぼうぜん》と突っ立っているクープの頬にキスをした。それからコードをぐいとひくと、再びモーターがうなりをあげた。

彼女は芝刈り機を押して行ってしまったが、クープは足に根っこがはえたようにその場に立ちつくしていた。午後ずっと子供といっしょだなんて、いったいどうしたらいいんだ？

彼はポップコーンとホットドッグ、一番大きいカップの飲み物を買った。食べ物を口に入れていれば子供はおとなしくしているだろう。クープはそう考えた。カムデンヤーズに向かうあいだ子供は車のシートの上で跳ねていた。球場に着いてからは見るものすべてに目をまるくしている。

クープは〝あれは何？〟と〝どうして？〟という言葉を際限なく聞かされていた。彼はラップトップ型のコンピューターを膝に置いて記者席に座ったが、神経質になった猫のような気分だった。

「この窓から見ているんだよ」彼はキーナンに言い聞かせた。「人の邪魔をしてはいけない。なぜなら、みんなは仕事をしているんだ」

「オーケー」興奮ではじけそうになりながら、キーナンはホットドッグをしっかりと握りしめた。

記者席にはたくさん人がいた。クープみたいにかっこいいコンピューターを持っている人がいるし、ヘッドホンをつけている人もいる。二、三人がキーナンににっこりしてくれた。クープにはみんながあいさつした。クープは偉い人なんだとキーナンは知った。ママに言われたように、迷子にならないためにクープから離れなかったし、何もおねだりをしなかった。売店にはすごくかっこいいものがいっぱい並んでいたけれど。ママは五ドルもくれた。記念品を買っていいと言ったけれど、あんまりいろいろなものがあるからどれにしていいかわからなかった。それにクープは歩くのがすごく速いから、見るひまもなかった。

でも、いいんだ。ぼくは本物のボールゲームを見に来ているんだもの。

彼は目を皿のようにしてグラウンドを眺めた。想像していたよりずっとずっと大きい。ピッチャーが立つ場所はわかった。ホームベースもわかる。そのほかのことはよくわからなかった。

大きなスコアボードに映像が映っている。それに文字も。文字は読めない。円形のスタンドは人でいっぱいだ。こんなにたくさん人がいるのを見たのははじめてだ。

ラインナップがアナウンスされると、キーナンは称賛をこめて選手たちを眺めた。国歌の演奏がはじまった。キーナンは立ちあがった。国歌を歌うときは起立するのだと教わっていた。

クープが見ると、キーナンは立っていた。片手にホットドッグを持ち、顔を輝かせて。彼はふと、じぶんがはじめて球場に行ったときのことを思いだした。父の手を握りしめ、あらゆるものを見ようとして目をきょろきょろさせていた。胸は興奮ではちきれそうだった。ゲームにわくわくし、じぶんが男の子だということだけで得意だった。

選手たちがグラウンドに散るとクープは身を乗りだしてキーナンの金髪をつついた。

「かっこいいだろう？」

「最高。あれはぼくたちのチームでしょ？」

「そうだ。やっつけてくれるぞ」

キーナンはくすくす笑い、ガラスに顔をくっつけてピッチャーの第一球を見守った。「やっつけろ」彼はうれしそうに言った。

クープの予想に反して、子供は駆けまわったりべそをかいたりしなかったし、邪魔にならなかった。彼はうるさいところで仕事をするのに慣れていたうえに、キーナンが質問を浴びせてもさほど気にならなかった。この子はなかなかいい質問をする。イニングとイニングのあいだにキーナンはクープの肩越しにコンピューターをのぞき込み、画面に飛びだしてくるアルファベットを得意そうに読みあげた。手についたマスタードがクープの袖《そで》についたが、思っていたより気にならなかった。

実況放送のアナウンサーがキーナンを呼び寄せて膝にのせてくれた。子供はイニングのあいだずっとおとなしくしていた。クープは誇らしいような気持ちが胸にこみあげた。

たいていの子供ならブースを駆けまわり、もっとキャンディをくれとねだったりするだろう。しかしこの子は違うとクープは思った。この子はしっかりゲームを見ている。

「彼はどうしてもっと走らないの？　なぜ？」キーナンは足をもじもじさせた。おしっこに行きたかったけれど、一分たりとも見逃したくなかった。

「ボールは二塁に行った。彼はフォースアウト」クープは説明した。「いいかい、二塁手が取ってベースを踏んだからスリーアウトだ」

「スリーアウト」キーナンは重々しく言った。「でも、チームはまだ勝ってるでしょ？」

「今は九回の表でオリオールズは一点勝っている。打順からすると、こんどはきっとサウスポーが出てくるぞ」

「サウスポー」キーナンは福音の言葉を唱えるように復唱した。

「左腕のリリーフピッチャーだ。たぶん、スカリーだな」彼は子供がズボンの前を押さえているのに気がついた。「どうかしたか？」

「ううん」

「おしっこか――トイレだな」彼はキーナンの手をつかみ、間に合ってくれと願いながら立ちあがった。ドアを出かかったときに、リリーフはスカリーだと告げるアナウンスがあった。

「おじさんが言ったとおりだね」キーナンは尊敬の目でクープを見上げた。「おじさんてすごいや」

クープは思わず笑みをこぼした。「ゲームのことを知っているだけだよ」

家に帰ってきたとき、キーナンは新しいオリオールズのジャージーを着て、サイン入りのボールと小さなグローブを抱えていた。階段をのぼりながら、もう片方の手に持ったペナントをひらひらさせた。

「見て、見て！　クープが買ってくれたんだ！」彼は、ちょうど玄関のドアを入ろうとしていた母親の胸に飛び込んでいった。「ぼくたちロッカールームに行ったんだよ。本当の選手たちがいて、そしてボールにサインしてぼくにくれたんだ。記念に」

「見せて」ゾウイはボールを手に取ってよく眺めた。「本物だわ。すごいわ、キーナン」

「ぼく永遠に大事にするよ。それにこのシャツをもらった。選手のと同じなんだ。それからグローブも。手にぴったりだよ」

ゾウイは胸がいっぱいになった。喉が詰まった。

「本当ね。あなたはまるでもう野球選手みたい」

「ぼく、サードを守るんだ。なぜって、そこは……ええと……」

「ホットコーナー」クープが代わって言った。

「そう。ねえ、フィンクルマンのおじさんに見せてきていい？　ボールを見せてあげたいんだ」

「いいわよ」

「びっくりするだろうな」キーナンはふり向きざまにクープの脚に抱きついた。「ありがとう。連れてってくれてありがとう。すっごく楽しかった。また行きたいな。ママもいっしょに」

「ああ……そうだな。きっと」クープはまたも気おくれを覚えながら子供の頭をやさしく叩いた。

「やった！」キーナンはもう一度クープにぎゅっと抱きついてから宝物を見せに走っていった。

「あんなにしてもらわなくても」ゾウイが言った。「連れていってくれただけで十分だったのに」

「たいしたことじゃない。キーナンがほしいと言ったんじゃないよ。彼は何もねだらなかった」クープは両手をポケットに入れた。「彼は選手たちに会って大感激で、それが選手たちにも通じたんだ」

「わかるわ。オリオールズが勝ったそうね」

「ああ。がんがん打ちとってね。社に寄って原稿を入れてこなくてはいけなかった。それがなければもっと早く帰れたんだが」

「私もちょうど今帰ったところよ」ゾウイは衝動的に彼に腕をまわして抱きしめた。クープの手はポケットに入ったまま、麻痺《まひ》したように動かなかった。

「あなたに借りが一つできたわ。あなたはあの子にすばらしい日をプレゼントしてくれた。彼は一生忘れないでしょう」彼女は体を離した。「私もけして忘れないわ」

「たいしたことじゃない。記者席にいっしょにいたというだけのことさ」

「それがとってもたいしたことだわ。私、わかっていてあなたに押しつけたの」ゾウイは笑って髪を後ろに払った。「今朝のあなたの気持ちは見え見えだったわ、クープ。四歳の子供を連れていくと思っただけでおびえていた。でも、あなたはちゃんと、とってもよく面倒を見てくれた。とにかく——あ、ごめんなさい」電話が鳴ったので彼女は言った。「もしもし、あら、スタン。今夜？　ええ、予定はないけれど」彼女はふうと息をついて椅子の腕に腰をおろした。「あなたに話しておかなくてはならないことが。いえ、今は話せないわ。お守りをしてくれる人が見つかるかどうか。あなたが困っていることはわかるわ。じゃ、こっちからかけます」

「何か困ったことでも？」

「うーん……。今夜ウェイトレスが二人病欠なんですって。店の人手が足りないの」そう言いながら彼女は電話番号を叩いた。「こんにちは、フィンクルマンさん。ええ、そうなんです。彼はすてきな一日を過ごしたんです。ええ……」ゾウイはちらとクープの方を見た。フィンクルマンの奥さんは男の子にとっておとなの男性がそばにいることがいかに大事かを説きだした。「おっしゃるとおりね。あの、おたくは今夜何か予定が？　ああ、そうだったわ。すっかり忘れていた。いえ、別になんでも。じゃ、いってらっしゃい」

ゾウイは電話を切って口をぎゅっと結んだ。

「今夜お隣はビンゴに行く日だったわ。ベスはデートだし。もしかしたらアリスが」彼女は電話に手をのばしかけて首をふった。「だめ。彼女はご主人の両親を夕食によぶって」クープを見て彼女の目がきらりとし、細くなった。「あなたは今日キーナンといてなんの問題もなかったのよね」

「問題はなかった」クープは、また難題をふっかけられるのを警戒しながらのろのろと言った。「彼はいい子だった」

「スタンは九時過ぎに人手がほしいんですって。キーナンは八時にベッドに入るわ。だから、ただいてもらえればいいの。テレビを見ていてもいいし、何をしていても」

「ここに？　君が仕事に行っているあいだ？」クー

プは一歩あとずさった。「ぼくとあの子だけで――ベビーシッターみたいに？　それは……」

「お金は払うわ。ベスは一時間二ドルだけれど、もっとはずむから」

「君から金なんてもらいたくない」

「あら、ご親切ね」ゾウイはにっこりし、彼の手を取って握りしめた。「本当に、あなたってなんて親切なんでしょう。来るのは八時半くらいでいいわ」

「ぼくはまだ何も――」

「キッチンにあるものはなんでも自由にどうぞ。時間があったらブラウニーを作っておくわね。じゃ、スタンに電話をしないと。彼が残り少ない髪の毛を引きむしらないうちに」ゾウィは電話を取りあげ、クープににっこりほほ笑んだ。「これで二つあなたに借りができたわ」

「ああ、そうだな」クープは彼女が三番目の借りを作らないうちに急いで外に出た。

5

それから二時間、クープは週に一回の全国紙の連載コラム『すべてゲームの中に』の執筆に没頭した。あの子が話の種をくれた。まずゲームを見に行く、それからお定まりのいろいろなことがあり、歓声やバットがかーんと鳴る音やピーナッツの殻の中でだんだん絆《きずな》を作る。

これはなかなかいい読み物になると、クープは思った。すらすら書けた。キーナンにアイディアをもらったのだから、せめてお返しに下に行って、あの子が眠っているあいだにブラウニーをいただくことにしようか。

彼がぶらぶら下におりていくと、折しもゾウイがキッチンのドアから出てきた。

　ゾウイは彼が本当に来てくれるかどうかわからなかった。むりやり彼に押しつけてしまったのだし、面白がる気持ちが去ったあとで気がとがめた。けれど彼は時間どおりに来て、階段の下に立っていた。

「あなたに無理強いしてしまって……」

「そうだな」彼女がひどく神妙な顔をしているのでクープは微笑を作った。「君はその天才だ」

　彼女は肩をすくめてほほ笑みを返した。

「無理にでも押すしか手がないことがあるけれど、あとでいつもいい気持ちがしないの。クッキーを焼いておいたわ」

「二階まで匂《にお》ってきたよ」彼女がその場を動かなかったので、クープは頭をかしげた。彼女は今夜も例のセクシーなウェイトレスの格好をしていたが、それほど度肝は抜かれなかった。蝶《ちょう》ネクタイを除いてはほっそりとした白い喉に結ばれた黒いタイはなぜか彼の性的衝動を直撃した。「中に入れてもらえるのかな？　それともここに立って見張っていてほしいのか？」

「気がとがめているの」彼女は言った。「人の厚意に甘えなくてはならないときはいつもそうなの。おまけにあなたはキーナンをゲームに連れていってくれた。とてもやさしいわ。本当は……」

「君を誘いたがっていたのに？」

　ゾウイは再び肩を持ちあげ、落とした。彼がまたあの目をしてじっと見つめている。彼女の体の中で何かが反応した。今すぐルールを決めておいたほうがいいと、彼女は思った。「私は男性とつき合わないの。はっきりそう言うべきだったわ」

　クープは手をのばしてしゃれた小さいネクタイを引っ張りたいのをこらえた。「まったく？」

「しないほうが簡単だから。男の人はキーナンを邪魔にするか、かわいがるふりをして私をベッドに誘おうとするかどちらかですもの」彼が落ち着かない様子で体を揺すり、せき払いしたのでゾウイは笑った。「男の人たちって、セロファンのように心の内が透けているのがわかっていないのね。キーナンと私は一つのチームなの。あなたはスポーツライターだから、それがどういう意味かわかるでしょう」

「もちろん、わかる」

「とにかくあなたはキーナンにすばらしい一日をプレゼントしてくれた。なのに、私は今夜あなたの腕をねじりあげるようなことをしているんだわ」

彼女は嘘《うそ》を言っているのではない。クープはそう判断した。甘言で操ろうとしているにしては、彼女のきれいな顔は真摯《しんし》すぎる。それに、罪の意識が胸をうずかせているとしたら——彼女をベッドに誘おうというかなりの下心があったせいで——それはぼくの問題だ。

「で、彼は眠っているんだね?」

「ええ。興奮して疲れ切って」

「じゃ、ぼくは君が焼いてくれたブラウニーを食べて君のテレビを見てるよ。たいしたことじゃない」

彼女は素直にほほ笑み、その美しさにクープの口に唾《つば》がわいた。「電話の横に店の電話番号を置いておいたわ。万一のために。フィンクルマンのご夫婦は十一時ごろには帰ってるはずよ。そうしたかったら奥さんにかわりに来てもらってもいいわ」

「臨機応変にやるよ」

「ありがとう。本当に」彼女はキッチンにさがって彼を招き入れた。「仕事は店の閉店する二時までよ」

「長い一日で大変だな」

「でも明日は休みだから」ゾウイはバッグを取りあげ、すばやく室内を見まわした。「じぶんの家にいるみたいにくつろいでいてね」

「そうする。じゃ、いってらっしゃい」

彼女は足早に出ていった。タイルの床にものすごくセクシーなハイヒールをこつこつ鳴らして。クープは大きなため息をつき、とにかく腰を落ち着けようとじぶんに言い聞かせた。お遊びは終わりだ。レディはグラウンドルールを決めている。

彼女は魅惑的な顔に女神のような体を持ち、おとなの男をむせび泣かせるような脚をしている。だが、内面は、お菓子作りの好きな女性なのだ。

クープは鼻を鳴らし、チョコレート・クッキーをごちそうになることにした。

真夜中少し前に嵐《あらし》になった。クープはゾウイに言われたように我が家にいるのも同然にくつろいでいた。ソファに長々と寝そべり、クッションに背中をうずめ、足をコーヒーテーブルにのせていた。半ばうとうとしながら昔の戦争映画を見た。一つ残念なのは、ビールを二缶ほど持ってこなかったことだった。

ゾウイの家の品揃《しなぞろ》えは、ミルクとジュースとよくわからない緑色の液体だけだった。

単なる習性から、さっきクープはあちこちをのぞいてみた。どこもかしこも雑然としていたが、そこに一つのパターンがあることがわかってきた。どうやら彼女は几帳面《きちょうめん》な人間ではないらしい。だが散らかっているせいでくつろげる。むしろ居心地がいい。意図的にこうしているのか、それとも単に彼女が仕事を二つ持ち、さらに子育てで忙しいからなのだろうか。

図書館の本があちこちに積んであり、それを見ると彼女がひまな時間に、花や、車の修理、税金や時間管理についてせっせと読んでいることがわかった。

あれほどの美人が好きこのんでこんな本の山に埋もれたり、しがないパートタイムの仕事をしているなんてもったいない。クープはそう思わずにはいられなかった。

しかしそれは彼が首をつっ込む問題ではなかった。外で轟《とどろ》く雷鳴とテレビから流れる映画の弾幕砲火の音がうまい具合に合っている。この調子だと子守りなんて簡単だ。

そのとき大きな泣き声が響き渡った。

海兵隊員たちは泣きわめいていない。彼はぼんやりと考えた。だいいち彼らはナチの屑《くず》どもと戦っている最中だ。クープはあくびをし、ぽきんというまで首をめぐらせた。するとキーナンがいた。

子供は階段をおりたところにバットマンのパジャマを着て立っていた。薄汚れた犬のぬいぐるみを片腕に抱き、涙がぼろぼろ頬を伝っている。

「ママ！　ママ、どこにいるの？」

尖《とが》ったアイスピックのような声だ。

「お母さんは仕事だ。どうかしたのか？」クープは体を起こし、途方に暮れて子供を見た。

稲妻がぴかっと部屋を照らした。それにこたえるように雷鳴が轟くと、キーナンは伝説の泣き女バンシーのようなすさまじい泣き声をあげてクープの膝に飛びついてきた。

「こわいよ。外に怪物がたくさんいる。ぼくを捕まえに来たんだ」

「おいおい……」クープは胸に押しつけられている頭をぎこちなく撫《な》でた。「あれはただの雷だ」

「怪物だよ」キーナンはしくしく泣いた。「ぼく、ママのとこに行きたい」

「いいかい、彼女は――」彼はきつく言いかけてはっとした。子供はぶるぶる震えている。じぶんでもわからない感情に駆られ、クープはキーナンを膝に抱きあげた。「君は嵐が嫌いなんだな？」

キーナンはうなずくだけで、さらに深くクープの胸に頭をうずめた。

「雷なんて花火みたいなものさ。ほら、七月四日の独立記念日や、オリオールズがペナント戦を制したときにあがるだろう？　空でビッグゲームがあったんだ。今終わってお祝いの花火をあげてるのさ」

「怪物だよ」キーナンはまた言ったが、さっきよりだいぶ落ち着いていた。頭を起こしてクープを見上げた。「尖った歯がある黒い大きい怪物だ」

また雷鳴が轟くと子供は身を縮めた。また涙がこぼれた。

「あいつたち、ぼくを食べたがってるんだ」

「そうかなあ」クープはたしかめるようにキーナンの二頭筋に触った。「君はタフすぎる」

「ぼくが？」

「そうとも。どんな怪物であれ、窓からのぞき込んで君を見たら大あわてで逃げだすだろうな。クープと強いキーナンじゃ相手にならないから」

キーナンははなをすすり、こぶしで目をこすった。

「ほんと？」

「もちろんさ」雷がごろごろ鳴るとキーナンの唇が震えた。それを見てクープは言った。「ホームラン」

キーナンのべそをかいた唇におずおずとした微笑が浮かんだ。

「おじさんといっしょにここにいていい？」

「いいとも」

キーナンは――そういうことなら慣れたもので――クープの膝の上に心地よくおさまり、彼の心臓のところに頭を預けてため息をついた。

ゾウイは帰り着いたときはくたびれ切ってふらふらだった。午前三時をまわっている。ということは二十四時間ぶっ続けで動いていたということだ。願いは一つ、このままうつぶせにベッドに倒れ込んで眠りたい。

何も映っていない灰色っぽいテレビ画面の光の中にいる二人が見えた。子供は男の胸に顔をうずめ、彼らはいっしょにソファに体をまるめていた。どちらもぐっすり眠っており、キーナンのくしゃくしゃの金髪の上にクープの日焼けした大きな手がのっている。その光景にゾウイの心の中で何かが変化した。彼女は二人から目を離さずにバッグとキーを置いた。

息子はとても小さく見えた。それになんて安心しきっていることか。

彼女は靴を脱ぎ、ストッキングをはいた足でそばに行った。ごく自然な仕草でクープの髪にそっと手をやり、そして静かに息子を抱きあげた。キーナンは体をもぞもぞさせ、ゾウイの腕の中におさまった。

「ママ」

「そうよ、坊や」彼女はささやいた。抱いていきながら頬ずりすると、子供の匂いにまじって男性の匂いがした。

「怪物たちがいっぱい来たんだよ。でも、ぼくたち追っ払ったんだ」

「そうでしょうね」

「クープが言ったよ。雷ってただの花火なんだって。ぼく、花火なら好きだ」

「知っているわ」ゾウイは彼をベッドに入れ、毛布をかけて平らにした。髪を指で梳《す》いてやり、やわらかな頬にキスをする。「おやすみ」

だが、子供はもう眠っていた。彼女はスタンドの小さな光の中でしばらくその寝顔を見つめた。それからきびすを返し、クープがいる階下におりた。

彼は起きて座り、手の甲で目をこすっていた。ゾウイはうなっているテレビのスイッチを切り、ソファの腕に腰をおろした。そして胸の中でつぶやいた。子供といっしょにあんなにすやすや眠れる男なら非常に見込みがある。

彼のそばでまるくなって寝たらどんな感じかしら。彼女はちらと考えた。

「あの子は雷で起きてしまったの？」

「そうなんだ」喉がかさかさしていたので、彼はせき払いした。「ずいぶんおびえていた」

「あの子、あなたと二人で怪物たちを追い払ったって言ってたわ」

「そうしたほうがいいと思ったのでね」クープはふり返って彼女を見た。大きな茶色の目が眠そうに笑っていた。心臓がどきどきした。早く引きあげろという警告だ。しかし彼はぐずぐずしていた。「彼はもうだいじょうぶかい？」

「ええ。あなたはきっといいパパになるわね」

「えっ。ああ……」その言葉でクープは動いた。動くのを妨げていたものが解け、彼は立ちあがった。

「そんな柄ではない。とにかく、たいしたことじゃなかった」

「私にはたいしたことだったわ」彼を当惑させてしまったらしいとゾウイは気づいた。そんなつもりではなかったのだけれど。「明日の朝食を作ってあげるなんてどうかしら？」

「え？」

「お返しにパンケーキ。フィンクルマンの奥さんが、あなたがいつも中華料理やピザをどっさり買って帰ってくると言ってたわ。つまり、あなたは料理をしないということね。パンケーキは好き？」

「決まっている」

「じゃ、起きたら教えて。すぐに焼いて持っていくわ」彼女は手を差し伸べ、彼の額から髪を払った。

「ありがとう。助かったわ」

「たいしたことじゃない」彼は後ろを向いて一歩行きかけ、口の中で悪態をついてふり返った。「そうだ、これがなくては。いいだろう？」

彼女に返事をする間を与えず、クープは彼女の顔を両手ではさんで唇を合わせた。

すばやく軽いキスだった。ゾウイの神経の末端がスパークした。

彼女がぴくりとも動かなかったので、クープは頭を起こし、彼女を見た。彼女は彼を見つめていた。彼女の目はとろりとして黒っぽかった。これと同じ恍惚《こうこつ》の表情をどこかで見たと彼は思った。心の奥の方で何かがうごめいた。彼女が何か言いたげに口を開いたが、彼は頭をふって再びキスをした。さっきより長く、より親密なキスを。やがて彼女の体から力が抜けていくのがわかった。ゾウイの喉から小さくうっとりとしたうめきがもれた。

彼女の両手がクープの腕を這《は》いあがり、肩をぎゅっと握ると、彼のもつれた髪の中に入ってきた。二人はそこに立ったまま固く抱き合った。

どちらかが身を震わせた。双方がだったかもしれない。彼の口の中には彼女の熱い味が、血の中に彼女のぬくもりがしみ渡っていたのだが。彼はまだ夢の中にいるみたいだった。夢は彼を引き戻そうとしていた。現実を忘れさせようとしていた。

ゾウイは現実を忘れていた。今この瞬間、たくましい腕に抱かれていることとキスのすばらしさしか頭になかった。長いあいだ眠っていた欲求が目覚め、ゆらゆらと浮上してきた。

触れて。私はそう言ったのかしら。それとも、とろけた頭の中でつぶやいただけ？　どちらにせよ、彼の力強い手がゾウイの体を一撫でし、火をかきたてた。

燃えるということがどういうことなのかゾウイは思いだした。火が消え、そして独りぼっちで残されるのがどういうことなのかも思いだした。

「クープ」ああ、ひどく求めている。なるようになってしまいたい。けれどゾウイはもはや子供ではなかった。向こう見ずな女の子ではなかった。じぶんさえよければいいではすまない。「クープ、だめよ」

クープはすぐにはキスを終わらせなかった。歯が彼女の舌をとらえた。しかし彼は体を離した。我に返ると、彼はホームベースにヘッドスライディングした選手のように荒い息をしていた。

「謝らなくてはいけなさそうだ」

ゾウイは首をふった。「あなたは悪くないわ。私も悪くない」

「ならよかった」クープの両手は彼女の肩に置かれていた。その手に一度力をこめてから下に落とし、ポケットに入れた。「ぼくもそう思う。実は、君の足を一目見たときからずっとこうしたいと思っていた」

ゾウイはぴくりと眉をあげた。聞き違いに違いない。「私の何をですって？」

「足さ。君は脚立にのぼってペンキを塗っていた。裸足《はだし》だった。君はものすごくセクシーな足をしている」

「本当？」ゾウイはあっけにとられた。彼は私を興奮の坩堝《るつぼ》に突き落としたかと思うと、つぎの瞬間には笑わせる。「ありがとう。とりあえずそう言っておくわ」

「そろそろおいとましたほうがよさそうだ」

「ええ、そのほうがいいわね」

クープはうなずき、歩きだした。彼が足を止めると、彼女は身をこわばらせた。だが、切望していたけれど、クープはふり返って彼女を見ただけだった。

「君を口説いてベッドに誘うつもりはない。でも君がほしい。そのことを君に言っておきたかったんだ」

「うれしいわ」ゾウイは震えそうな声で言った。

彼の後ろでドアが閉まると、ゾウイはふらふらの脚をたたんでソファに座った。そしてじぶんに問いかけた。さあ、これからどうするつもり？

6

クープがやっとの思いでベッドから這《は》いだしたのはもう昼近くだった。よろけながら浴室に行き、溺《おぼ》れるほどシャワーを浴びてようやく両目が開いた。濡《ぬ》れた体を腹立たしくふき、髭《ひげ》を剃《そ》ろうかという考えがちらと浮かんだが、やめにした。

ショートパンツとTシャツを急いで着てまっすぐコーヒーメーカーのところへ行った。コーヒーを落としながら玄関のドアを開けて日差しを入れ、そのまぶしさで残っていた眠気をふき飛ばした。

ゾウイとキーナンは庭にいた。母親は笑いながら、プラスチックのバットをかまえている息子にシートノックをさせようとしている。あれでは無理だ。だが、子供が楽しんでいるのはたしかだった。クープは二人に気づかれないうちに中に引っ込もうとした。しかし、スポーツが得意な彼はつい口を出した。

「その立ち方じゃ打てっこない」

クープの声に二対の茶色の目がこっちを見た。

「ハイ、クープ。ぼく野球をしてるんだよ」観客ができたのに喜んでキーナンはバットをふり、危うく母親の顎を打ちそうになった。

「気をつけて、チャンピオン」彼女はバットから離れてクープに言った。「おはよう。朝食にしたい？」

「ああ、そうだな」

キーナンはまたスイングした。かわいそうなくらい下手で、女の子みたいだった。クープは口の中でぶつぶつ言った。誰かがバットの握り方を教えてやらなくてはいけない。そうだろう？　クープはじぶんに言い聞かせながら外に出ていった。

「短く持ちすぎてる」

ゾウイは眉をひそめた。「でも本には――」

「本」彼は思わずばかにした声をあげた。キーナンがまねした。ゾウイの目が険しくなった。「ごめん。だが聞いてくれ。足し算や引き算は本で学べる。しかし野球は学べない。それじゃ女の子みたいだぞ」

クープはしゃがみ、キーナンにちゃんとバットを握らせた。

ゾウイはエキスパートに任せる気持ちになっていたが、最後のひとことにひっかかった。「今のはどういうこと？　女性はスポーツができないと言いたいの？」

「そんなことは言っていない。肩を使ってスイングするんだ」クープはキーナンに言った。彼は口が悪いかもしれなかったが、頭は悪くなかった。「女性でもすばらしい運動選手がたくさんいる。ボールをしっかり見るんだぞ」彼はキーナンの手に片手を添えながら、もう一方で軽くボールをトスした。バットがボールをとらえ、ぱこんという音がした。

「ヒットだ！　ぼくが打ったんだぞ！　すごい当りだ！」

「メジャリーグ級だ」クープは目を後ろに向けてゾウイを見た。「パンケーキを焼いてくれるんじゃなかったかな？」

「そうだったわね……そうね」彼女はふっと息を吐いた。「あなたがやってくれるのかと思ったの」

「ぼくはパンケーキのことなんかぜんぜん知らない。君は野球の知識がゼロだ。おたがい詳しいことをしないか？」

「くだらないバットでくだらないボールを打つのがそんなにすごいことかしら」彼女は怒ったように言ってキッチンのドアに向かった。

「でも君にはできないだろう」

彼女はぴたと足を止め、目を細めてふり返った。

「できるわよ、もちろん」

「そうか。わかった。オーケー。じゃ、キーナン、もう一度やってみよう」

「こんどは私の番よ」どこもかしこも挑戦のかまえで、ゾウイは息子の手からバットを抜きとった。

「打つつもりなの、ママ？　ほんとに？」

「ええ、見てらっしゃい」彼女はクープが持っているボールに手を差しだした。彼女はボールをトスしてスイングした。バットがボールを叩《たた》き、金網フェンスのそばまで飛んでいった。キーナンは歓声をあげてボールを追いかけた。

　クープは鼻で笑った。「悪くない。女の子にしては。だが、誰だってノックはできる」

「キーナンは小さすぎるからプラスチックのボールでないとだめなの」

「いや。ノックはじぶんで球を投げて打つんだ」

「ああそう」

「クープ、投げるよ。取って」

「いいぞ。力いっぱい投げろ」

　キーナンは三回投げた。ボールは投げるたびに転がって、なんとかクープのそばまで来た。

「もしかしてあなた、あなたが投げたら私は打てないと思って……」ゾウイが言いだした。

「投げてあげよう」クープは辛抱強く言った。「君のためにピッチャーをつとめるよ」

「じゃ、投げて」彼女はバットをかまえた。

「よし。もうちょっと体をひねって。そうだ」彼は後ろにさがった。「ゾウイ、それじゃバットで釘《くぎ》を打とうとしているみたいだぞ。オーケー。行くぞ」

　クープはアンダースローで弱いボールを投げた。それでもゾウイはボールから逃げないように歯を食いしばらなくてはならなかった。息子が見ている。これにはじぶんのプライドと女性の尊厳がかかっているのだ。ゾウイは思いっきりバットをふった。当たった。打ったゾウイが誰よりびっくりした。クープは鼻を直撃しそうに飛んできたボールを取った。

「ざっとこんなものよ」ゾウイは目をまるくしている息子にバットを返し、両手をはたいた。「じゃ、パンケーキを焼いてくるわね」

「ママはすごいヒットを打ったね」キーナンが尊敬をこめて言った。

「そうだな」クープは彼女の後ろで裏口のドアが揺れて閉まるのを見届けた。「君のお母さんは本当に……すごい」

「クープ、ぼくに投げてくれる?」

「いいとも。でも、まず打者の足の位置をちゃんとしよう。そうだ、プロのプレーヤーみたいだぞ」

ゾウイはパンケーキの最後の一枚を重ねた山の上にのせ、窓から外を見ると、ちょうど息子がバットをふったところだった。ボールはほんの少ししか飛ばなかった。だが、クープがおおげさにダイビングキャッチして取りそこなうと、キーナンは躍りあがって喜んだ。

「すごい当たりだから取れなかった」クープが言うとキーナンが飛びついてきた。「おい、おい、野球にはタックルはないぞ。フットボールはオフシーズンだ」彼はもがく子供をつかみあげ、高く持ちあげて逆さにした。子供と遊んでいるうちに、いつのまにか不機嫌な気持ちは消えていた。

子供といっしょに過ごすのが日課のようになった。何かもくろみがあるわけではなく、ただ庭でキャッチボールをしたり、じぶんの部屋でキーナンにバスケットボールのダンクショットの仕方を教えたりするだけだった。別に子供に情が移ったわけじゃない。クープはじぶんに断言した。ひまがあるときや、子供がいっしょにいたがるなら、それも悪くないじゃないか? あの大きな目で英雄をあがめるように見られるのは案外気分がいいものだ。それに何かにおかしがってキーナンがはじけるような声で笑うのを聞くのもさほどの苦行ではない。

子供がときどき母親というボーナスを連れてきてくれるなら、それはぜんぜん苦行ではない。

実を言えば、あの雷の夜以来、母子とは始終顔を合わせるようになっていた。彼女は気さくに親しげにふるまっているが、クープと二人きりにならないように用心している。あるいはクープにはそう思えた。

そのことを心に留めておかなければ。そう思いながら彼はコンピューターの電源を切った。

クープは二個のミニチュアカーを手に取った。キーナンが忘れていったがらくたのような子供の玩具《おもちゃ》だ。ゾウイのことがだんだんわかってきたと思うのだが、クープの観察が正しいとすれば、大きな薔薇《ばら》の花束よりも玩具を持っていくほうが歓迎されるはずだ。

彼は玩具の自動車をもてあそびながら階段をおり、彼女のキッチンのドアをノックした。

ゾウイは洗濯室で洗濯機の扉をばたんと閉めた。

「どなた?」

「クープだ」

彼女はためらい、洗濯機のボタンを押した。「入って。すぐに行くわ」彼女は洗濯がすんだものを入れたバスケットを、防備と必要に迫られて抱えた。そしてキッチンに出ていった。

彼はすてきだった。ゾウイはこの男性がとてもすてきだなんてことを思ったりしないように努力していた。非常に努力していた。すごく男らしい。長身ですらりとした運動選手のような筋肉と体、乱れた黒い髪、なんともいえず魅力的な淡い緑色の目。彼がこっちを見て微笑するたびにどきどきしてしまうのは困る。

「こんにちは」ゾウイはバスケットをキッチンのテ

ーブルにのせると、すぐそそくさとソックスをたたみはじめた。

「こんにちは」キッチンはいつものように取り散らかっていた。彼女には片付けを手伝ってやる人間が本当に必要だとクープは思った。ああ、彼女はすてきな匂《にお》いをさせている。「キーナンがぼくのところにこれを忘れていった」彼は玩具の自動車をテーブルの上に置いた。「捜しているんじゃないかと思って」

「ありがとう」

「彼はどこ？」

「幼稚園よ」

「ああ、そうだった」キーナンの日課はしっかりとクープの頭に入っていた。昨日のボックススコアと同じように。「君は今花屋から帰ってきたところかい？」

「そう……そうなの。結婚式を二つ抱えてるから、店が今忙しくて。だから本当はこれから三週間フルタイムで働けるのだけれど、そうするとキーナンのことをしてあげられないでしょう」

「どういうこと？」クープはバスケットからなんとなくシャツをつまみあげた。

「つまり、その春の結婚式よ。結婚式の花のアレンジメントにはとても手がかかるの。だから、フレッドはしばらくフルタイムで来てくれないかって」

「いい話じゃないか」

「キーナンが行っているのはデイケアの保育園というよりプレスクールに近いの。三時までしか預かってもらえないのよ。それに来週は送り迎え当番があるし、金曜日にキーナンとほかの友達をコミュニティセンターのプールに連れていくと約束しちゃったし。あの子はそりゃ楽しみにしてるの」

「ああ、そう言ってた」クープは二十回くらい聞かされたのを思いだした。

「彼をがっかりさせたくないのよ」

「じゃ、ぼくが代わりにやろう」

ゾウイはびっくりして両手にソックスをぶらさげたまま、彼を見上げた。「え?」

クープはじぶんがそんなことを言ったのが信じられなかった。彼はちょっと彼女を見つめた。そして肩をすくめた。「ぼくが代わりをすると言ったんだ。たいしたことじゃない。幼稚園から帰ったらぼくのところに来ていればいいんだし」

ゾウイは頭をかしげた。「仕事があるでしょう?」

「そう呼んでいるものはある。それで給料をもらっているから」彼は微笑した。うまくのみ込んでもらえる言葉を探した。「書く作業はほとんどうちでしている。インタビューや社に行くときはいっしょに連れていけばいい。彼は喜ぶだろう」

「それはもちろん」ゾウイは目を細めた。どうもよくわからない。このJ・クーパー・マッキノンという人が。「でも、どうしてそんなにまでしてくれるの?」

クープはどう返事をしていいかわからなかった。

「どうして? 彼はそんなに邪魔じゃないからだろう」

ゾウイは笑い、また洗濯物をたたみはじめた。

「そうかもしれないわね。でも、忘れてない? 送り迎えの当番もあるのよ」

「車の運転はできる。子供を何人か幼稚園にほうり込んでまた連れて帰ってくればいいだけだ。たいしたことないだろう?」

「なんとも言えないわ」彼女はぼそぼそと言った。経験してみなければわからない。すべてのおとなが一度はあれをしてみるべきだ。「それにプールのこともあるわ」

「ぼくは大学で水泳部のキャプテンで、州代表だった」

ゾウイは目をあげた。「あなたは野球をやっていたのだと思ったわ。その……キーナンがそう言ってたから」

「やっていたよ。最後のシーズンは打点二一二だった。バスケットボールもやっていた。一ゲームに平均四十二ポイントあげていた」得意そうに言っているのに、クープは気づいた。図体《ずうたい》ばかり大きくて気の弱い高校生がチアリーダーの気をひこうとしているみたいだ。彼は顔をしかめてミニチュアカーに目をやり、一台をテーブルの上で動かした。

「キーナンが言っていたけれど、あなたはエンジンの音をまねするのがとてもじょうずなんですってね」

「うん、一つの才能かな」

彼は照れている。ゾウイはそれに気づき、彼を抱きしめたくなった。「提案だけど、一つずつ試してみるっていうのはどう？　もし無理そうなら――」


クープは目をむいた。「ちびすけ一人とその友達の二、三人くらい扱えるよ」

「オーケー。もし扱うのがいやになったとしても恨みっこなしよ」

「いいとも。いつからはじめる？」

「明日からだと助かるわ」

「オーケー」これで決まった。さて、もう一つの用を片付けよう。クープは思った。「夕食はどう？」

ゾウイはどきどきして目をまるくした。「どうって……。チキンよ。フライにするつもりなの」

「そうじゃなく」クープは一歩近づき、ゾウイはあとずさった。「ぼくが言っているのはいっしょに夕食をとらないかということだ。外で。君とぼくとで」

「ああ、そうなの……」いい返事だわ。ゾウイは思った。とても明快だ。彼女はまたあとずさった。

「今夜は仕事があるの」

「じゃ、明日」
「私は外出はしないの」
「それは知ってる。君はいったい何から逃げている
んだ、ゾウイ?」
「あなた」じぶんに腹が立ち、ゾウイは片手をあげ
た。気づくとその手は彼の胸を押していた。「私は
誰ともデートしたくないし、何もはじめたくない。
それにはちゃんとした理由があるの」
「いつかその理由とやらを聞かせてほしいな」クー
プは片手を彼女の髪にすべらせ、後ろで髪を束ねて
いるゴムバンドをはずした。
「またキスをするつもりじゃないでしょうね」
「もちろん、そのつもりだ」クープは言葉どおり軽
く唇を重ねた。目を開いたまま、彼女の下唇を口で
とらえ、舌と歯を使ってくすぐり、誘惑する。「君
の唇はすばらしくすてきだ」
ゾウイは息ができなくなった。胸が詰まり、目の
前がかすんだ。これはすべて私の求めるものだ。ま
るで命がけで彼とキスをしないようにがんばってい
る気がした。こんなのはフェアではないと、至福の
深みに沈んでいきながら頭の隅で思った。こんなふ
うになってしまうのはあまりにも長いあいだ女とし
て感じることをじぶんに禁じてきたから、そのせい
よ。それだけのことよ。
蝋《ろう》が溶けるように、ゾウイはクープにしなだれか
かった。クープはすらりとした体が溶けだす感じが
これほどエロチックだとは知らなかった。ちょっと
キスをするだけのつもりだった。たがいの反応をテ
ストしてみようとしただけだが、彼の手はすでに彼
女の体をすべり、這い、探索していた。
彼の手の感触が、かたくてざらざらした手が肌に
伝うと、ゾウイは屈服した。
「私、考えなくては」
「考えるのはあとだ」クープは彼女の喉に唇を押し

あてた。

　ああ、すてきだ。長いこと忘れていたうっとりとするこのうずき。でも、このうずきを癒《いや》そうとすれば、そのあとどういう結果になるかゾウイはよく知っていた。

「クープ、こんなことできないわ」

「できるさ。ぼくが教えてあげよう」

　ゾウイはうめきながら笑った。顔をそむけた。

「頭がふらふらよ。もうやめて。いったい私をどうしようというの？」

「ぼくはまだ何もはじめていない。二階に行こう。上の部屋に。ぼくは君を体の下に感じたい。君の中で感じたい」

「私も」ゾウイは体を震わせた。体の中で欲望が爆発した。「でも、クープ、まず考えなくてはいけないわ。考えないと。この五年間こんなことなかったんですもの」

　彼女の喉に這わせていたクープの唇が止まった。彼はゆっくりと頭を起こして彼女を見た。彼女の目は黒く潤み、唇は腫《は》れて熟れたようにふくらんでいた。

「誰とも？」

「誰とも」ゾウイは息を吸い込み、無我夢中で彼の服を引き裂いてしまわないうちに冷静になれるよう祈った。「キーナンが生まれる前から。こんな欲望は枯れ果ててしまったと思っていたわ。落ち葉みたいに。そんな私にあなたがマッチをすった。どうしていいかわからないわ」

「あの子の父親をまだ愛しているのか」クープは用心深く言った。

「いいえ」こんなに動揺していなかったらゾウイは笑っただろう。「彼は無関係よ。もちろん彼は……私、立っていられないわ」ゾウイはがくがくする脚で椅子のところへ行った。「こうなることはわかってたわ。一目あなたを見たときにわかった。誰ともつき合わなかったのは、誰ともつき合いたくなかったから。私にはキーナンがすべてだった。計画もあるし」口から出たその言葉が胸にずきんときて、ゾウイは目を曇らせた。「そう、私には計画があるの。学校に戻りたい。勉強し直して、いつかじぶんの花屋を持つのが夢なの」

彼女が涙声になったのでクープはびっくりした。

「ゾウイ――」

だが、すぐに彼女がさえぎった。

「すべてうまく運んできたわ。家を持てたし。あの子のために家と庭とよい環境がほしかったの。皆に頭がどうかしていると言われたわ。そんなことできるわけないって。独力で子供を育てるためにすべてをあきらめたりしたらきっと後悔するって。私は後悔なんてしていない。あの子は最高の宝物よ。それに私はちゃんとやってるわ。キーナンに何一つ不自由させていないもの。彼は賢くて、面白くて、すばらしい子よ。私たちはきちんと暮らしているし、もっとよい暮らしができるようになるわ。自信がある。私には誰も必要ないの。だから……ああ、どうしよう。私はあなたに恋をしてるのよ」

「なんだって？」

彼女の頭を撫《な》でようとして持ちあげたクープの手が凍りついた。

「ああ、困った。困ったわ」ゾウイはバスケットから小さなソックスの片方を引っ張りだして目をふいた。「たぶんこれは単にホルモンのなせる業だわ。きっとそうよ。このあいだの夜帰ってきたら、あなたがあの子といっしょにソファで寝ていた。その姿にじんときたの。それからあなたがキスをして、そしてすべてがおかしくなってしまった。それにあなたは庭でいかにも得意そうに男らしさを発揮したわ。キーナンにボールの打ち方を教えたりして。そのあとあなたはパンケーキを食べながら私を見つめたわ。あなたに見られると息が苦しくなるの」

途中でクープは頭の中が白くなった。

「ぼくはどこかで一歩踏みはずしてしまったみたいだ」

「いいえ、そんなことないわ」ゾウイははなをすすり、なんとか気持ちを静めようとした。「私は欲張りになっているだけ。これは私の責任よ。あなたはキーナンにとてもやさしくて、そして私に対してはいつも正直だわ」ため息をつき、彼女は涙のしみた靴下を膝に落とした。「だいじょうぶよ。じぶんの感情はじぶんで責任を持つわ」それでもまだ彼がかわいがっている飼い犬に喉元を襲われたような顔をしているので、彼女は微笑した。「ごめんなさい、クープ。ぶちまけてしまって。じぶんでもこんなものが胸に詰まっているなんて知らなかった」

クープは一歩あとずさった。「ゾウイ、ぼくはあの子が好きだ。誰だって好きになるさ。それに君を魅力的だと思う。だが――」

「弁解なんていらないわ」ゾウイは立ちあがった。脚はもうふらついていない。「本当に。あなたに何かを求めているわけじゃないの。居心地悪くしてしまったのならごめんなさい。私はすっきりしたわ」奇妙なことに、じっさいそうだった。「あなたとベッドをともにしたら、おたがいを理解できるようになると思うわ」

「え――」

「私たちはどちらもいつかそうなるのを知っているわ」ゾウイは静かに言った。「私たちはどちらもそれを望んでいる。だとしたら、ぴりぴりしているより受け入れるほうが賢いわ。キーナンは友達の家に泊まりに行きたがっているの。その線でアレンジするわ」クープの表情を見て彼女はちょっと笑った。

「四歳の子がそばにいたら気になるでしょう。いっしょに過ごす夜を決めてもいいかしら？」

「いや。ぼくは――その――」

「気が進まないのならいいの。あなたがその気になったときでもかまわないわ」

クープは彼女の顔をじっと見た。彼女をほしいという気持ちはさっきと同じだった。加えてそれとはまったく違う何か熱いものがこみあげた。はじめて感じる何かだった。

「いや、ぼくは君がほしい。いつでも」

「月曜日の夜はどう？」

「月曜日は夕方からダブルヘッダーがある」まるで歯医者の予約を取るみたいに愛を交わす夜の予定を決めている。クープは信じられない思いだった。

「じゃ……水曜日は？」

彼はうなずいた。「水曜日はだいじょうぶだ。どこかへ出かけたいかい？」

やさしい人。ゾウイは思った。そうきいてくれるなんて彼は本当にやさしい。「そんな必要はないわ」

彼女は彼の頬に手を置いた。「花もキャンドルのあかりもいらない。キーナンを送ってからあなたのところに行くわ」

「そう。ならそれで。じゃ……ぼくはそろそろ仕事に戻ることにしよう」

「明日からのキーナンのこと、今でもその気がある？」

「もちろん。帰ったらぼくのところに来るように言っておいてくれ」クープはドアの方へあとずさり、ゾウイはまた洗濯物をたたみはじめた。「じゃあ、また」

ゾウイは階段をあがっていく彼の足音に耳をすました。彼のことは失敗だったわ。彼女は自分に言った。でも失敗ならほかにもいろいろしている。危ないことをすべて避けて通るとしたら、そんな人生はものすごく無味乾燥に違いない。

7

「シュート。得点したぞ！」

キーナンがダンクシュートすると、クープは観衆をまねてやじった。

「ぼく、もう一回できるよ。やっていい？」クープに肩車されているキーナンは、スニーカーの足をばたばたさせた。

「オーケー。ファウルでフリースローだ」クープは手のひらサイズのボールをすくいあげ、キーナンがせっかちにのばす手に渡した。「ゲームポイントだ。時間は十秒以内。このフリースローで勝負が決まる。了解？」

「了解！」

「フレミングがラインに立ちました。場内は息をのんで静まり返っている。彼は今日生涯最高のプレーをしてきましたが、このシュートですべてが決まります。彼はゴールの網をじっと見つめる。バスケットをじっと見てるか？」

「じっと見てるよ」キーナンは歯のあいだからちょっと舌を出し、真剣な顔で言った。

「彼がかまえた……シュート！」

小さなゴムボールがリングの縁をまわる。クープは、ボールが危ういところで中に落ちてネットをくぐるのを横目で見届けた。

「場内は興奮と熱狂に包まれています！」クープはソファのまわりを跳ねまわり、キーナンは彼の肩の上でほーほーと歓声をあげて手を叩《たた》いた。彼はキーナンをソファのクッションの上におろした。子供がはじけるような笑い声をあげた。その声を聞くたびにクープは思わずにやっとしてしまうのだった。

「君は天真爛漫《てんしんらんまん》だな」

「シュートしてよ、クープ！　して！」

要請にこたえ、クープは回転ジャンプシュートを披露した。こんなふうに雨の日の午後を過ごすのは悪くないと思った。それにこうしていると、この雨の日の夜をどう過ごすか考えないでいられる。

今日は水曜日だ。

「さあ、タイムアウトだ。ぼくは陸上競技会の記事を一つ書いてしまわないと」

「また新聞社に行くの。かっこいいところだね」

「今日は行かない。書いたらファックスで送るつもりだ。君はテレビを見ててくれ」クープはリモコンでスイッチを入れ、そのリモコンを子供に渡した。

「何か飲んでいい？」

「ああ。君のママがジュースを持ってきてくれてある。いい子にしているんだよ。いいね？」

「うん」

クープがオフィスに行くと、キーナンは這《は》いでるようにしてソファから立ちあがった。彼は幼稚園から帰ったあとでクープといっしょにいるのが大好きだった。いつも何かかっこいいことをするし、手を洗いなさいなんて絶対に言わない。クッキーを食べすぎると夕食がおなかに入らないわよ、なんて言わない。

いちばんうれしいのはクープがたかいたかいをしてくれるときだ。ママがやってくれるのと違う。ママの抱っこは好きだ。おふろのあとで抱きしめてくれたり、怖い夢を見たときに膝にのせてやさしく揺すってくれるのが好きだ。でもクープは違う匂《にお》いがするし、違う感じがする。

どうしてかは知ってる。キーナンはぶらぶらとキッチンに歩いていきながら思った。どうしてかっていえば、クープはママじゃなくてパパだからだ。

彼はクープのことをパパだと考えてみるのが好き

だった。もしぼくが何も悪いことをしなければ、クープはずっといてくれる。そんなふうに思っていた。

二回引っ張ってキーナンは冷蔵庫を開けた。彼がプレゼントした絵をクープがドアに張ってくれてあったので誇らしい気持ちだった。中をのぞくとママが持ってきてくれたジュースの水差しが見えた。クープが好きな緑色の瓶もある。

「ビ・イ・ル」キーナンはつぶやいた。その瓶の味見をさせてと頼んだことがある。するとクープは、おとなになるまでそれはだめだと言った。でも匂《か》いを嗅がせてくれたので、キーナンはじぶんがまだおとなじゃなくてよかったと思った。

今日ははじめて見る瓶が入っている。キーナンは眉根を寄せ、そこに書いてある字を読もうとした。シャ・ル・ド——字がいっぱいありすぎたので、読みたくなくなった。

彼は水差しを出し、取っ手を男らしくしっかりと握って床に置いた。ハミングしながら、コップを出すために椅子を引っ張っていった。いつかはぼくもクープみたいに背が高くなって、そしたら椅子にのぼらなくてもいいんだ。彼は椅子の上で背伸びした。

がしゃんという音と大きな泣き声にクープは飛びあがり、デスクにしたたか膝をぶつけた。紙をばらまきながらオフィスを飛びだしてキッチンに駆けつけた。

キーナンがわんわん泣いている。椅子がひっくり返り、ジュースがごぼごぼ床に流れだしている。冷蔵庫のドアは開けっぱなしだ。クープはジュースの水たまりをまたいでキーナンを抱きあげた。

「どうした？　怪我《けが》はなかったか？」

子供は泣くばかりなので、クープは彼をキッチンのテーブルの上に立たせて血が出ていないか調べた。切り傷か骨でも折れたかと想像しながら。

「おっこちちゃったんだ」キーナンはクープの腕の

中にもぐり込んだ。

「わかった。わかった。頭をぶつけなかったか？」

「ううん」すすりあげながらキーナンはクープがキスをしてくれるのを待った。痛くしたときにはそうしてもらえるのだ。「お尻からおっこちた」キーナンは唇を突きだした。「キスしてちょうだい」

「キスしてほしいって——まさか、冗談だろう？」

子供の唇が震えて新しい涙がこぼれ落ちる。

「痛いところにキスしてちょうだい。そうしないとよくならないよう」

「なんだって」クープは面食らい、片手を髪につっ込んだ。どこも出血していないので心からほっとしたが、しかし、もし誰かに、誰かに、これからしようとしていることを知られたら、それこそ一生の恥だ。彼はキーナンを後ろ向きにし、小さなお尻にそそくさとキスをした。「これでいいのか？」

「うん……」キーナンは握った手の甲で目をこすった。それから腕を差しだした。「抱っこしてくれる」

「よし」子供が首にしがみついてきたが、クープは思ったよりばかげた気分にはならなかった。「もうだいじょうぶか？」

子供はクープの肩に頭をのせてうなずいた。

「わざとしたんじゃないよ。ジュースをこぼしちゃったけど」

「たいしたことじゃない」クープはじぶんでも気づかぬうちに、キーナンの髪に唇を当てていた。彼の内部で何かが変化した。どこかがきしんだ音をたてて開いた。

「ぼくのこと怒ってないよね？　どこかに行っちゃったりしないよね？」

「ああ、怒ってなんかいない」いったい全体これはどういうことなんだ？　未知の、思いもかけない感情がクープの胸に渦巻いた。「どこへも行ったりしないよ」

「ぼく、愛してるよ」キーナンは子供らしい無邪気さで言った。

クープは目をつむった。大の男が四歳の子供の扱いにたじたじとなるなんて、誰が想像しただろうか。

さあ、とうとうだわ。クープの住まいに通じる階段の下に立ってゾウイは思った。あとはただ階段をのぼり、ドアを開けて、そしてベッドをともにするだけ。鳩尾《みぞおち》をぎゅっとつかまれたような感じがした。

びくびくするなんてばかみたい。じぶんにそう言い聞かせて最初の一段をのぼった。私はノーマルな欲求を持ったノーマルな女なの。感情があふれそうになったとしても対処できる。なんの期待も抱いていないのだから傷つくはずもない。

前のときは期待したけれど、今はもっと賢くなっている。

これは二人の独身の人間が性的に惹《ひ》かれ合っているというだけのこと。彼女は後戻りしそうになっているじぶんを励まして前に進んだ。実際的なことは全部整っている。息子は友達の家に泊まりに行っているから心配ない。こんどこそバースコントロールにも手落ちはなかった。

後悔はしない。ゾウイはノックしようと手を持ちあげながらじぶんに約束した。後悔なんて無益だと知っている。

あまりにもすばやくドアが開いたのでゾウイは飛びあがりそうになった。二人は戸口に立ち、たがいにじっと見つめ合った。

彼女はワンピースを着ていた。冬が終わったことを男が感謝したくなるようなデザインの、ごく薄地のサンドレスだ。髪はたらし、細いラズベリー色の肩紐《かたひも》と肌もあらわなほんのりとしたピンクの肩に落ちかかっている。目には気おくれが浮かんでいた。

「やあ」クープは彼女が手にしているコードレス電

話に目をやった。「電話がかかってくるのかい?」

「え? ああ」ゾウイは笑ったが、みじめなくらい自意識過剰になっていた。「そうじゃないの。キーナンがよそに行っているでしょう。だから、万一連絡があった場合のために」

「彼は友達のところなんだろう?」

「ええ」彼女は中に入り、電話をカウンターに置いた。「キーナンはとっても興奮して。あの子――」

サンダルが床にひっかかった。

クープは顔をしかめた。「ふき残したらしい。ちょっとものをこぼしたんだ」

「そう?」

「キーナンが椅子から落ちたんだ。命が十年縮んだよ。彼は無事だったが、オレンジジュースが大量に流失した」ゾウイは微笑しただけだった。クープは冷蔵庫に歩み寄った。なぜつまらないことをべらべらしゃべっているんだ? 「ワインはどう?」

「すてきね」彼もどぎまぎしていると、ゾウイは気づいた。そんな彼がいとしかった。「キーナンはあなたのところで過ごすのをとても喜んでいるわ。あの子の話についていくためにスポーツ欄を読んで勉強しないと」

「彼は理解が早い」

「私もよ」ゾウイはワインのグラスを受けとりながら言った。「どんな数字でも質問してみて。打率と防御率を全部知ってるわ」ワインを小さく一口飲んで一説ぶった。「このあいだの晩のダブルヘッダーの第二試合だけれど、オリオールズは第二イニングでピッチャーを交替していたら勝てたはずよ」

クープはおかしそうに唇の端をよじった。「そう思うのかい?」

「先発投手は明らかに球のきれがよくなかった。放送していた人が――」

「実況アナウンサーか」

「ええ、彼もそう言ってたわ」

「じゃ、君はゲームを見ていたんだ」

「『セサミストリート』も見るわ。キーナンの好奇心についていきたいから」

彼が一房髪をつまんで指にからめたのでゾウイの声はだんだん小さくなった。

「キーナンは恐竜にも興味があるね」

「そうなの。図書館から五、六冊本を借りてきて調べたわ。私たち――」彼の指が肩を伝う。「自然史博物館に二度行ったわ」

ゾウイはグラスをかたわらに置き、彼の腕に体を預けた。

彼は飢えていたようにキスをした。衝撃は強烈だった。あっという間に濃密なキスになった。彼女の喉から小さく震える声がもれると、彼の筋肉はワイヤーの束のように固く張りつめた。

「君が本当に来てくれるかどうかわからなかった」

「私もわからなかった。私――」

「君のことしか考えられなかった」彼女を抱きあげながらクープは言った。「ぼくはもっとゆっくりした展開を考えていた」

「そんなことといいわ」ゾウイはささやき、ベッドルームに抱いていかれながら彼の喉にキスをした。

いっしょにベッドに倒れ込む前に、ゾウイはすばやく周囲を見て取った。きちんと片付いた、質実剛健で、男らしいシンプルな色彩の部屋だった。

どちらも我慢などしなかった。転がりもつれ合い、あえぎ、燃えあがった。体と体、唇と唇、それがすべてだった。ゾウイの頭はくらくらしていた。ああ、こんなふうに愛撫《あいぶ》されたかったのだ。こんなふうに女として感じたかったのだ。男らしい手が体中を這い、彼の口が体中の脈打っているところをむさぼる。

ゾウイは我を忘れた。もう気おくれも不安もなかった。もし恋に落ちているのだとしたら、この喜びがもっとすてきになる。それだけのことだった。

彼女は男の夢そのものだった。彼女のすべてが。すばらしい反応を見せるし、息もつかせないほど積極的だ。そして美しい。服を脱がせると、体はとてもほっそりとしていて完璧《かんぺき》で、子供を産んだということが信じられなかった。黄昏《たそがれ》の光の中で顔は心臓が止まりそうなくらい優美だった。彼が手を触れるたびに、あらゆる場所に触れるたびに、彼女の目に包み隠しなく奔放に喜びがあふれる。

クープは彼女の目が黒く潤むのを見つめた。彼女の体がこわばるのを感じた。彼女が喉を詰まらせて叫ぶのを聞いた。彼は二人とも息もたえだえになるまで駆り立てた。彼女が腰をはずませ腕と脚でしがみつく。

濡《ぬ》れた肌と肌、むさぼる口と口。ベッドの上を転がり、うめき、体を震わせる。クープは両手で彼女の手を強くつかんだ。ちぎれるほど唇を合わせた。

そして彼女の中に入った。荒々しく、深く。

ゾウイが感じたのは槍《やり》で貫かれたような苦痛と恍《こう》惚《こつ》の刺激だった。少しのあいだどちらも動かなかった。体をこわばらせ、恐ろしいほどの緊張の縁にとどまっていた。

やがて二人は動きはじめた。激しく速いリズムで狂ったように一気に絶頂まで駆けのぼった。

こうなるとは思ってもいなかった。クープは思った。彼らはベッドに体を投げだしていた。ゾウイは彼の腕の中で体をまるくしている。黄昏の光も消えて、部屋は影に包まれていた。

彼の考えでは、ベッドルームに至るまでにいくつかの段階を踏むはずだった。二人ともおとなだから、ゴールがそこであることはわかっていたが、もっとゆっくりと行き着くと思っていた。

しかし、彼女は微笑して立っていた。少し恥ずかしそうに目を輝かせて……これまでの人生で、彼はあれほど、人にしろものにしろ、熱烈にほしかったことはなかった。

今もまだ彼女がほしい。急いで一回抱き合って終わりでは、結果がいくらすばらしくても十分ではない。それに夜はまだこれからだ。

クープは肘を曲げて彼女の頭を引き寄せ、こめかみにそっと唇を当てた。

「だいじょうぶか？」

「平気よ……」体が黄金になったように感じられた。ゾウイは暗い中でじぶんが光を発していないのが不思議だった。

「少し急ぎすぎたね」

「いいえ。完璧なタイミングだったわ」

クープは彼女の腕に指をすべらせた。再び彼女がほしくなった。彼の全身の血がもう騒いでいる。少し抑えろ、クープ。彼はじぶんにそう命じた。

「泊まっていくだろう？」

彼女は目を開けて彼を見た。「ええ」

「ワインを持ってくるよ」

「いいわね」彼がベッドを離れるとゾウイはため息をついた。愛を交わしたあと、どんなふうにするのかすっかり忘れてしまった。それを言うなら、その前も最中もだわ。彼女は苦笑を浮かべた。でも、これまでのところはかなりうまくいっていると思った。

じぶんの中にどれほどのものが押し込められていたのか知らなかった。女として感じたいという欲求がどれほどあったか知らずにいた。それに、再び恋ができるとも思っていなかった。

ゾウイは皺《しわ》くちゃになったシーツの下に体をすべらせた。クープがワインとグラスを持って戻ってくると、自然な仕草で胸までシーツを引きあげた。

じぶんのベッドに彼女がいる。それを見るとクープは高まりを感じ、つぎに胸がじんと熱くなった。

彼は黙ってワインをついで彼女に渡し、並んで横になった。

「なぜずっと誰ともつき合わなかったんだ？」そう質問したとたん、クープはじぶんの舌を切りたくなった。「悪かった。余計なことをきいた」

「いいのよ」あなたに会うまで誰にも恋をしなかったから。ゾウイはそう思った。でも、彼がきいているのはそのことではない。「キーナンの父親のことではない。知りたいのもそのことでしょう？」

「ぼくには関係のないことだ。悪かった。つい記者の性分が」

「もうずっと前のことよ。前世のことみたいな気がするわ。話しても平気。私はニューヨークで育ったの。母が女優だということは言ったわよね。私は二度目の結婚でできた子なの。母は五回結婚したわ。今までのところはね」

「五回？」

ゾウイはくすっと笑い、ワインを飲んだ。「クラリスはほかの女性がヘアスタイルを変えるみたいに、恋をしては夫を変えるの。私の父とは四年いっしょにいて友好的に別れたわ。クラリスはいつも友好的に離婚するのよ。私は父に会ったことはあまりなかった。彼がハリウッドに移ったから。彼はコマーシャルに出たり、主にナレーターの仕事をしてるわ。そういうことで、私がハイスクールのときに母は四番目の夫といっしょだった。彼は〈タワーズ・モデル・エージェンシー〉に顔がきく人だったの。かなり大きな会社よ」

「聞いたことがある」

「で、彼のコネで私はモデルをはじめたの。けっこう売れっ子だったのよ」

「それでだ」クープは口をはさんだ。「君の顔を前にどこかで見たことがあると思っていた」

ゾウイは肩をすくめた。「五、六年前のことだけれど、しようがないわね。学校を出た年にはひと月に二十誌の表紙に出たわ」

「『イン・スポーツ』の水着特集号」

彼女は微笑した。「記憶力がいいのね。あれは六年前だわ」

クープは覚えていた。砂のついたすらりと長い脚、濡れた赤い水着、笑っている魅力的な顔。彼はワインをごくりと飲んだ。「すごくすてきな写真だった」

「撮るのにとても時間がかかって疲れ果てたわ。でもギャラをたくさんもらって、たくさんマスコミに取りあげられて、たくさんのパーティに行ったわ。そのどれかでロベルトと出会ったの」

「ロベルト?」クープは顔をしかめた。その名前に聞き覚えがあった。

「ロレンツ。テニスプレーヤー。知っているはずよ」

「ロレンツ? ああ――三年前にフレンチ・オープンをストレートで制し、ウインブルドンでセミファイナルまでいった。だが行いが悪い。車をすごい速度で飛ばしたり、不倫を重ねたりしている。過去二年はシード二十五以上には入っていないな。この春には酒を飲みすぎてカメラマンを殴り、マスコミで叩かれた」クープはグラスを口につけようとして、手を止めた。「ロレンツが? 彼がキーナンの父親だって? しかしあの男は――」

「女たらし?」ゾウイが言った。「エゴイストで金持ちでいけすかないやつ? 知ってるわ、今は。あのころはゴージャスで魅力的な人に見えたの。薔薇《ばら》を贈ってくれたり、自家用ジェット機でモンテカルロにディナーに連れていってくれたり。私は目がくらんでいた。彼は愛していると言ったわ。私に夢中だとか、崇拝している、君なしでは生きられないとね。私は彼を信じたの。そして恋人になった。彼は私のはじめての人だったから、彼は私だけのものと思っていたわ。とにかく、私が妊娠したころには彼は私に飽きていた。私は気づいていなかったけど。彼に話すと、彼は怒ったわ。それからとても冷静になって、とても物分かりよくふるまったわ。彼は私が堕《お》ろしたがっていると思ったのね。それで、費用をすべて負担するし、医者も見つけると言ったわ」

「本当の王子さまだな」

「論理的な考え方だったわ」ゾウイは穏やかに言った。「私には仕事があったし、あの業界は体重が増えたり、つわりがはじまったりしたらもう使ってもらえないもの。もちろん、彼には結婚する気はまったくなくて、私は男と女のゲームのルールを知ったわけ。否応《いやおう》なしにね」彼女は静かに続けた。「でも、妊娠していることを医者からはっきり告げられて何かが変わったの。信じられなかったし、パニックに陥ったし、腹も立った。けれどそれを通過すると落ち着いたわ。心が楽になって、まともに考えられるようになったの。私は赤ちゃんがほしかった。だから仕事を辞めてニューヨークを離れ、手に入る育児書を片っ端から読んだわ」

「そんなにすんなりと？」

「まあ醜い場面もいろいろあったわ。周囲からさんざん悲惨な将来を予測されたり、怒られたり怒ったり。でも、とにかくそうおさまったの。ロベルトと私はとても友好的とは言えない別れ方をしたわ。彼は私の人生にいっさい関与しないし、私も彼の人生にかかわらないという約束でね」

「キーナンにはどう話してあるんだ？」

「つらいところね」その点についてはいつもやましさを感じる。「今のところは、お父さんは遠くに行かなくてはならなかった。彼はもう戻ってこないと。キーナンは幸福よ。だからうるさくきいたりしないわ」

「君は？　君は幸せなのか？」

「ええ、幸福よ」彼女は微笑し、そっとクープの頬に手を触れた。「私はずっと我が家がほしかったの。家族がほしかった。どこかにしっかりと根を張りたいと思っていたの。キーナンができるまでそのことに気づきもしなかったのだけれど。あの子は私の人生を変えてくれたわ」

「仕事に戻りたい、またカメラの前でほほ笑みたいと思うことはない？」

「ないわ。少しも思わない」

クープは彼女のうなじを手で包み、じっと彼女を見た。「こんな美人が」彼はつぶやいた。彼には一つ考えがあった。だが、今はまだじぶんの胸だけにしまっておいたほうがよさそうだ。

8

カープール――車の相乗り利用なんてものを考案したやつはよほどたちの悪いユーモアの持ち主に違いない。クープはこれまでほとんど都会暮らしで、都会では通勤には公共交通機関があったし、ジョギングしても通えたので、おとな版のカープールの経験もなかった。

噂《うわさ》はいろいろ耳にしていたが。

議論、くだらない口喧嘩《くちげんか》、座席はぎゅうぎゅうづめで、コーヒーをこぼし……。

一週間指名ドライバーをやってみてクープは思った。子供版はまちがいなくいっそう始末が悪い。悪いどころじゃない。

「おじさん、彼はまたあたしをつねるの。ブラッドがあたしのことつねってる」

「やめろ、ブラッド」

「カーリーがぼくを見るからだよ。ぼくを見るなって彼女に言ったんだ」

「カーリー、ブラッドを見るんじゃない」

「ぼく気持ちが悪いよう、おじさん。もう吐いちゃいそうだ」

「いや、君は気持ちなんか悪くない」

それでもマシュー・フィニーが吐きそうな音を出したので子供たちはいっせいに金切り声をあげた。

クープは歯ぎしりしながら運転を続けた。マットは助手席に座れない日には、行きも帰りも気持ちが悪くて吐きそうだと脅す。五日間さんざんな思いをしたあとでクープはそれを見破った。だがわかったからといって苛立《いらだ》たしさが少しでも減るわけではない。

フロントシートに座る番が来るのをずっと楽しみにしていたキーナンは、後ろを向いてマットに怪物みたいな顔をした。それを引き金に肘鉄の食らわせ合いや、押し合いへし合いやわめき声、きゃあきゃあと笑い声が起こった。

「キーナン、こっちを向いていろ！」クープは叱《しか》った。「後ろの子たちもちゃんとおとなしく座っているんだ。さもないと車を止めて……」彼はぞっとして言葉をとぎれさせた。まるでじぶんの母親のようなことを言っている。クープは気分が悪くなりそうだった。「さあ、最初の家だ。マット、さっさと降りろ」

十五分後、バックシートは空っぽになった。やれやれ。クープはドライブウェイに入って車を止め、ずきずきする額をハンドルにのせた。

「一杯飲まないといられないな」

「レモネードがあるよ」キーナンが言った。

「ありがたい」クープは腕をのばしてキーナンのシ

は楽しかった、坊や？」

「ぼくたち競争したんだ。それからブラッドが、クープがしちゃいけないって言ったのに、カーリーの頭を水につっ込んで泣かせたんだ。それから、ぼくね、水の中で息を止めて十二数えられたよ」

「まあ、すごい」ミセス・フィンクルマンは笑ってキーナンの髪をくしゃくしゃにした。「つぎのオリンピックに出られるわ」彼女はクープがげっそりした顔をしているのを見逃さなかった。「あなたは少し疲れたみたいね、クープ。キーナン、フィンクルマンのおじさんのところに駆けていって、チェリーパイがほしいって言ってごらんなさい。おじさんが今日焼いたのよ」

「オーケー！」子供はクープの手を引っ張った。「クープもほしい？　いっしょに来る？」

「ぼくはパスするよ。行っておいで」

ミセス・フィンクルマンは、キーナンが転がるようにスポーツシートに座った。ミセス・フィンクルマンは、キーナンが転がるよう

ートベルトをはずした。ともかくレモネードにウォッカをたっぷり入れたやつを飲みたい。

「また泳ぎに連れていってくれる？」やかましい子供たちの一団をまたプールに連れていくだって？　百年先の話だとしても石を詰めたように気が重くなる。「お母さんにきいてごらん」

クープはバックシートに目をやりかけて、見てはいけないと気づいた。はじめたばかりのときにそれで失敗した。ラグの上にチューインガムが張りつき、クッキーの屑《くず》だらけで、シートには正体不明の緑色のものがくっついていた。

神経がずたずたな状態のときには、キャンディの包み紙一枚でも発狂しそうだ。

「ハーイ！」ミセス・フィンクルマンが花模様のガーデニング用手袋を脱ぎながら芝生を横切ってきた。テントドレスをゆさゆさ揺らし、目が痛くなるような派手なブルーのサンダルをはいている。「プール

うに走っていって階段を這《は》いのぼるのを見てくすくす笑った。「かわいいこと。二時間ほどうちで遊ばせておくわ。それともあの子が私たちを遊ばせてくれるのかしら。あなたはしばらく静かな部屋にいたほうがよさそうね」

「精神病棟の壁に綿が入っている部屋に」クープはつぶやいた。「よく皆子供たちに我慢できるな」

「成長の段階を順にくぐっていくとそう大変でもないのよ。ひきつけたように泣く赤ちゃんを抱いて一晩中部屋の中を歩きまわってごらんなさい。あれには何より参るわ」ミセス・フィンクルマンはため息をついた。「つぎが理科の自由研究の宿題。あれにはいつもおかしくなりそうだったわ。それから最初に車の運転を教えるとき」彼女は思いだして頭をふった。「もうどうにかなりそうになるわ」彼女はにっこりしてクープの腕を叩《たた》いた。「あなたはまだ当分その心配はないわね。それにあなたは毎日よくやってるわ。ハリーと私はいつも言ってるの。ゾウイとキーナンの生活に男性が入ってよかったって。もちろんゾウイはちゃんとやっていたわ。子供を育てながら仕事を二つ持って家事もして。でも坊やとあなたが庭でボール遊びをしているのや、あなたがそばにいるとゾウイがうれしそうなのを見ると、なんだかこう胸が温かくなるの。仲のよい家族みたい。さあ、あなたは一眠りしていらっしゃい。坊やはちゃんと見ているからだいじょうぶよ」

「ぼくはその……彼は……」

クープがどぎまぎしているあいだにミセス・フィンクルマンはドレスを揺らして行ってしまった。

家族？　彼は胃の中がひやっと冷たくなるのを感じた。ぼくたちは家族じゃない。違う。違う。彼はきつくじぶんに言い渡しながら家の横をまわり、じぶんの住まいへの階段をのぼった。

あの子は好きだ。まちがいなく。では、好きじゃないものはなんだ？　ぼくはあの子の母親にすっかり夢中だ。だからといって家族じゃない。そういう関係は結んでいない。じぶんから志願して子供といっしょに過ごし、キャッチボールをしたり、ボールゲームについてちょっと教えてやったりするが、だからといってパパになったわけじゃない。

彼は冷蔵庫に直行し、ビールのキャップを抜いてごくごく喉に流し込んだ。

たしかにあの子といっしょにいるのは楽しい。ゾウイと過ごすのは言うまでもなく。プールで、キーナンを彼の子供だと勘違いした女性から、とってもかわいいお子さんねと言われたときにはひどく喜んだ。だが、だからといって家族の健康保険や学資保険のことを考えようとは思わない。

ぼくは独身だ。独身が気に入っている。好きなときに出かけ、好きなときに帰り、徹夜でポーカーをすることもできるし、一日中テレビの前に座ってスポーツ番組を見ていられる。

それにじぶんのペースで仕事をするのが好きだ。だから社ではなく、原稿はほとんど家で書く。他人にものをいじられたり、時間をどうこう言われたり、ピクニックやら何やらに出かけるのは好きじゃない。

家庭生活には――じぶんの子供のころをふり返ってみると――うんざりするほどピクニックやら家族総出の行事がつきものだ。

文句なく快適な今の生活を家庭本位に切り替えるなんてとんでもない。

だとしたら失敗だった。クープはビールを手にソファの上で脚をのばしながら思った。ゾウイとキーナンとあまりにいっしょに過ごしすぎた。かかわりを持ちすぎた。それがいやなのではない。だが、今にして思えば、そういう行為は誤解のもとになる。とくに、ゾウイは恋という言葉を口にした。あのとき一度だけだが。あの言葉はああいうときに女性一般の口から自然にこぼれる台詞《せりふ》ぐらいに考えておきたかった。

　だとしても、もしこのままいけば、彼らはぼくをあてにしだすだろう。ぼくも彼らをあてにするのではないか。そんな思いがちらと胸をよぎり、クープは居心地悪そうに身じろぎした。

　今が、二階を借りているだけの人間として関係を作り直すときかもしれない。

　ゾウイが車を止めるとすぐに、キーナンが隣家のドアから飛びだしてきた。

「おかえりなさーい、ママ！　ぼく水にもぐって息を止めて十二数えられたんだよ！」

　ゾウイは飛んできた子供をキャッチし、抱きあげて二回ぐるっとまわった。「あなたはきっとここに隠れたえらがあるんだわ」彼女は子供の肋骨《ろっこつ》あたりをくすぐった。「ただいま、ミセス・フィンクルマン」

「おかえりなさい。坊やといっしょに楽しく過ごしていたのよ。クープには一眠りしていらっしゃいって言ったの。帰ってきたとき、彼は疲れた顔をしていたから」

「ありがとう」ゾウイはキーナンの唇にキスしてじぶんの口をなめた。「うーん、チェリーね」

「フィンクルマンのおじさんが焼いたんだ。とってもおいしかった」

「でしょうね。ちゃんとごちそうさまを言った？」

「ああ……うん。マットがクープの車の中で吐きそうになったんだよ」

「吐きそうに」ゾウイはキーナンを抱いて家の中に入った。

「うん。どうしてかっていうと、今日はぼくが前の席に座る番だったから。すっごく楽しかったな。クープに助けてもらって泳いだんだ。ぶくぶくしなかったよ。彼がね、ぼくのことチャンピオンだって言った」

「そう、あなたはチャンピオン」ゾウイはキーナンを抱いたまま椅子に倒れ込んだ。今日はまだいろいろ控えている。夕食を作ってユニフォームに着替え、六時間給仕をする。「ぎゅうっと抱きしめて」彼女は言い、子供に頰ずりしてじぶんを慰めた。「うん、さすがにチャンピオンのぎゅうだわ。さて、キッチンに来て、ママが夕食を用意するあいだに今日ほかにどんなことをしたのか話してくれない？」

三十分後、ゾウイはゆでたパスタの水を切っていた。キーナンはキッチンの床に画用紙を広げてクレヨンで絵を描《か》いている。するとクープが階段をおりてくる音がした。ゾウイは心臓がどきどきした。ノーマルで健康的な反応だわ。彼女は微笑した。

彼女は水切り中のパスタをシンクに置いて裏口のドアを開けると、ちょうどクープが下までおりてきたところだった。

「こんばんは」

「どんな具合？」クープはポケットの中で鍵《かぎ》をちゃらちゃらさせた。彼女は輝いて見えないか？　クープは思った。にこにこしている。目の下に疲労の隈《くま》ができているが、瞳はきらきらしていた。

「ちょうど呼びに行こうと思っていたところなの。今日はプールで大変だったでしょうから、夕食をどうかと思って」彼女は網戸を開け、キスしようとして身を乗りだした。彼が尻込みしたので笑みがちょっと薄れた。「チキンとパスタだけよ」

彼女はいつものようにすてきな匂《にお》いがした。クープはちらと中をのぞいた。家庭的な光景だ。散らかったカウンター。生けた花。ガス台の上の鍋《なべ》から湯気があがっている。子供は床に寝そべり、きれいな女性が彼に夕食をすすめてキスしてくれようとする。

まさに罠《わな》だ。

「ありがとう。だが、出かけるところなんだ」

「あら。試合まであと二時間はあると思っていたけれど」彼が驚いて眉をあげると彼女は笑った。「このごろ私スポーツ欄によく目を通しているみたい。ボルティモア対トロントの三試合のうちの一つ」

「そのとおり」こちらの仕事の分野に興味を示してきたということは、彼女は本気で檻《おり》の扉を閉めようとしているのだ。「片付ける仕事があるんだ」

「いっしょに行っていい？」キーナンが戸口に走ってきてクープのズボンを引っ張った。「ぼくも連れてってくれる？　ぼく、クープとゲームを見るのがいちばん好きだ」

クープはがちゃんと錠がおりる音が聞こえたような気がした。「今日はいろいろすることがあるんだ」そっけなく言うとキーナンの唇が震えだした。「いいかい、ゲームを見るだけじゃないんだ。仕事なんだよ」

「ぼくはいい子にしてたと言ったでしょう」

「キーナン」ゾウイは息子の肩に手を置いて引き戻したが、目はクープを見つめていた。「忘れたの？　今夜はベスが来ていっしょにいてくれるのよ。彼女はじきに来るわ。そしてあなたの大好きなビデオを見るんでしょう」

「でも、ぼく——」

「さあ、夕食にするから手を洗っていらっしゃい」

「でも——」

「行きなさい」

キーナンの今にも泣きだしそうなくしゃくしゃの顔を見たら鬼でも気が変わるかもしれない。子供は足をひきずってキッチンから出ていった。

「あの子をどこにでも連れていくわけには……」クープは言い訳がましく口を開いた。

「当然よ。キーナンは疲れすぎてだだをこねているだけ。いずれにしろ私はあの子を行かせないわ」ゾウイはためらった。ぴんときたものを無視できたらと思った。「何かあったの？」

「何もない」クープはなぜじぶんがごたごた言っているのかわからなかった。靴の底に何か汚いものが張りついているようにいやな気持ちがするのはどうしてなのかわからなかった。「ぼくにはぼくの人生がある。わかるだろう。背中にしがみつくちびたちもいらないし、君に夕食を作ってもらう必要もない。それにじぶんのすることをあれこれ説明したくない」

彼女の目がすっと冷たくなったが、顔は非常に静かだった。「もちろんそうですとも。この二週間助けてくださってありがとう。感謝しているわ。もし私にお返しできることがあったら言ってください」

「ゾウイ――」

「もう夕食にしないと。仕事に遅刻してしまうわ」

ゾウイは二人のあいだの網戸をぴしゃりと閉めた。

「いってらっしゃい」

ゾウイはガス台の前で動きながら、彼がどれくらいそこにたたずんでいたか正確に知っていた。いつ彼が背中を向けて歩み去ったか正確に知っていた。

別に意外なことじゃないわ。彼女はじぶんに言い聞かせた。尻込みするのは男の典型的な反応だし、その気持ちもわかる。クープの場合、私が一人ではないことを完全にのみ込むまでに数週間かかったのだろう。私とキーナンがペアだということを。すでにできあがっている家族だということを。そこには責任があり、ままならぬことがあり、日常の煩雑な務めがある。

そして彼は抜けることにしたのだ。

彼はまだそのことに気づいていないかもしれない。でも、あれは完全撤退の最初の一歩だ。

目が潤んできた。胸が苦しくなった。だが、ゾウイは断固として涙を押し戻した。あとでゆっくり心ゆくまで泣いていいわ。じぶんにそう約束する。でも今は坊やを慰めてあげないと。

キーナンが戻ってくると、ゾウイはしゃがんで子供と同じ目の高さで向かい合った。

「今日はクープといっしょで楽しかったんでしょう？」

キーナンは鼻をくすんくすんいわせながらうなずいた。

「彼はあなたをいろいろなところに連れていってくれた。楽しかったでしょう。たくさん新しいことをしたわね」

「わかってる」

「もっとおねだりをきいてもらえないからってすねたりしないで、今までのことに感謝しなくちゃいけないわ」

ゾウイは立ちあがった。そのアドバイスがじぶんにもきくといいのだけれど。

9

「このごろはここにいる時間が長いな」ベンはクープのデスクの端に腰かけた。クープの仕切り部屋のまわりで電話がひっきりなしに鳴り、キーボードがかたかた音をたてている。

「だからなんだ？」クープはコンピューター画面に目を据えて週刊のコラムの草稿を打ち続けた。

「いや、君はあの家にいい仕事場をかまえたんじゃないかと思ったのさ。つまり場所が抜群だし」彼はゾウイのことを頭に浮かべた。「眺めも抜群だ。君はダウンタウンに住んでいるときにもめったにここにいなかった」

「環境の変化を求めたのさ」

「へえ」ベンは鼻を鳴らし、クープのデスクの上から野球のボールを取りあげた。「パラダイスに嵐《あらし》が吹いたのかな」

「いったいなんの話だ？　ぼくはコラムを書いてしまわなくてはならない」

「君がこの数週間あの美人の大家さんに張りついていたのはわかっている」ベンは片方の手でボールを投げ、もう一方の手でキャッチした。「ある男がある子供を引っ張って歩き、ちっちゃな野球のジャージーを買ってやったりするのは、つまり、その子のママを釣ろうとしているってことだ」

クープの目が光を放った。「ぼくはあの子が好きなんだ。それに文句があるのか？　四歳の子をだしにして女性を釣ろうなんて魂胆はない。彼はすごくいい子だ」

「別にちびすけに文句はない。ぼくだっていずれは三、四人ほしいくらいさ。問題は、ある女性が子持ちの場合、通常の事の流れを求めるなら、男はパパ役を演じないといけないってことだ」

「女性とつき合うためにぼくが何かの役を演じなきゃならない？　誰の説だ？」

「ぼくのじゃない。しかし、君は先週バスケットボールに来られなかった。あの母子《おやこ》を水族館に連れていったからだ」ベンはウィンクし、ボールを置いた。「とはいえ、きっと、君はコート以外のところでいいシュートを決めたんだろうな」

クープが喉――胸ぐらにつかみかかったのでベンはあわてて体を引いた。

「そんなことじゃない」クープは歯ぎしりした。

「おい、おい。ちょっとからかっただけだ。君が彼女に本気だとわかっていたら冗談なんか言わなかった」

クープはつかんでいた手を離した。「本気だなんて言わなかったぞ。そんなことじゃないと言ったんだ」

「それならそれでいいさ」

クープはじぶんにうんざりして椅子に腰を落とした。ベンとは五年以上も女のことで軽口を叩《たた》き合ってきた。過剰反応するなんてまったくどうかしている。じぶんから物笑いの種になる必要があるか？

「悪かった。このところ頭の中がごたごたしているんだ」

「気にするな。君に必要なのはたぶん気晴らしだ。今夜ポーカーに来ないか？」

「ああ、いいな」

「よし。負けて金をすればいつもの君らしくなるはずだ」

どうにかすべきだ。一人になってから、じぶんの仕切りの中でコンピューターをにらみながらクープは思った。この三日間ほとんど寝ていない。食べ物が喉を通らない。落ち着かない。問題を避けているからだ。バットをふり切るべき場面なのにバントでごまかそうとしている。もとのじぶんに戻りたいなら、唯一の解決法は問題と正々堂々と向き合うことだ。

クープはぱちんと端末の電源を切った。

ゾウイは思った。仕事に行かない日の午後のいちばんいいところは一人きりになれることだ。お客と話さなくていい。注文をきかなくていい。つまり、この時間は、店員でもウェイトレスでもママでもなく、ただのゾウイでいられる。

彼女は背中をまるめて床に座り、新しく買ったバーベキューグリルの組み立て説明書を理解しようと格闘していた。ハンバーガーを焼いてキーナンを喜ばせてやりたいのだ。

彼女は静かなのが好きだった。彼女流の静けさが。それはつまり、キッチンのラジオから音楽ががんがん流れているということだった。彼女は孤独が好きだった。彼女流の孤独が。それはつまり、じきにキーナンが駆けてきて抱きつき、おしゃべりをはじめるということだ。

　二階の住人が留守なのはわかっていた。ゾウイはそのことを考えないように努めていた。この数日クープがほとんど家にいないということも考えないようにしていた。

　彼は違うと思ったのがばかだった。彼は私をほしがり、手に入れ、そして興味をなくした。でも、私も彼がほしかった。だとすれば、おあいこだ。今は胸が痛いけれど、いずれ過ぎていく。前もそうだったもの。私はキーナンと二人で楽しく暮らしていける。前と同じように。

　ドライバーの手がすべって手の甲をひっかいた。ゾウイは罵《ののし》りの声をあげた。

「何をしているんだ？」

　ゾウイは燃える目でクープを見上げた。

「ケーキを焼いているのよ。何をしているように見えるわけ？」

「組み立てるときにそんなにやたらにパーツを散らかしたらだめだ」

　クープは身をかがめてきちんと並べようとした。自然に出た行為だった。ゾウイはドライバーの握りのゴムの部分で彼の手を払った。

「手を出さないで。私は男手がなくては何もできないような情けない女じゃないわ。あなたが現れる前からちゃんとやっていたのよ」

　胸にぐさりときた。クープは両手をポケットにつっ込んだ。「なら、一人でやるといい」

「一人でやってるわ。私は一人でやるのが好きなの」

「すばらしい。こいつがひっくり返っても誰のせいにもできないわけだ」

「そういうこと」ゾウイは目の前に落ちてきた髪をふっと吹いて払った。「じぶんの過失はじぶんで引き受けるわ」彼女はレンチを取りあげてボルトを締めた。「ずっとそうやって私のまわりをうろついているつもりなの？」

「話がある」

「なら話したら」

クープは十分に言葉を練ってきた。結局のところ彼は物書きだ。「思うに、ぼくはこれまで君やあの子といっしょに過ごすことが多かった。だから、そのために――」

「彼の名前はキーナンよ」ゾウイは冷ややかに言った。

「彼の名前はわかっている。とにかく、この数週間ぼくが君たちと接近しすぎたために誤解が生じたのだろう」

「あら、そう？」ゾウイは手のひらをレンチで叩きながら彼を見上げた。

「彼はとてもいい子だ。ますます好きになっていく。彼といっしょにいるとすごく楽しい」

ゾウイは思わずほろりとしたが、そんなじぶんに腹が立った。彼がキーナンを本当にかわいがっていることはわかっている。だからいっそう複雑なのだ。

「キーナンはあなたといっしょにいるのが好きだわ。それはあの子にとっていいことだし」

「その……善《よ》し悪《あ》しどっちもじゃないかな。あの子は……君も……もしかすると君たちが二人とも思い違いをしているんじゃないかという気がしはじめた。つまり、ボール遊びをしたりゲームを見に連れていくのは楽しい。しかし……そういうのが当たり前のことだと思われるとまずい」

「なるほど。わかったわ」ゾウイは冷静になった。心が遠ざかるのを感じた。その距離を保っていれば傷つかない。「あなたはあの子があなたを父親のように思いはじめているかもしれないと思って心配していたわけね」

「ああ。まあそんなところだ」

「それは当然ね。でも、あの子はフィンクルマンさんのご主人とも始終いっしょにいるし、通りの向こうのビリー・バワーズにもなついているわ」

「フィンクルマンはあの子から見ればおじいさんというところだろう。バワーズ家の息子は十八歳だ」そう言いながら一抹のジェラシーを感じていることに気づき、クープは言葉を切った。「それに、彼らは君とああいうことになっていない」

ゾウイは眉をあげた。「ああいうこと？」

「男と女の関係」彼はぼそりと言った。「君がそれをどう言おうとかまわないが。だが、君とぼくはたった一回寝ただけだ」

「それくらいわかってるわよ」ゾウイはレンチをそっと脇《わき》に置いた。彼の頭めがけて投げつけてやればいっときは溜飲《りゅういん》が下がるかもしれない。

「そんな言い方はよくない」クープはじぶんに激怒していた。「それじゃまるでどうでもいいことみたいだ。そうじゃない、ゾウイ」非常に重要なことだ。彼は怖くなった。非常に非常に大事なことだ。「ただ……」

「そう、あなたはキーナンと私があなたを家族の一員に引っ張り込もうと罠《わな》を仕かけていると思って恐れている。ある朝起きたらパパになっていて、妻とローンと面倒を見なければならない小さい子がいるなんてことになるのを恐れているのよ」

「ああ。いや。そういうことなんだが」じぶんをあざむいている。クープはふとそんな気がした。どういうことなのかわからなかった。「ぼくはただじぶんの立場をはっきりさせておきたいんだ」

「そう。なら、はっきりしているわよ。十分に」ゾウイは両手を膝頭にこすりつけながらじっとクープを見た。「ご心配は無用。私はテナントを募集したけれど、子供の父親や私の夫は募集しなかったわ。あなたとベッドをともにしたのはそうしたかったから。あなたを引っかけて教会の祭壇の前に連れていこうなんて魂胆はないわ」

「ぼくはそんなことを言っているんじゃない」苛立《いらだ》ってクープは片手を髪につっ込んだ。少々の言い合いは予測していたが、どんどんまちがった方向に進んでいる。「ぼくは君がほしかった。今だってそうだ。しかし、君が前にひどく傷ついたのを知っている。ぼくは君を傷つけたくない。あの子もだ。ぼくはただ、ぼくが君たちの欠けているところを埋める存在になるなんてふうには思ってほしくないんだ」

怒りがこみあげ、目の前が真っ赤になった。ゾウイは我知らず立ち上がり、クープに詰め寄っていた。

「私とキーナンには欠けているものなどないわ。私とあの子は完全で完璧《かんぺき》な家族よ」彼女は彼の胸をレンチでついた。「パパがいなくて二人だから家族として不完全だなんて言わせないわ」

「ぼくはそんなつもりで――」

「あなたがどんなつもりなのか言ってあげるわ。あなたは一人の女と一人の小さい男の子に会った。そして彼らが大きくて強い男が近づいてきたら捕まえて完全な家庭を作ろうと手ぐすねひいて待っていると思っている。ばかげた話よ。もし男が必要だったらとっくに誰かといっしょになっているわ。もしキーナンが父親がいなくて寂しがっていると思ったら、とっくに誰かを見つけてるわ。それに」ゾウイはもう一歩踏みだしてまた彼の胸をついた。「もしもあなたが、じぶんがそのありもしないリストの筆頭に記されていると思うなら大まちがいもいいところよ。たとえ私があなたを愛しているとしても、それだけではだめ。私だけのことじゃない。あなただけのことじゃない。まず第一にキーナンよ。もしもいつか私がキーナンのために父親を求めるとしたら、気持ちが温かくて辛抱強くて、じぶんの人生の一部をけずっても私の息子を受け入れてくれる人にするわ。だから安心して、クーパー。あなたはまったく候補外だから」

「ぼくは君と喧嘩《けんか》をしに来たんじゃない」

「あらそう。じゃ、よかったわね。私の話はこれで終わりよ」

彼女が後ろを向く前にクープは彼女の腕をつかんだ。「こっちはまだ終わってない。ぼくは君に対して正直であろうとしているんだ、ゾウイ。君は気になる人だ。君たち二人とも。ただ、手に負えないことになりたくない」

「誰の手に負えないの？」ゾウイは言い返した。「あなたのでしょう？　だったら問題ないわ。そうじゃない？　なぜって、あなたはどこで踏みとどまるかよくわかっている。その位置を死守していればいいわ。私とキーナンのことならご心配なく。私たちはちゃんとやっていけるから」彼女は腕をもぎとり、また床に座った。組み立て説明書を取りあげてそこに全神経を集中させた。

クープはまるで捨てられた男のような気がした。どうしてだろう？　彼は頭をふって一歩あとずさった。「はっきりさせておけば問題ない」

「はっきりしているわ」

「なら、あの……少し時間がある。よかったらグリルの組み立てを手伝おうか」

「いいえ、けっこう。一人でできるわ」ゾウイはクープに横目を走らせた。「あとで、このグリルでハンバーガーを焼くつもりなの。よかったらあなたもいっしょにどうぞ。のっぴきならぬ関係になるのが怖くなかったらね」

シュートが決まった。彼女の勝ちだ。「せっかくだが予定がある。またのときに」

「そう。またのときがあったら」

クープは酔っていた。ぐでんぐでんにではないが、完全に酔っていた。泳ぐようにタクシーを降りて千鳥足で家に向かいながら、すでにわかっていた。明日の朝になったらじぶんを呪《のろ》うだろうと。だが今夜けりをつけなくてはならない。

彼はゾウイの玄関のドアにだらしなくもたれ、足の下のポーチの床の揺れがおさまるのを待った。彼女はあれで終わったつもりだろう。彼はぼやけた頭で思った。とんでもないまちがいだ。

彼女に言う言葉をたくさん考えてある。

今にまさる好機なしだ。

彼はこぶしでドアを叩いた。「ゾウイ」がんがん叩いた。「いるのはわかってるんだ」中で明かりがつくのが見えたが、クープはドアを叩き続けた。

「出てきてくれ。開けてくれ」

「クープ？」ドア越しに声をかけながら、ゾウイは急いでローブの帯を結んだ。夜の仕事から帰って二十分とたっていなかった。ベッドに入ってから五分もしていない。「なんの用？　午前二時過ぎよ」

「話がある。入れてくれ」

「明日の朝聞くわ」

「もう明日の朝だ。今君は午前と言ったろう」

クープがまたしつこく叩きだしたので、ゾウイは錠をはずした。

「叩くのをやめて。キーナンが目を覚ましてしまうわ」ひどく怒ってぐいとドアをひいたゾウイは、八十キロはあろうかという男の体が倒れかかってきたのでぎょっとした。「いったいどうしたの？　怪我《けが》でもしたの？」頭の中で非常ベルがけたたましく鳴り渡った。だが、ビールのにおいを嗅《か》ぎつけるとパニックは消えた。「酔っ払っているのね」

「そのようだ」クープはちゃんと立とうとしたが、

彼女の香りを嗅ぐと我を忘れた。「ああ、すてきな匂《にお》いだ。これはなんで洗ったんだ？」彼は彼女の髪に鼻をすりつけた。「月の光のような香りだ」

「本物の酔っ払いだわ」ゾウイはため息まじりに言った。「座って。コーヒーを持ってくるわ」

「コーヒーはいらない。君は酔いをさまさなくていい。目だけ開いていればいいんだ。ぼくの目はぱっちり開いているし、君に話さなければならないことがある」クープは彼女から体を離したが、思ったより足元がおぼつかなかった。「だが、座る」彼はどさりと椅子に沈んだ。「酔っ払うのは嫌いだ。こんなに酔ったのはマイナーリーグにいたころ以来だ。ぼくがマイナーリーグでプレーしていたことを話したかな？　トリプルAで」

「いいえ」ゾウイは困惑し、その場に立ちつくして彼を見つめた。

「高校を出てすぐに入って二年いた。メジャーにデビューできると思っていた。しかしだめだった。で、大学に行き、今はメジャーでプレーしている選手について書いている」

「残念だったわね」

「いや」クープは手をふった。「ぼくは書くことが好きだ。昔から好きだった。ゲームを見るのが好きだ。そこで起こる小さなドラマを目にするのが好きだ。もしメジャーに入っていたら、今ごろはもう引退だ。ぼくはじきに三十三歳になる。選手としては老齢だ」彼は目の焦点を合わせてゾウイを見ると微笑した。「君はぼくが今までに出会った女性の中でいちばん美しい。あの子は君にそっくりだな。彼を見るのは君を見るのも同然だ。怖くなる。ぼくはいつもいつも君を見ている。仕事をしていても、君の顔が浮かぶ。ぱっと！　頭の中に君の顔がある。いったい君はどんな術を使ったんだ？」

「知らないわ」ゾウイは彼に腹を立てたかった。怒りたかった。けれど彼はばかげた酔っ払いだった。

「二階に連れていってあげましょうか？　ベッドに入れてあげるわ」

「ぼくは君をぼくのベッドに入れたい。君と愛し合いたい。この前みたいに君に触れたい」

ゾウイもそうしたかった。とても。だが、新しい取り決めがなされたのだ。「私に話したいことがあったんでしょう」

「君の肌の感触がどんなにすてきか知ってるかい？　言葉にできないな。やわらかくてなめらかで、温かくて。ポーカーの最中にぼくは君の肌を思いだしてしまった。それで、しこたま飲んだ。ポーカーは勝ったよ。六のペアで大勝ちさ。二百五十ドル」

「おめでとう」

「だが、ぼくは君のことを考え続けた。君はここに小さいえくぼがある」クープは危うくじぶんの指を目につっ込みそうになった。彼はその指を頬に伝わせて口の端に持っていった。「ぼくはその小さいえくぼのことを考え続けた。君の肌のことや、大きな目のことや、悩殺的な脚のことを。君があの子といっしょにいる光景を眺めるのがとても好きだってことも考え続けた。二階からときどき見ているんだ。君が気づかないときに。知らなかっただろう？」

「知らなかったわ」ゾウイは静かに言った。

「で……」クープは大きく腕をふった。「君はこんなふうにあの子の髪を撫《な》でる。それを見るとぼくは胸が熱くなる」彼は頭をふった。「本当に熱くなってしまうんだ。キーナンはぼくを愛してる。愛していると彼はぼくに言った。君もそう言った」

「ええ」

「ぼくが午後言ったことは全部本心だ」

「わかってるわ」ゾウイはため息をつき、彼のそばに行って靴の紐《ひも》を解いてやった。

「ひとこと残らずだ、ゾウイ。ぼくにはじぶんの生き方ができている。それが気に入っているんだ」

「オーケー」ゾウイは靴を引っ張って脱がし、クープの脚を持ちあげてソファの上にのせた。

「だから、ぼくの頭の中に入ってくるのはやめてくれ。そんなことをしても何も変わらない」

「覚えておくわ」

ゾウイがかがんで頬にキスをする前に彼は眠り込んでいた。

10

二日酔いの中でもこれはチャンピオン級だ。クープは目を開けなくてもわかった。身動きしなくてもわかった。何もしなくても頭が陸軍の鼓笛隊のようにがんがんいっていた。

どうやって家に帰り着いたのかよくわからない。夜の記憶がぼやけていることが気がかりだったが、重い頭が働くようになるまで待つしかないだろう。

用心深く、おそるおそる目を開けた。真上から小さな顔がのぞき込んでいたので彼はびくんと頭を起こし、そのとたん痛みにうめいた。

「おはよう」キーナンがほがらかに言った。「泊まっていったの?」

「よくわからない」クープは頭を抱えた。「お母さんは？」

「ぼくのおべんとうを作ってる。起こさないようにすればおじさんのこと見てきていいって言った。ぼく起こさなかったよね？　ぼくとっても静かにしてたもの」

「ああ」クープはまた目を閉じた。記憶がないのがありがたかった。

「病気なの？　熱があるの？」キーナンは小さな手をそっとクープの額に置いた。「ママなら治せるよ。いつも治してくれる」彼は手をのけるととてもやさしくキスをした。「ちょっとはよくなった？」

まいったな。二日酔いでもこの子をしょんぼりさせるようなことはできない。「ああ。ありがとう。今何時だ？」

「長い針が十のところで短い針が八のところ。よくなるまでぼくのベッドで寝ていいよ。玩具《おもちゃ》も貸してあげる」

「ありがとう」クープはやっとのことで起きあがった。頭がぐらぐらして転げ落ちそうなのをなんとか両手で押さえる。「キーナン、お願いがあるんだが、ママにアスピリンをもらえないかきいてくれないか」

「オーケー」

子供は走っていった。スニーカーがばたばた床に打ちつけられる音がして、クープは身をよじった。

「頭痛なの？」

ゾウイがすぐに来た。

クープは頭を起こした。彼女はまだローブを着ていた。昨夜着ていたローブだ。彼は思いだした。前の晩のことが徐々によみがえってきた。

「怒鳴りつけるつもりなら、できたらあとにしてもらえないか？」

返事のかわりに、彼女はアスピリンと赤っぽい液体が入ったコップを差しだした。

「なんなんだ？」

「バーテンダーのジョーが教えてくれた二日酔いの薬よ。締めつけられる感じが楽になるんですって。彼の保証つきなの」

「ありがとう」

外でクラクションが鳴り響いた。刃の欠けたナイフが頭蓋骨《ずがいこつ》に突き刺さるようだった。クープがやっと耐えていると、キーナンが走って戻ってきた。

「ママ、いってきます！」キーナンは母親に音高くキスをし、つぎにクープに抱きついた。「いってきます」

ドアがばたんと閉まると、クープはジョーの処方薬を一気にのみ込んだ。

「コーヒーをあげましょうか？」ゾウイは舌先を歯に這《は》わせて笑いをこらえた。「何か食べられそう？」

「怒鳴りつけないのか？」

「深夜に酔っ払って強引に入ってきたことに対して怒鳴るということ？　そしてこのソファで正体不明に眠りこけてしまったことを？　いいえ。あなたは十分にその罰を受けていると思うから」

それだけ言うとゾウイはすぐにキッチンに引きあげた。

「ああ、そのとおりだ。本当だ」クープは彼女のあとにくっついていった。「ひどい二日酔いだけじゃなく、じぶんのふるまいをひどいと感じている」

「あなたは本当にひどいふるまいだったわ」ゾウイはマグカップについだコーヒーをテーブルに置いた。「母の三番目の夫はバーボンに目がなかった。彼は飲みすぎたつぎの朝には卵がよく効くと断言していたわ。卵はどうするのがいい？」

「スクランブルなら」クープはいそいそとテーブルの前に座った。「すまなかった、ゾウイ」

「なんのこと？」ゾウイは彼に背中を向けたままで

いた。「昨日の午後の愚行。そしてゆうべのさらなる愚行もだ」

「ああ、そのこと」ゾウイはベーコンを焼きながら、スクランブルエッグを盛る器を選んだ。「たぶん、あれがはじめてでもないし、最後でもないんじゃないかしら」

「その……」クープはひどく居心地悪く身じろぎした。「君はキーナンには言わなかったんだね。ぼくが……」

「だらしなく酔っ払ったことを?」ゾウイは半分笑った顔をちらとふりむけた。「あの子には、あなたが気分が悪くなってソファで寝てしまったと言っておいたわ。まんざら嘘《うそ》じゃないでしょう」

「ありがとう。ぼくはあの子に……こういうのが当たり前にならないように気をつける」

「あなたはゆうべそう言ったわ」ゾウイはベーコンを裏返し、卵をかきまぜた。

クープは彼女を見つめた。彼が醜態を演じたことについていやみ一つ言わないのでびっくりした。驚きがおさまると、前日の午後、目を怒らせ、自尊心の塊になって詰め寄った彼女を思いだした。そして昨夜ここのソファで酔いつぶれたときの彼女は――彼の腕から子供を抱きとってベッドに連れていったときのような顔をしていた。

さまざまな彼女の姿が一挙に頭の中に押し寄せ、交錯し、だぶり、だんだん整理されて一つになった。今ここにいる彼女に。ガス台の前に立っているゾウイに。朝の日差しが彼女の乱れた髪に筋を織りなし、彼女のローブの裾《すそ》が揺れ、朝食の匂《にお》いが温かく立ちこめている。

これが気に入らない? いったいどうして気に入らないなんて思ったんだ? これだぞ。今本当のことがわかった。さあ、どうする?

「何かおなかに入れれば元気になるわ」ゾウイは彼の前にお皿を置いた。「私は仕事に行くしたくをしないと」

「その——ちょっとのあいだだめかな？」

「そうね」ゾウイはじぶんのカップにコーヒーのおかわりをついだ。「十時までならだいじょうぶ」

クープは食べた。頭の中では言葉がまわっている。「うまい。ありがとう」

「どういたしまして」ゾウイはカウンターにもたれた。「話があったんでしょう？」

「ああ」クープは卵に勇気をもらおうと、もう一口食べた。フォークを置いた。九回裏だな。そしてすでにツーアウトに追い込まれている。「君が……ぼくは君がほしい」

ゾウイはちらと微笑した。「あなたはそんな状態じゃないと思うけれど。それに私は本当にもう出かけるしたくをしないと。だから——」

「いや、違うんだ。そういう意味じゃなく、つまり……」クープは大きく一つ息を吸った。「ぼくと結婚してほしい」

「なんですって？」

「思うんだが、君はぼくと結婚すべきだ。それが正しい」ぼくはいつかここにたどり着こうとしていた。心のどこかでわかっていた。そのことにクープは気づいた。「君は夜の仕事を辞められる。そうしたければ学校に戻れるし、花屋をはじめるのもいい。ぼくらはそうするのが正しいと思う」

「それはどうも」手が震えそうだったのでゾウイはコーヒーのカップを置いた。「とてもありがたいお話だわ、クープ。でも、そういうことをするためにあなたと結婚する必要はないの。いずれにしろ、ありがとう」

クープは目をまるくした。「ノー？　君はノーと言ったのか？　でも、君はぼくを愛しているんだろう。君はそう言った。二回言ったぞ」
「三回にしてもいいわよ」ゾウイは静かに言った。
「ええ、私はあなたを愛している。でも返事はノー。あなたと結婚するつもりはないわ。さあ、本当にもうしたくをしなくては」
「ちょっと――ちょっとだけ待ってくれ」クープは二日酔いを忘れてさっと立ちあがった。「これはどういうゲームなんだ？　君はぼくを愛している。あの子はぼくをすごく慕っている。ぼくらはベッドでうまくいった。ぼくはあのいまいましいカープールの道順だって知っているんだぞ。なのに君はぼくと結婚したくない？」
「あなたってよほどのばかね。まったく最低よ。私がすぐにあなたとベッドをともにしたから、あなたはなんでも、いつでも、どのようにでも、じぶんの好きなようにできると思ってるわけ？　だったら思い違いもいいところ。あなたは間抜けのあほうよ」

彼女は嵐《あらし》のように出ていき、クープは顔をしかめた。ワンストライクだな。こっちは球も目に入らなかった。

だがゲームはまだ終わりじゃない。クープは断固として思った。あの魅力的なレディが歌うまで。

仕事から戻ったときもゾウイの胸は煮えくり返っていた。尊大で、おせっかいで、自己中心的な人間はたくさんいるけれどJ・クーパー・マッキノンは金メダル級だわ。思いだしても腹が立つ。ぼくと結婚すべきだ。それが正しいですって！　それから私の得になることを列挙して。

まったく！　彼はじぶんをすごい賞品だと思っているんだわ。

私が意図的に彼を誘惑したみたいなことを言っておいて。まるで彼に罠《わな》を仕かけて捕まえようとしているみたいなことを言っておいて。それがつい昨日。

一夜明ければ私を哀れみ、頼りになる大きな男の手を差しだしてみせる。

あの手に噛《か》みついてやればよかった。

彼にとって私がなんなのか、私に何を感じているのか、何を求めているのか、そういうことを何一つ言わなかった。ほかの男の子供を受け入れる気持があるのか、受け入れることができるのかも言わなかった。

ゾウイは乱暴に玄関のドアを開け、荒々しく叩《たた》きつけた。あんな人、酔っ払いの戯言《ざれごと》みたいなプロポーズをして勝手に考え込んでいればいいんだわ。

「ママ！　おかえり、ママ！」キーナンが転がるように駆けてきてゾウイの手をつかんだ。「来て、来て、早く。びっくりするから」

「何にびっくりするの？　それにどうして家にいるの、キーナン？　フィンクルマンさんのところにいるはずでしょう」

「クープがいるの」キーナンがぐいぐい手を引っ張る。「びっくりするよ。秘密なの。でもママが来なくちゃ！」

「わかった。行くわ」ゾウイは覚悟を決め、キーナンに引っ張られてキッチンに入った。

山のような花だった。カウンターの上の花瓶からバスケットからあふれている。床にも、窓枠にも。ラジオから音楽が流れている。しっとりとした、夢のように美しいソナタが。テーブルがセットされていた。見たこともないクリスタルグラスが日差しを受けてきらきら輝いており、銀のアイスペールにシャンペンが冷やされている。そしてクープが立っていた。きちんとプレスしたシャツとズボンに身を包んで。

「びっくりでしょう」キーナンがうれしそうに言った。「ぼくたちですてきにしたんだ。ママが喜ぶように。そしてフィンクルマンのおばさんがグラスやお皿を使っていいって言ったの。そしてフィンクルマンのおじさんが特別なチキンのお料理を作ってくれた。それならお断りで」

「それなら断れないと」クープが言った。彼の目はゾウイに注がれていた。「君は花やキャンドルの明かりはいらないと言った。君は外出しないと言うからデートに誘えない。で、これが次善の策だ」

「ママ、気に入った？　気に入ったでしょう？」

「ええ、とてもすてきだわ」ゾウイは身をかがめてキーナンにキスをした。「ありがとう」

「ぼくはフィンクルマンさんちに行くんだ。そしたらママたちはロマンチックができるからね」

「おいで」クープはキーナンを抱きあげた。「じゃあ行こうか。そのことは黙っているはずだったろう」

クープが子供を外に抱いて出るとキーナンは言った。

「ロマンチックって何？」

「あとで教えてあげるよ」

キーナンはその返事に満足し、クープの首に腕をまわした。「ママにぼくたちの秘密のこと、結婚するってことを話すの？」

「そのつもりだ」

「そしたらみんなでいっしょに住んで、クープはぼくのパパになるんだね？」

「そうなるとすてきだな。言うことなしだ」クープはフェンスのところで立ち止まり、キーナンの口にキスをした。「愛してるよ、キーナン」

「オーケー」キーナンは両腕でクープの首を抱きしめた。「じゃあ、バイ」

「バイ」

「ハーイ！」ミセス・フィンクルマンが裏の戸口に立っていた。彼女はクープにウィンクし、大げさに親指を立ててみせてからキーナンをせかすと中に入れた。

彼が戻ると、ゾウイはさっきと同じ場所に立っていた。それがよい兆しなのか悪い兆しなのかクープにはわからなかった。

「さて、シャンペンをどう？」

「クープ、うれしいけれど、でも——」

「気に入ったかい、花？」そわそわしながらクープはコルクをぽんと抜いた。

「ええ、すてきだわ。でも——」

「君の店から調達するわけにはいかなかった。驚かせなくなるから。飾るのをキーナンが手伝ってくれた」クープは彼女にグラスを手渡し、面食らっている彼女にそっとやさしくキスした。「ハイ」

「クープ」ゾウイは引っくり返りそうになっている心臓が静まるのを待った。「あなたがとても骨折ってくれたのはわかるけれど——」

「もっと前にこうすべきだった。ぼくはじぶんの気持ちがわからなかったんだ」

「まあ……」ゾウイは彼に背中を向け、こみあげてくる感情と闘った。「あなたは誤解してるわ。特別なことなんていらなかったのに。ロマンチックな夜も必要ないし、それに」彼女はテーブルの上の、ともされるのを待っている小さなろうそくの方に手をふった。「キャンドルの明かりも」

「君にも必要だし、ぼくにも必要だ」

「私をうっとりさせようという魂胆ね」ゾウイの声は震えそうになった。「珍しいわ」

「君はぼくがどういう人間か知っている。ぼくがこの家の二階を借りているということは、事実上ぼくらはこの一カ月余りいっしょに暮らしてきたということだ。ただ交際しているより、ずっと早くおたがいのことがわかる。だから君はぼくという人間を知ってぼくに魅せられた」

ゾウイはシャンペンを一口飲んだ。「あらずいぶんとうぬぼれているわね。じぶんの感情にはじぶんで責任を持つ。この前私はそう言ったけれど、その言葉はまだ有効よ。ロマンチックなディナーがあってもそれは変わらないわ」

ストライクツーだな。クープは思った。ここでしっかりしなければ空振りの三振だ。「とにかく、ぼくは君にすてきな夜をプレゼントしたかった。それのどこが悪い？　二日酔いの頭でスクランブルエッグを食べながらよりはましなプロポーズをしたかった」クープはうわずりそうになる声を抑えた。「ぼくははじめてなんだ。ちょっと辛抱してくれ。いや、黙って最後まで言わせてくれ。君はぼくを必要としていない」彼は大きく息を吸った。「君にもあの子にもぼくは用はない。芝生を刈ったり、例のバーベキューグリルを組み立てる手も必要としていない。だが、ゾウイ、ぼくのほうはどうだと思う？」

ゾウイはびっくりして目を瞬いた。「同じでしょう？　あなたははっきり言ったわ。特別な関係にはなりたくない。そんなものは必要としていないって。おたがいさまでしょう、クープ」

「たしかにそう言った」クープはうなるようにつぶやいた。「しかし、まったく違った。ぼくは何もわかっていなかった。わかりたくなかった。ぼくは怖かった。そういうことなんだ。それを知って少しは気が晴れたかい？」彼はゾウイをにらんだ。「ぼくは怖かった。君を必要としているじぶんが怖かった。ぼくは君の顔を見たくてたまらない。君の声が聞きたくてたまらない。君の髪の匂いを嗅《か》ぎたくてたまらない。君がただそこにいてくれるだけでうれしい。それにぼくは芝生を刈る手伝いをしたくてたまらないし、いっしょにグリルを組み立てたくてたまらない。君もぼくを必要としてくれたらどんなにいいだろう」

「まあ」ゾウイは目をつむった。「とてもいいお話ね」

「なら、ぼくを必要としていると言ってくれ」クープは彼女の腕を取った。彼女が目を開くまで握っていた。「これがぼくの最後のスイングチャンスだ。ゾウイ、ぼくと結婚してくれ」

「私――」イエス。ゾウイはイエスと言いたかった。「これは私だけの問題じゃないわ、クープ」

「君はぼくがあの子を邪魔にしていると思うのか？おい、おい、しっかり目を開けてくれ。ぼくは彼に夢中だ。君に恋するより先にあの子に恋したんだ。ぼくは君たち二人と結婚したい。そしてほかに最低一人か二人は子供を持ちたい。我々はすでに計画を立てている」

「我々――誰がですって？」

クープは悪態をつき、あとずさり、肩をすくめた。「ぼくも坊やも同類だな。少し地ならしをして、彼の意見を聞いておいたほうがいいと思ったのさ」ゾウイが目をまるくしている。彼はポケットに両手をつっ込んだ。「彼を部外者にしておくのはフェアじゃないだろう。彼はぼくの家族になるんだから」

「あなたの家族」ゾウイはシャンペンを見つめた。

「君たち二人はチームなのだから、連盟拡充というやつかな。ともかく彼は賛成だ。つまり、二対一ということだ」

「そうなの」

「ぼくはパパがどういうものかよくわかっていないと思う。しかし、ぼくはあの子を愛している。まずはいいスタートじゃないかな」

ゾウイは彼を見た。彼の目をのぞき込んだ。心が素直に開いた。胸がいっぱいになった。「そうね、いいスタートだわ」

「ぼくは君を愛している」ポケットの中で握りしめていたクープの手が解けた。「女性にそう言うのはこれがはじめてだ。母親以外には。ゾウイ、ぼくは君を愛している。ぼくと結婚してぼくとあの子を安心させてくれないか？」

「私は多数決で負けみたいね」ゾウイは腕をのばして彼の頰に手を当てた。

「それはイエスということかい？」

「たしかにイエスよ」クープがすぐに抱きすくめた。

ゾウイは笑った。「パパ」

「パパ――いい響きだな。気に入った」クープは勢いよくゾウイと唇を重ねた。「大いに気に入った」

令嬢のプロポーズ

アン・メイジャー

主要登場人物

ケイト・カーリントン……………不動産会社社長。
エスター・エア……………………ケイトの秘書。
ハンナ・エア………………………エスターの娘。
ジム・キース・ジョーンズ………不動産業経営。
ボビー・リー・ジョーンズ………ジム・キースの息子。

作品に寄せて――アン・メイジャー

結婚を申し込まれたとき、私は即座にイエスと言いました。夫を深く愛していたからです。

つぎに彼は子供を五人ほしいと言いました。私はこう言いました。「一人もほしくないわ」

子供嫌いだったのではありません。私はまだ若くて未熟だったので、そんな責任はとても引き受けられないと思ったのです。

それから一年後、テッドは念願の子供作りに取りかかろうとプレッシャーをかけてきました。お産なんてたいしたことはないと理解させようと、医者である夫は私に分娩室《ぶんべんしつ》で患者の一人の出産に立ち会うように主張しました。その女性はすでに八人の子持ちだったので、お産は楽ですぐに片付くと思ったのでしょう。

男は女のことがわかっていない。それがあらゆるロマンス小説のテーマです。気の毒なその女性は叫び声をあげることもままなりませんでした。裸で飢えた灰色熊《ぐま》の一群の中に投げ込まれたようなものです。言うまでもなくそれからさらに一年、私は、夫が妊娠という言葉をささやくことも許しませんでした。

やがて私ははじめての男の子を産みましたが、そのときは、待望の王位継承者を産んだ女王のように誇らしい気持ちでした。同時にテッドと新たな深い絆《きずな》で結ばれたことを感じました。

私にとって、ロマンスとはキャンドルの光の中のディナーやシャンペンではなく、二人の人間のあいだの感情面、精神面、そして肉体的な側面にかかわるすべてです。ですから、私にとっては、夫とフットボールを見ることも十分にロマンチックなことなのです。車で学校に子供を迎えに行くというようなことでも——夫といっしょなら——セクシーでロマンチックです。ですから、子供たちの存在が私と夫のロマンスの邪魔になるとは思いません。それどころかかえってロマンス度は深まります。なぜなら、子供たちが私たち夫婦のあいだの感情の触れ合いをいっそうこまやかにしてくれているからです。

若い母親であったころ、私は子供たちに毎日午後二時から五時まで昼寝を命じました。もちろん、いつも子供たちが眠ってくれたわけではありません。ですが、そのあいだ小さい子供たちはじぶんの部屋でおとなしくしていなければなりませんでした。キンバリーですら——彼女が二歳でやんちゃなときですら。

それは書く時間ほしさの私のわがままだと皆が思っていました——そうたしかに、平日の午後は。

でも、テッドが家にいる週末は……。

それはご想像におまかせします。

アン・メイジャー

1

怒りと悲しみがジム・キース・ジョーンズの全身を酸のように焼いていた。彼はチェーンソーを置いて斧《おの》を手に取った。六日以内に、金持ちで強欲で冷酷なあのケイト・カーリントンが取りに来る。彼女にとっては雑多な不動産コレクションの一つにすぎないだろうが、彼にとっては人生の夢をかけた重労働の成果を、だ。

彼はじぶんの王国を何もないところから築いた。現住者のいない土地を探し、家を探し、ビルディングを探した。ペンキを塗り、金槌《かなづち》を使って草を刈り、がらくたやごみを運びだし――テナントが住みやすいように家屋の状態を良好に保つ仕事は何より彼の性分に合っていた。

つぎの金曜に、カーリントンは微笑を浮かべながら僕を根っこから引っこ抜いて野ざらしにするだろう。とはいえ、彼はただくたばるつもりはなかった。彼の人生はどん底からはじまり、現実の辛酸をなめ、そしてまた失敗した。

彼の気持ちがこれほどふさいでいるのはカーリントンのせいだけではなかった。五月のせいだ。五月のヒューストンは湿度が高くて、むんむんと息苦しいほど暑い。まさに今のように。だが今日が特別やりきれないのは、ちょうど三年前の今日メアリを墓に葬ったからだ。こんなふうに蒸し暑い日だった。

ジム・キースの袖《そで》なしのトレーナーシャツは汗まみれだった。黒い巻き毛が日焼けした額にべったり張りついている。黒い目が血走っているのは前の晩にはめをはずしたせいだ。筋肉が固く締まった腿に濡《ぬ》れたジーンズがぴったりとくっついて、まるで脚が青く塗ってあるみたいだった。

ゆっくりと、注意深く、彼は日焼けの濃い腕で斧をふりかぶり、恨みつらみのありったけをこめて、全身の力で打ちおろした。刃がやわらかい幹に食い込むと、鋭い鉄の刃がじぶんの頭蓋骨《ずがいこつ》にのめり込んだかのように、彼は形のよい口を歪《ゆが》めた。無理もなかった。彼は六つ星級の二日酔いだった。彼はメアリの命日を記念して飲み続けたのだ。

彼は昨夜仕事から帰ると夕食をそっちのけで飲みはじめ、メアリが映っているホームビデオを見ながらつぶれるまで飲んだ。メアリの誕生日と彼らの結婚記念日にも毎年そうする。

今朝目が覚めると何も映っていないテレビが白く光っていた。彼は這《は》うようにして冷蔵庫のところに行き、ビールを一缶飲んでからコーヒーをいれ、山ほど卵を割ってスクランブルエッグにした。そしてシャワーを浴び、いつものように車で妹のマギーの家に九歳の息子ボビー・リーを迎えに行った。ボビーはべそをかきながら、まだ起きたくない、どこかのアパートメントに行って働くよりテレビでアニメを見ていたい、お願いと言った。だが、ジム・キースはボビー・リーを泣くほど働かせているわけではない。

父と子は今、ジム・キースの貸家の中でもっともひどいのを、イーステックス・フリーウェイからちょっと入った、低所得者層が多い治安の悪い地区にある家をきれいにしようと奮闘していた。少なくともジム・キースは奮闘している。ボビー・リーはじっさいのところ手の足しにならない。

午前中いっぱい芝を刈り、木を切り倒して草むしりをしたが、ジム・キースは今もじぶんを温め直された屍《しかばね》のように感じていた。

死の床でメアリは彼に訴えた。くじけないで、と。

彼はそう努力してきた。

再び斧をふるう。木っ端が飛び散った。この三年、彼は一生懸命やってきた。しかし、毎晩仕事を終えて家に帰ると、孤独という怪物が襲いかかり、悲嘆で胸が真っ暗になった。彼はやっとのことで昼と夜をやりすごしていた。父親らしいふりをして、仕事をするふりをして。

なんとか人間らしく。

だが、もうだめになりそうだった。

メアリが死ぬ前の数カ月、彼は彼女を救うことしか考えなかった。将来のことも息子のことも頭になかった。金を借り、保険が適用されない奇跡的な治療を求めてメアリをドイツに連れていった。それが失敗だった。そのために、三年間倹約に倹約を重ねたのも水の泡、一週間に七日働いたのも水の泡、こんどの金曜日に彼はすべてを失うのだ。住む家さえカーリントンに持っていかれる。

石油産業はふるわず、地価は下落し、求人が落ち込んでいるのに公共料金と税金ははねあがった。その結果、ヒューストンの不動産業は大打撃を受けた。オフィスビルは軒並み空になって閉鎖された。何千という共同住宅の建物が壊され、ブルドーザーで地ならしされ、土地はただも同然で投げ売りされた。住宅地には抵当処分になった空っぽの家が並んでいる。銀行もいくつか破産した。最近いくらか景気が上向いてきたが、彼には手遅れだ。

誰にとっても危うい経済状況だが、若く美しい妻の死にうちひしがれ、加えてずっしりと借金を負っている男にはむごすぎた。カーリントンは猛禽《もうきん》のように襲ってきた。彼の証文を屈辱的な安値で買い叩《たた》いた。彼の手には何も残らなかった。奇跡の一つも起こらなかった。

奇跡はメアリが死んだときから信じなくなった。

今日ここが片付かなくてもかまわない。どうせもうカーリントンのものなのだ。斧をふりまわしているのは気持ちをなだめるためだった。

元気のない幹にもう一度斧の刃が食いこむと、ペカンの木はうめき、ぐっしょり濡れた、のびすぎた芝生にどさっと倒れた。

彼は手押し車のそばの草がはびこった花壇に斧を投げ込み、あたりを見まわしてボビー・リーの姿を捜した。

二十号室のドアはだらしなく開けっぱなしで、ごみの缶がほうりだしてある。二時間前に彼は中のものを全部出すように息子に言いつけた。動きの鈍いボビー・リーでも三十分もあれば片付く仕事だが、見たところボビー・リーは五分も働かなかったようだ。

ボビー・リーは車が好きなので、ジム・キースは駐車場に向かった。息子のなまけ癖を思うとジム・キースの顔はいっそう曇った。息子はウィッツ家の血を引いている。メアリの一族はのんき者揃《ぞろ》いで、だいたいが怠惰もいいところだった。彼らはそれをなんとも思わず楽しく生きている。たぶん、彼は心配する必要はないのだ。暮らし向きはきつくても、彼ら一族はおおかた夫婦円満にやっている。

メアリ自身もこまめに動くたちではなかった。だが、そのかわりに彼女はとてもきれいで、とてもやさしくて、陽気でほがらかで——そしてベッドでもすばらしかった。彼女は子供のころから彼に夢中だった。彼女はハイスクールの廊下を彼のあとを追いかけて走ってきたものだ。そのことで彼はよく友達にからかわれた。

「あら。ハーイ、ジミー」彼女は後ろから猫が喉を鳴らすみたいに声をかけてきたものだった。本当は息せき切って駆けてきたのに、まるで偶然に彼を見かけて驚いたようなふりをして。彼がふり返ると、彼女は鼻をつんと空に向けた。するとまっすぐな金髪が肩の上で揺れた。それからちらっと微笑する。

別にとくにあなたに会いたいと思っていたわけじゃないわというように。そのうち、気づくと彼のほうが彼女を追いかけていた。彼女は気の引き方をよく心得ていた。一口か二口味わわせ、とてもおいしいと教えてから、ここから先はだめときっちり線をひく。

ある晩抱き合っていて、彼はメアリがどうしようもなくほしくなった。もう待てない。すると彼女が言った。

「ジミー、結婚するまではだめよ」

「それはプロポーズかい？」

彼女はくすっと笑った。「そうね、あなたがそう言うのなら――」

彼は車のエンジンをかけ、まっしぐらにメキシコに向かった。ぼろ車は国境で動かなくなった。彼らは歩いて橋を渡り、結婚の手続きをしてくれる役人を探さなければならなかった。二人とも十八歳にもなっていなかった。彼らは車をスクラップ屋に売り、ヒッチハイクでヒューストンに帰ってきた。車を売った金で最初の月の家賃を払った。彼はハイスクールを退学して生まれ変わったように懸命に働きはじめた。

メアリは彼がすることすべてを褒めたたえた。彼女はだらしなく、ほとんど何もせずにのらくらしていたが、なぜか彼は気にならなかった。彼女を愛していた。どれほど愛していたことか。暮らしはきつかったが乗り切ってきた。彼女が病気になるまでは。彼女の命を救うのに失敗するまでは。

彼は二度と恋をしないだろう。メアリと過ごした年月が、泥のように貧乏なときでもきらきら輝いていただけに、彼女の病と死によって、彼は愛の残酷な代価をいやというほど思い知ったのだ。

駐車場に来た彼は顔をしかめた。がらんとして誰もいなかった。ボビー・リーはいったいどこへ行ったんだ？

ジム・キースが引き返そうとしたとき、ぴかぴかのダークグリーンのジャガーが松の木立の下にすべり込んでくるのが見えた。

ハンドルの後ろにいる女性が誰なのかわかると、彼の足は釘《くぎ》づけになった。ケイト・カーリントンだ。

彼女は彼のような下層の人間を知る由もない。だが、彼は彼女の顔を知っていた。新聞の社交欄で。

彼は胸を突きあげる殺してやりたいほどの怒りと闘いながら建物の壁の陰に身を寄せた。彼女は人目をはばかるように、大きなコットンウッドの木の下に車を止めた。成功して意気揚々の彼女は――おまけに親譲りの社会的地位と財産がある彼女は、じぶんはすべてを知っていると思っているのだろう、景気後退の中で事業を成功させる法について、ヒューストンの新聞のコラムにしょっちゅう寄稿している。彼女がそれほど賢いなら、どうしてこんな盗まれるか分解される危険がいっぱいの場所にあんな車で乗りつけるんだ？

度胸もあるということだな。彼女が彼の住宅地のまわりをうろついたり管理人にいやがらせをしたりしないようにするために、彼は相手の言い分をできるだけのんで平和的協定を取りつけた。もし今警察を呼べば、警察は彼女を留置所にほうり込むだろう。エレガントな利口ぶったケイト・カーリントンが手錠をかけられて留置場に連行されるところを想像すると、かつてメアリをうっとりさせたいたずらっぽい笑みがジム・キースの顔に浮かんだ。

堂々とした若い女性が車から降り、すらりとした長身をのばした。ブリーフケースを抱えている。彼は狼《おおかみ》のような笑みを浮かべ、怒りに満ちた目を彼女に走らせた――頭の先から全身へ。

どうしてあんなにすごい美人なんだ？　そんなことがあっていいのか？

彼の心臓は大ハンマーを打つように鳴りだした。もう怒りだけではなかった。暑い日がさらに追い打ちをかけてくるような気がした。まだ正午になっていないのに妙な飢えを感じた。

それらのことはいっそう彼女への憎しみをつのらせただけだった。

実物は白黒写真とはまったく違う。

メアリはやさしくて金髪だった。この美しい魔女は強靭《きょうじん》で、大胆で、華麗で、カリスマ的魅力を発散している。こんなに距離を置いているのに、彼はボディブローを食らったようなショックを受けた。彼女の髪は燃えさかる真っ赤な炎のようにくるくる渦巻き、うなじのところでグリーンのシルクのスカーフで束ねられている。スタイルときたら、彼女を軽蔑《けいべつ》していない男なら死んでもいいから触ってみたくなるはずだ。豊かな胸、細くくびれたウエスト、丸いヒップ、すらりと長い脚。歩き方もきびきびしている。ものすごくエネルギッシュな女だ。ベッドでは火を噴くほど激しいに違いない。

いったい全体どうしてベッドのことなんかを考えたんだ？

ケイトはグリーンのシルクのブラウスにグリーンのリネンのスラックスをはいていた。スラックスはぱりっと糊《のり》がきいている。身につける直前にアイロンが当てられたのだ。目元は黒っぽく、唇は明るく施された化粧はドラマチックにきまっている。

その姿が建物をまわって裏に消えてから、彼は彼女から目をそらすことができなかったことに気づいた。その理由は一つ、あの女は卑劣な敵だからだ。

警察を呼ぶなんてやめだ。

彼女をからかい、いびって楽しめるせっかくのチャンスをふいにすることはない。

2

世間では父親の冷徹な実業家精神を受け継いでいると言われているケイト・カーリントンは、極端なほど几帳面《きちょうめん》だった。とりわけ外観は一分の隙《すき》なく見えた。くるくる渦巻く赤毛はきつく後ろでまとめられ、リネンのスラックスはきちんとプレスしてある。ブリーフケースの中の書類はすべて件名と日付によって整理され、スケジュール表の升目にはその日の予定が入念に記されていた。

非能率的であったり、不注意であったり、怠慢であったりすると、彼女は教師や厳格な父から厳しく罰せられた。その教えは彼女の頭にしっかりと叩《たた》き込まれていた。そんな彼女は、ジョーンズのお粗末な舗装の駐車場にあいた穴ぼこに足をとられてよろけ、高価なストッキングに伝染が走ると腹を立てて眉をひそめた。彼女は足を止め、ジョーンズが所有するアパートメントのうらぶれたありさまを眺めた。ピンクの煉瓦《れんが》は黴《かび》で黒ずみ、割れた窓ガラスにテープが張ってある。

怠慢が利益を蝕《むしば》んでいる。先見の明のない、利益を絞れるだけ絞りとろうとする欲の皮の突っ張ったキース・ジョーンズのような家主には憤りを覚える。借家人たちはそれなりの家賃を払いながら最低限に快適な生活環境さえ得られない。愚かきわまりないことをしていることにジョーンズは気づかないのだろうか？　満足を得られないテナントは当然出ていく。怠慢のせいで家賃が下がり、空き室だらけの状況を引き起こしていることが彼にはわからないのだろうか？

彼のように愚かな男は破産しても当たり前だ。彼らはじぶんの責任を認めない。まちがいなく、ジョーンズは抵当権を実行する彼女を極悪人だと思っているだろう。

アスファルトのあちこちに大きな穴ぼこができた駐車場やたわんだ屋根を眺め、彼女の気持ちはささくれだった。木の部分に塗られたペンキは剝《は》がれ放題だ。ここは彼のほかの所有物件よりさらに状態が悪い。ジョーンズが不渡りを出さないでくれたらよかったのにと思わずにはいられない。そうであれば彼女は来週抵当権を実行しないですむし、大枚の資金を投じてこのひどい、いや、ひどいを通り越したこの共同住宅をブルドーザーで片付ける必要もない。おまけに彼の物件はどこも立地条件が芳しくなかった。

こんな建物に住まなくてはならない貧しい人々がケイトは気の毒でならなかった。一つの建物に走るひび割れに彼女は緑色の目を細くした。そのひび割れを上から下へたどってしょぼくれた潅木《かんぼく》の茂みに——。

ぼうぼうの下草の中から紐《ひも》のほどけた汚い運動靴が飛びだしていた。内股の形で爪先と爪先がぴったりくっついている。靴同様に汚いジーンズのぼろぼろの裾《すそ》。痩《や》せた小さい男の子のその部分だけが見えた。

ケイトの心はふと和んだ。彼女はクールでものに動じない才気煥発《かんぱつ》な女性実業家だと世間から思われていたかった。自立し、華やかに独身生活を謳歌《おうか》し、地方新聞に週一度コラムを書く有名人で、父のように冷徹で厳格な人間で、生涯誰も愛さなかった父のように、カーリントン帝国の拡大にのみ情熱を注いでいると思われていたかった。本当にそうでありたい。父のように何事にも傷つかない人間ならと思うが、彼女には知られたくない弱さがあった。やさしさや愛を求める本能的な憧憬《どうけい》があった。

子供時代、父はペットを飼うことも友達を作ることも許さなかった。ケイトは家出してマチルドおばのところへ行ったのだが、父は娘を引きとることをにべもなく拒んだ。そして家からはるか離れた寄宿学校に入れ、休暇に帰ることもめったに許さなかった。彼女の子供時代はそのように寂しいもので、学位をいくつか修めたあとも孤独感と親にうち捨てられた傷は癒《い》えず、彼女に愛を示した最初の男にたちまち心を許した。だが幻想は長く続かなかった。父がエドウィンの品行の悪さや彼女と結婚した本当の動機を容赦なくあばいたからだ。エドウィンに複数の女性がいることを。彼はカーリントンの金が目当てで結婚したのであり、ケイトをかけらも愛していないことを。

離婚してから彼女は身ごもっていることがわかった。エドウィンに話したが、彼はなんの関心も示さず冷淡だった。ケイトはこれでやっとじぶんには愛する者ができる、じぶんを愛してくれる者ができると思った。けれどそれもつかの間、妊娠五カ月目の終わりに流産した。

生まれなかった子供の追悼式のあと、ケイトはじぶんの人生も失ったような気がした。立ち直るのに長い時間がかかった。外から見るかぎり彼女はもとに戻った。内側では傷は今もときどき生々しくうずく。

結婚に失敗してからケイトは男性を警戒するようになった。だが、流産した胸の痛みがいかに深く、男性不信がいかに強くても、もう一度子供を持ちたいとひそかに強く願っていた。三十歳の誕生日が近づくにつれ、母親になりたいという切ない思いがいっそうつのってくるようだった。〈ニーマン・マーカス〉や〈サックス・フィフス・アベニュー〉に行くとつい子供服を眺めてしまう。小さい女の子か小さい男の子がいたら、あれこれかわいいものを買ってあげるのにと思い、たまらなくなる。生まれてくる赤ちゃんのためのしたくにいそしんだ楽しい日々を思いだす。愛らしいものをどっさり買った。でも結局いらなくなってしまった。

私は一生独りぼっちで過ごすように運命づけられているのかしら？

そのみすぼらしい男の子があまりに静かで身動き一つしないので、彼女は一瞬ぞっとした。車にひき逃げされ、道路際まで這《は》ってきて息絶えたのだろうか。すると、ページをめくる音といっしょに畏敬《いけい》の念をこめた歓声がした。

「うわあ、すっげえ！」

ケイトは男の子のそばにしゃがんだ。ほっとしたのと今の言葉に驚いてため息が出た。子供がそんなことを言うのを聞いたことがなかったし、子供は無《む》垢《く》で純真なものと思っていたからだ。

「こんにちは」彼女はそっと声をかけた。

男の子は後ろめたそうにぎくりとし、草の中から這いだして逃げようとした。

彼女はその襟首を捕まえた。やさしく、けれどしっかりと。

汚いTシャツによれよれのジーパンという格好だが、その子はきれいな顔立ちをしていた。黒い巻き毛で、ぱっちりとした黒い目がきらきらしている。

「怖がることはないわ」ケイトはもっともやさしい声で言った。

「怖がってやしない。おれは弱虫の女の子じゃねえ」少年はませた作り声で乱暴に言った。

「女の子じゃない」彼女は言い方を正した。「たしかにあなたは女の子じゃないわね。でも、草の中に隠れて何をしていたの？」

男の子はぐいと顎をしゃくり、黒い反抗的な目でケイトの背後の一点をじっと見た。「読んでいただけさ」彼はぼそっと言い、赤くなった。

「本を読むのはいいことよ。私にも見せ――」

「だめ！」

ケイトは眉をあげた。

「だって面白くないから……おばさんが見たって」

少年はさっきより丁寧な口調で言った。

ケイトがその雑誌を拾いあげようとすると、少年がさっと飛びだした。

風でヌード写真の折り込みページがめくれ、旗のように波打った。子供はうろたえた声をあげ、手垢《てあか》で汚れたけばけばしいものに飛びかかった。

だがケイトのほうが早かった。

「まあ」息をのんだ。目からはみだしそうに大きなバストとピンクのお尻にぎょっとした。

腕白小僧は逃げだそうとしたが、彼女は襟首をしっかりつかんでいた。

見開きページを飾っている若い女性のプロポーションは見事だった。たしかに、〝うわあ、すっげえ！〟だわ。ケイトはにっこりし、つぎの瞬間そんなものを面白がっているじぶんにぞっとした。男の子とヌード写真をのぞき込んでいっしょにうっとりするなんて。彼女は我に返り、子供の目に入らないように急いでページを閉じた。

道徳的見地からしてその写真は女性をひどくおとしめるものだった。こんなものを見て育てば、男の子が大きくなって女性をセックスの対象としてしか見なくなるのは当然だ。裕福な男は女は金で買えるものだと考える。裕福な男だけではない。若い女を釣るためにエドウィンがカーリントン家の金を使っていたのを思いだした。

「この雑誌をどこで買ったの？」

「見つけたんだ」

「どこで？」

「知るものか」

「知っているはずよ！」ケイトは男の子を少し揺さ

ぶった。

「ベッドの下。お父さんに言われて家の中を片付けてたんだ。ごみを集めて……」

「お母さんはどこにいるの？」

「死んだ」

その言葉にケイトの胸は締めつけられた。じぶんも母がいなくて父は厳しく、愛してもらえず寂しかった。

「三年前に死んだ。ぼくが六つのとき」少年はうなだれた。

ケイトも幼いときに母を亡くしていた。この美しい子がじぶんの子なら、汚い部屋の掃除を言いつけたりはけしてしない。

「お父さんは？」

「庭をやってる」

ケイトは顔をしかめた。するとこの子の父親は日雇いの作業人かしら？　驚いたわ。修理のペンキや材木やアスファルトの費用も出し惜しむあのジョーンズが？　草取り仕事などに一セントたりと出しそうにないのに。彼にも何かしらの価値基準があるらしいと、彼女は思った。お粗末な基準にしろ。

「ぼくのこと黙ってて」男の子はしょんぼりと言った。「お父さんはあまり気分がよくないし、ぼくが怠けるとすごく怒るんだ」

私も父がとても怖かったとケイトは思った。

「彼は病気なの？」

「二日酔い」

ケイトは目を細めた。ふいに額に氷を押しあてられたように、冷たい怒りと憤りがうなじから背筋を伝って広がった。この小さな、天使のように美しい子が飲んだくれの乱暴な労働者に、子供の面倒もろくに見ず、きっと仕事もだらだらといい加減にするに違いない男に授けられた……なのに私には――。

「お父さんはあなたにひどいことなどしないわ。私がさせない」子供を庭の方に引っ張っていきながらケイトは庇護者《ひご》のように言った。

斧《おの》とチェーンソーがまず目に入った。つぎに手押し車と芝刈り機が。そして大きな黒い髪の男とそのそばにうずたかく積みあげられた草の山が。

ケイトはつかつかと男に歩み寄った。男は彼女を無視して花壇の草をむしっている。

彼は怠け者ではない。

ケイトは活力に満ちた人間を称賛する。そのエネルギーが建設的な方向に注がれる場合はとくに。彼女のところの従業員の中にはこの男のように猛然と働く者は一人もいない。

彼女はその男をあらためてよく眺めた。

額から腕から滝のように汗がしたたっている。彼女は唇をなめた。すぐにじぶんを取り戻したが、一瞬、鳩尾《みぞおち》の奥に妙なうずきを感じた。男には目を向けないように修養を積んでいた彼女だが、この男のブロンズ色の腕の筋肉の動きに魅了された。それでケイトは目をそむけた。

唾《つば》をのみたかったができなかった。

「こんにちは」彼女は精いっぱい厳しく揺るぎない調子で、怒りをこめて言ったつもりだったが、出てきた声は隙だらけで、震えそうで――セクシーなくらいだった。

この男を好きになりたいわけではない。

経験によれば男は二種類に分けられる。彼女が属する階級の富裕な男はたいてい父に似ていた。つまり、芯《しん》までじぶん本位だ。子供を厄介払いしたければ、金を払って他人に世話を任せる。女がほしいと思えば、金で買う。その種の男たちにとって感情は無用のものだ。父が彼女に与えたのはすべて物質だった。ティーンエージャーのころ、どこかに連れていってと父に言うと、父はコンバーティブルの高級車で学校に送り届けさせた。

金のない男も金持ち同様に金の亡者だ。彼らは金を魔法の杖《つえ》だと思っている。別れた夫のエドウィンがそうだった。彼はケイトを愛しているふりをしていたが、本当にほしかったのは彼女の金だった。

ケイトはひるむじぶんを叱咤《しった》して再び男に目をやった。「あの……こんにちはと言ったのよ」出てきた声はさっきよりさらにハスキーだった。

その声に感電したかのように、男の動きがぴたりと止まった。

彼女の視線は男の硬直した褐色の腕に吸い寄せられ、じぶんの筋肉もいっしょにこわばるのを感じた。まるでこの粗野で無愛想な男と連結しているようだった。ばかばかしい。

男はゆっくりと手についた泥を払い、かがめていた上体を腹立たしげに起こした。

明らかに邪魔が入るのを嫌っている。

彼はとても大きかった。百八十センチは優に超える。

背が高い人って好きだわ。

いいえ、とんでもない！

なめらかな筋肉、黒髪、ギリシア神話の美男のようにけしからぬほどハンサムなこの男はとても男らしくセクシーで、ふいにやりきれないほどの孤独が襲ってきて体の芯がうずいた。彼とじぶんのあいだには大きな隔たりがある。社会的階級や学歴、人生に求めるものが違うし、教養には天と地ほど開きがあるだろう。にもかかわらず、彼のやや傲慢《ごうまん》な熱い視線は女の深い切望をかきたてた。

ケイトが彼にひきつけられるのとは逆に、彼は彼女への嫌悪をつのらせている。だが、怒りを押し込めた黒い目が彼女の顔から体にすべりおりたとき、限りなく無に近い一瞬だが、彼は視線で彼女を裸にしてむさぼった。ケイトの本能はそれを察知し、じぶんも同じふうにしたいと思った。

いいえ……私は……私はクールで平静沈着なケイト・カーリントンよ。これよりはるかにふさわしい相手が近づいてきてもはなもひっかけない私が、むっつりした筋肉の塊のような粗野な男に熱くなるなんて言語道断だわ。

体をめぐる血が火のようだった。急に頭がくらくらし、ケイトは失神するのではないかと思った。

「どうかしたか？」

彼がきいた。ざらざらしたバリトンの声がなんともいえずすてきだった。

「え、ええ、別に……」

「君は葉っぱみたいに震えている」

「アレルギーなの」彼女は嘘《うそ》を言った。

「なるほど」

彼はベルベットのような、心をかき乱す低い声でつぶやいた。

彼は思ったより頭が切れるらしいとケイトは思った。なんとか言い抜けてこの場をやりすごさなくては。

「あの、見つけたんです。あなたの坊やが駐車場で読書を……」

男はにやっとした。その微笑に目がくらんでケイトの全身が硬直した。こんなに変わっていいものだろうか？ いかつい顔がびっくりするほど魅力的になった。彼の顎はがっしりと力強く、鼻はまっすぐだ。そり返った長い黒いまつげが恐れを知らない怒りのくすぶる目を強調している。彼女は目尻の小さな皺《しわ》に気づいたが、その皺はなかなか知的な感じで――そして不機嫌でないときにはユーモアのセンスがあるという証拠のようだった。

「ボビー・リーが読書？」彼の皮肉っぽい笑みが広がった。「はじめて聞く話だな」

彼は息子の黒い髪を誇らしげに荒っぽく撫《な》でた。彼の息はビールの香りがし、それよりもっと強く汗と男らしい匂《にお》いがしたが、不快ではなかった。切りつけるような鋭い目でじろじろ見られ、ケイトはついおずおずとあとずさったが、果たすべき使命を思いだした。

「彼が何を読んでいたか気にならないのかしら？」

ケイトのお高くとまった言い方に彼はちょっと顔をしかめた。

「なるな。教えてくれ」

「これよ！」彼女は雑誌を突きだした。

彼はそれをひったくり、見開きページのヌード写真を、見ているほうが恥ずかしくなるほど熱心に眺めた。

彼の目が、みずみずしい豊満な裸の女性からこっちへ向けられた。その視線が下半身を伝うと、ケイトは赤くなった。

まるで比較されているようだ……。

ケイトは恥ずかしさでいたたまれなくなった。

走りだしたかった。どこまでも逃げたくなった。

彼は雑誌をまるめてジーンズの後ろポケットにつっ込んだ。それからかがんで息子と目を合わせて言った。「このことは今夜話し合おう。二人きりのときに……男どうしの話として。さあ、二十号室に戻って掃除だ。急いでやれ。さもないと余分に一時間草取りをさせるぞ」

男の子ははじかれたように走っていった。

「あいつを働かせるには草取りをさせると脅すのがいちばんだ」大きな男は、靴の紐を引きずりながら走っていく子供を目で追いながらにやっと笑った。

ケイトはひどく腹が立った。こぶしを握りしめた。長い爪を手のひらに食いこませた。「あれだけで放免？　あなたっていったいどういう父親なの？　じぶんの子が汚らわしいものを読んでいたのがわかったのに……それでも少しも心配しないなんて」

男はゆっくりとケイトに目を戻した。「あの子はぼくの子だ。君の子じゃない！　男の子がセックスに興味を持つのは自然なことさ。それより、あの子がすぐに仕事をさぼりたがることのほうがよっぽど心配だ」

「自然なこと？　ヌード写真をこそこそ見るのが自然だと言うの？　なるほど、あなたのようなあきれた親は、子供のモラルを心配するより、仕事にこき使いたいわけなのね。まだ年端もいかない子を。おそらくあなたにはモラルが何かわからないんでしょう。あの子が汚い言葉を使っても気にならないし」

男の顔がいっそうこわばった。「おい、それはおせっかいだろう。君はじぶんを何さまだと思っているんだ？　ずかずかやってきて、人の子供の育て方に文句をつけるのか？　男の子はみんな汚い言葉くらい使うし、チャンスがあればああいう写真を眺める」

詰め寄られてケイトは身を縮めて避けた。恐ろしいことに背中が冷たい煉瓦に当たった。ひび割れ、黴のふいた壁に追いつめられたのだ。彼は大きな体でケイトの前をふさいだ。

「君はどこで育ったんだ？　修道院か？」

ケイトは青くなった。彼は知らずに真実に近いことを言っている。

「君にはじぶんではどうすることもできない問題がある。はっきり見えるぞ。君はたぶん大金持ちで、生まれてこの方ただの一日も働いたことがない。君は出かけてなんでもほしいものを買うか、ほしいものを買って金を使うかしかしないんだろう。そしてじぶんは汗や泥にまみれて働くような下賤《げせん》の身じゃないと思っているんだろう。ぼくはあの子より小さいときにもう働いていた。働くのはあの子にとって害じゃない。あの雑誌だってそうだ」

「話が通じると思ったのがまちがいだったわ」ケイトは彼を押しのけようとしたが、彼は両手を壁について逃げ道をふさいだ。

「まだある。ボビー・リーがセックスに興味を持ったからといってぼくはびくともしないが、別にぼくのモラルに問題があるわけじゃない。モラルの点じゃたぶん君よりはぼくのほうが上だ」

彼は一息間を置いた。

「君がお楽しみにその気取った鼻をぼくの人生につっ込むのを黙って聞いていたのは、君が大いにぼくの興味をそそったからさ。それほどの美人がセックスを恐れるとはどうしてだ？　セックスくらいいいものはないのにな」

「男は……あなたみたいな人は……きっとそう思うんでしょう」

「ぼくが知っているたいていの女も賛成すると思うけどね」

「あなたのような最低の人とおつき合いする最低の女だけよ」

「思いあがったその首根っこをへし折ってやる必要があるな」

「暴力……それもいかにもあなたみたいな人らしいわ」

彼は気を静めるように一つ大きく息をした。「君に何を言われようがなんとも思わないが、覚えておいてもらいたいから言っておく。ぼくは女に暴力をふるったりはしない。ぼくはハイスクールのときに好きになった女と結婚した。彼女が先に死ななかったら、ぼくは死ぬまで彼女以外の女に目をくれたりはしなかった。絶対に」

男の声はしわがれた。彼は顔をそむけた。心の内を吐露してしまったじぶんを呪《のろ》ってか、彼の顔は前にもまして暗い怒りに閉ざされた。

彼の目の中に悲しみが猛《たけ》り狂っているのを見ると、ケイトは彼を恐れる気持ちを忘れた。

気づまりな数秒が流れた。ケイトの気持ちは男に引き寄せられた。この男の悲しみと孤独が彼女自身が抱えているものと同じくらい恐ろしく深いものだと察したからだ。

胸がいっぱいになって我を忘れ、ケイトはやさしく彼の腕に手を置き、やわらかな指先を固くて熱い筋肉にそっと這わせて慰めを送った。肌から肌へ、心から心へ、女から男へ。

触れた手が磁石のように吸いついた。動かせなかった。かつて誰にも、一度も感じたことがないとてつもなく、空恐ろしいほど強く引き合うものをケイトは感じた。

突然彼が乱暴に腕を払いのけた。

「触るな！　二度とそのお上品な白い手でぼくに触れるんじゃない」彼は吠《ほ》えた。

「私……私だってそんなつもりはなかったわ！　きっと頭がどうかしていたのよ！　これは……これは事故みたいなものよ！」

「けっこうな言い草だ！」

「そこをどいてちょうだい。私はもう行くわ」ケイトはつんとして言った。

「その前にジョーンズの土地をうろうろしているわけを聞きたい。その……ボスに言われているんだ。カーリントンていう女のことを。その女が現れたら警察を呼べってね」

「私はその人じゃないわ！」

「赤毛だと聞いている」

ケイトがどきりと目を大きくしたのを見て男は笑った。

「そこをどかないと悲鳴をあげるわよ」

「へえ、本当に？」

彼女はうなずこうとしたが、首の筋肉が凍りついてしまったように動かなかった。

しかし、彼は腕力を行使するかわりに手をおろした。ケイトは壁から、そして彼から離れて歩きだしたが、たちまち手押し車につまずいて転び、大きな悲鳴をあげた。

彼女はこっちに来ようとする男に向かって両手をあげた。

「いいの、来ないで！　じぶんで立てるわ」ケイトはスラックスについた泥と草を躍起になって叩き落とした。

「君がここに何をしに来たのかまだ聞いていない」男は言った。

「あの……アパートメントを探しているの」

「冗談だろう」男は吐き捨てるように言った。「ここは君が住むようなところじゃない」

「その……私が住むのではないの」ケイトはでまかせを言った。「つまり……うちで働いている人のために」

「なるほど。ぼくのように下層のやつのだな。情け深いレディがアパートメント探しをしてる？　もしかすると、君の日雇い作業人のために？　すぐには信じがたいな」男はちらと皮肉っぽく笑い、ポケットに手を入れた。

彼は嘘を見抜いている。なぜか、ばかげたことだが、ケイトは彼に俗物だと思われていることを恥ずかしく思った。

男の指がデニムの下を探っている。彼女は彼のパワフルな体を盗み見た。

彼女はブロンズ色の筋骨たくましい体つきに目をひきつけられた。ふと、考えるともなくじぶんのダブルベッドが頭に浮かんだ。がらんと大きくて、毎夜冷たいままだ。

はっとして目をそらしたが間に合わず、こっちを見た彼の黒い目と視線がぶつかった。二人のあいだに電流のようなものが走った。彼が彼女のスイッチを、彼女が彼のスイッチを押した。

彼女はおののき、彼はいやな顔をした。彼のような男は、さっき腕に触ったのを何かの誘いのようにとったかもしれない。ケイトはそう気づいた。彼に毛嫌いされ、彼の力の強さにはとても抵抗できない。手をふり払われたのは幸いだった。

幸いなんかじゃないわ。寂しい。とても寂しかった。

ケイトは走りたかった。キース・ジョーンズのことも、彼のひどいありさまのアパートメントのことも、もっとひどい彼の雇い人のことも忘れたかった。

男の褐色に日焼けした手が探していたものを探りあてた。彼は無造作にポケットから光るものを引っ張りだし——鍵《かぎ》だ——ケイトの方に投げた。

彼のトスはよかったが、ケイトはひどく動揺していたのでとらえそこねた。拾おうと身をかがめると、あつかましい視線が注がれるのを感じた。

「十五号室が空いてる。すぐ貸せる状態だ」彼はぶっきらぼうな、だが人を動かさずにはおかない声で言った。「一巡りご案内しようか。ぼくが掃除をして器具もじぶんで修理した。ぼくは手先が器用なんだ」彼はそこで間を置いた。最後の言葉をいやがらせに曲解させようとしたのだろう。「ぼくが言っているのはものを直すのが得意だということさ。アパートメントにはキッチンと、リビングルームと、浴室がある。むろん、ベッドルームも」

彼はベッドルームという言葉をゆっくりのばしてさも意味ありげに言った。

「君が一人で見たいのならそれでもいいが」

ケイトはほっと息をついた。「ええ……私一人で見に行くわ」

「自立心が強い女か……」

「当たりよ」

「帰るときは鍵をドアの内側に置いておいてくれ。ぼくはここにいる。もし何かご用の節は……なんなりと」

ケイトは、腹は立つうえに弱っていた。憎たらしい男。彼は私を毛嫌いし、いやがらせを言ってほくそ笑んでいる。なのになぜか、不可解で理不尽でばかげた欲求が心をつつく。この男にアパートメントの案内を頼みましょうよ、と。

いいえ……。

ケイトは大急ぎで彼に背中を向けた。後ろで小さく笑い声が聞こえたような気がした。

ケイトはふり返った。彼は親切にも、顔をしかめて彼女をにらみ返した。

まったく癪《しゃく》にさわる男だ。

3

ケイトは十五号室の戸口で動けずにいた。帰りたいのだが、あの態度の大きい作業員の注意をひくという危険をおかしたくなかった。彼は今、中庭の芝生を刈っている。

というわけで、彼女は玄関の陰から出るに出られなかった。ばかげたことなのにあの男が怖い。眼中に入れる価値もない人間なのに。はじめから声をかけたりすべきではなかった。とはいえ、彼が称賛に値することを癪《しゃく》だが認めざるをえない。少なくとも仕事については。世間で卑しい仕事だと思われている仕事を彼は明らかにプライドを持ってやっている。

アパートメントの部屋は汚れ一つなかった。設備は古くさいがぴかぴかに磨かれ、器具はちゃんと動いた。あの男のボスは悪徳家主ではないのかもしれない。ジョーンズはきちんとした住宅を提供しようと努力しているのかもしれない。外観がひどいのは塗り直す費用を工面できないだけなのかもしれない。

ケイトは男の大きな背中に目を釘《くぎ》づけにしていたのだが、視界の隅にプールの水がはねるのがちらと見えた。つい二、三秒前までプール際で遊んでいたボビー・リーの姿が消えていた。彼女はパニックに陥った。

ボビー・リーが泳げるのかどうか彼女は知る由もなかった。プールに向かって全速力で走る。恐ろしいことに、プールの深い方の隅に黒っぽい形とばたばたしている脚が見えた。

チェーンのゲートを急いでくぐり、プール際に駆けつけ、ケイトは迷わずダイビングした。だがイタリア製のサンダルの細いヒールがセメントのひび割れにひっかかり、大きくバランスを失った。彼女は転倒してプールサイドで激しく頭を打った。彼女の体が転がって水に落ちたそのとき、子供の巻き毛の頭が水面を割って浮上した。

ケイトは意識を取り戻した。呼吸するたびに鼻から喉と胸にかけて気道が焼けるようだ。彼女はうめいた。大きな手が湿った髪の中をそっと探っている。やがてざらざらした固い指先が頭の裂傷に当たった。彼女はぱっと目を開けた。

「痛い！」

一瞬、間近にある日焼けした厳しい顔が誰なのかわからなかった。黒い目がきらりとし、男は嘲弄《ちようろう》するような微笑を浮かべた。

そして誰だかわかった。

混乱した彼女は男の後ろへ目をやってぎょっとした。隅に傷だらけの黒いブーツが投げだしてある。

ドアのノブにネクタイがひっかけてあり、鏡つき化粧だんすからデニムのワークシャツがはみだしていた。化粧だんすの上には雑誌や新聞の乱雑な山とぼろぼろになったペーパーバックが一冊のっていた。フランスの小説家バルザックの翻訳物だ。

彼はだらしがない。それは別に意外ではなかった。彼は読書をする。それには驚いた。

「ここはどこ？」ケイトはきいたが、わかっていた。この粗野で不遜《ふそん》な男が状況を利用して彼女をベッドルームに連れ込んだのだ。

「ぼくのベッドさ」

男の低いハスキーな声には危険なものがあった。

彼女は腹立ちまぎれに男の手を払いのけた。

「そのくらいわかっているわ！　私がきいたのはなぜここにいるのかということ。どうしてこういうことになったの？」彼女は甲高い声で言いながら起きあがろうとした。

「起きあがらないほうがいい。ぼくが君ならそうする」男は言った。「君は頭を打った。しかし頭を打っても性質はちっとも改善しなかったらしいな。それどころか――」

「頭を打ったくらいのことであなたのベッドにおとなしく入っているつもりはないわ！」

そう言っているあいだに、ごわごわしたコットンのシーツと重たい毛布が肌をすべり落ち、胸がむきだしになりかけた。ケイトは顔を赤らめてシーツをつかんだ。新たな戦慄《せんりつ》が走ると同時にここにいる強力な理由がひらめいた。

シーツとブランケットの下の彼女は裸だった。

本当に何も着ていないのだろうか？　ケイトはぞっとし、あわてて体を探った。男は黒い目をきらきらさせている。彼女があわてふためいているのを面白がっているのだ。

「あなた……あなたが服を脱がせたの？」彼女はか

すれた声で言い、顎までシーツを引きあげてしっかりと握った。

男の憎らしい笑みが広がった。

「医者の命令だ」

ケイトのこめかみが怒りで震えた。

「よく言うわ！」彼女は怒鳴りそうになったが、じぶんを抑えて息をのみ込んだ。

「君はずぶ濡《ぬ》れになった。まっさきに体をふいて温めろと医者が言った。覚えていないのか？　君はプールの縁でひどく頭を打って、気絶して水に落ちた」

「そしてあなたが救助した？」

「当たりだよ。ぼくは君のヒーローだ。水から引きあげて医者を呼んだ。だからぼくは君にとっては輝く鎧《よろい》の騎士サー・ランスロットだ」

彼の笑った顔は、この一分一秒をひどく楽しんでいるかのようだった。


ケイトは殺してやりたいほどの怒りといたたまれないほどの恥ずかしさに襲われた。

「冗談じゃないわ」一糸まとわぬ姿をこの男にじろじろ眺めまわされたのだと思うと、ケイトは頰が焦げそうだった。「私の服はどこなの？」

男の目がすっと冷たくなった。「ボビー・リーに言っておくよ。君はお高くとまって威張りくさり、ぼくたちに礼一つ言わなかったと」

ケイトは頑固に固く口を結んだ。感謝するなんてとんでもない。とはいえ彼女は彼の手の中に落ちいや……彼のベッドの中に。「ありがとう。助けてくれて」彼女はしぶしぶ言った。「で、あの……もし……お願い……私の服を取っていただけないかしら。服を着たら帰るわ」

「そう焦るな」男はケイトのほてった顔をじっと見た。「医者が来て、いいと言うまで君を帰すわけにはいかない」

「私はもうすっかり……あなたにもう十分迷惑をかけてしまったわ」

「その心配は無用だ」彼は冷ややかに言った。「一目見たときから君がトラブルを引き起こすことはわかってた。だが、けっこう面白い……君のことがだんだんわかってきて」

ケイトの内心は煮えくり返っていた。そして彼はそのことを百も承知なのだ。形のよい唇の端がよじれている。面白くてたまらないのだ。彼女は表面に落ち着きと威厳を張りつけようとやっきになった。

「いいこと。あなたがこの状況を利用して――」

「君はまたぼくのモラルに文句をつけてぼくの気持ちを傷つけようというのか？」

「つまり、その、あなたのような人にとっては見知らぬ女をじぶんのベッドに引き入れるのは珍しいことでもなんでも――」

「ああ、わかった！　ぼくのような……つまり、ぼくのような下々の者はということか？　ぼくのベッドには誰もいない……妻が死んでからは。それに偉ぶって人を見下すカーリントンの魔女は見知らぬ女じゃない。もし、ぼくがベッドで女を裸にしたくなったとしても、金輪際君を選びはしない」

彼はケイトの名字を猫撫《な》で声で、わざとゆっくりと、いかにも汚らわしげに言った。

男の口調に背筋が寒くなったが、ケイトは気色ばんだ。「どうして私の名前を？」

「君が意識を失っていたから、ボビー・リーに言ってバッグの中の免許証を取ってこさせた」

彼は嘘《うそ》をついているわ。ケイトはそれを確信した。

「じゃ、ボビー・リーは無事なのね？」

「なんともない。あいつは玩具《おもちゃ》の車を取ろうとしてもぐったんだ」

「あなたは子供にちゃんと目を配っているべきだったわ」

「ぼくがどうすべきだとか、どうすべきじゃないだとか、君にとやかく言われる筋合いはない。君はばかだ。もしぼくが助けなかったら溺《おぼ》れていたんだぞ」

「とにかく服を取ってもらえない？　そうすればこれ以上あなたにご迷惑をかけないわ」

「そんなことは信じられないし……君に服を渡す気もないし……」

ケイトの脈は乱れ、どくどく鳴りだした。

「心配するな。君の体をどうこうしようなんて思ってない。なかなか魅力的だが」彼は無遠慮に言った。「君は医者がいいと言うまでここにいる。わかったな、ミス・カーリントン。ぼくはボスに、君が正当な権利をえるまで一歩たりとこの敷地に入れるなと命じられている。君をうろつかせて、しかも君がこのプールで――ぼくの子が原因で溺れかかったなんてことが知れたらぼくはくびにされてしまう」

「あなたなんかくびになるといいわ。飢え死にするといいのよ」

男の喉からざらざらした低い笑いがもれた。彼は冷たく言った。「君は生まれたときから大金持ちだ。空腹のつらさなんて知るわけもないからそんなことが言える。君はボビー・リーがホームレスになっても平気なわけだ」

「私は……私はボビー・リーをつらい目にあわせたくなどないわ。あなただけよ。なぜなら――」

「なぜならぼくが、威張りくさってお高くとまっている誰かさんの顔色をうかがわないからだ」彼は歯のあいだから押しだすように言った。「なぜなら、ぼくが溺れかけた君を心配したからだ。そしてずうずうしくも、意識をなくしてぶるぶる震えている君の服を脱がせたからだ。君は冷え切っていた。肌が氷みたいだったぜ、ハニー」

ケイトは〝ハニー〟と呼ばれて棒杙《ぼうぐい》をのんだよう

にぎくりとした。だがその言葉は甘かった。皮肉な口調で、それなのに女心をくすぐり、血を、溶けた火のように熱くする言い方をした男が憎らしかった。

「君のせいでぼくがくびになったら、ボビー・リーもそのあおりを受ける。ぼくの運命はあの子の運命だ。そこできたい。君はジョーンズが言うように冷たくて情け知らずの人間なのか？」

「もういい。医者を待つわ」ケイトはぴしりと言い、男の質問をはぐらかした。なんらかの理由が働き、もしかするとジョーンズが言うよりひどい人間かもしれないことを認めたくなかったのだ。

男は眉をぴくりとさせた。

「ボビー・リーのためよ！　あなたのためじゃない。ジョーンズにあなたの不利になることは言わないわ。あなたは無礼で……横柄で、しかも距離をわきまえていない」

「つまり、ぼくは明るく輝いている君という星に比べてずっと下にいるということだな」男はぶっきらぼうに言った。

「私はそんなことを言っていないし、むろん診療費は払うわ。バッグに五十ドル——」

「ぼくが払う」男はうなった。

「あら、そんな見えを張ることはないわ。あなたにはそんなお金——」

「ジョーンズが返してくれる。彼は君の金なんて金輪際ほしがらない」

「まるで彼が私を嫌っているような言い方ね」近々彼女の雇い人になる者たちにジョーンズが悪い印象を吹き込んでいると思うと腹立たしかった。

「そう。それが気に入らないのか？」

顔を赤黒く染め、男が大きな体を乗りだした。ケイトは怖くなった。

「だが、ジョーンズはまだ君と個人的に近しく——ぼくのようにはまみえていない」

この男は粗野で教養がなく、無礼だ。そんな男の日焼けしたごつい手がじぶんの肌に触れたと思うとぞっとする。不遜な目が私の裸を思いだしてぎらぎらしているのがおぞましい。ケイトはじぶんにそう言い聞かせようとした。けれど彼の視線が唇をむさぼり、彼の口が近づいてくると、彼女の体は熱くなり火のようなおののきが走った。ケイトは我知らず目をつむり、まるで待つように唇をすぼめた。

彼女にキスしたい誘惑に駆られたとしても、彼女もオーケーを出しているとしても、彼はその衝動に打ち勝った。ドアが開く音としゃがれた笑い声が聞こえた。彼女が感じたのは彼の熱い唇ではなくひんやりした風だった。

ケイトははっとして目を開けた。バルザックの本が消えている。日焼けした手がドアをぴしゃりと閉めた。

月曜日の朝、ケイトのこめかみはまだうずいていたが、オフィスの明かりをつけ、重いブリーフケースを手にきびきびとデスクのところへ行った。清潔なベージュのカーテンを開けると、もやったような日差しが、贅沢《ぜいたく》でちり一つない、徹底的に整頓《せいとん》の行き届いたオフィスいっぱいに差し込んだ。

彼女の服装は糊《のり》のきいた白のコットンのブラウスときちんとプレスしたデニムのスカートだった。髪は額から後ろにきつくひっつめ、大きな白いクリップできちんと留めてある。

彼女は床から天井まで届く窓の前にたたずみ、スモッグに包まれた都会の喧騒《けんそう》を眺めた。妙に落ち着かず、いつもよりもっと胸ががらんとしていた。家庭や愛する人や子供を持っている普通の人々から切り離されているのを感じた。

父はかつてこう戒めた。〝トップに立つ人間は常に孤独だ。富が隔てになる。つまりじぶん以外の何事も何人も信じることができない。おまえに近づいてくる男たちの狙《ねら》いはおまえの権力かおまえの富だ。おまえは男を道具として、隷属するものとして扱うことを覚えろ。けしてその逆にはなるな〃

持つ者と持たざる者。支配する者とされる者。それが父の世界観だった。その中間など存在しない。この世は食うか食われるかだ。

かつてはそう思いたくなかった。そのころのケイトはうぶで純真だった。だが、エドウィンに裏切られ、父が正しかったことを思い知った。流産して病院のベッドにいるときに父が冷たく電話で告げた。いくら払って協議離婚を成立させエドウィンを追い払ったかを。そのときケイトは餌食《えじき》にされたことをひしひしと感じた。

彼女は父にきいた。「私が流産したことを彼に言ってくれた？」

「おまえはばかだな……ああ」

エドウィンは生まれなかった子の追悼式にも顔を見せなかった。そのときケイトは固く心を閉ざした。エドウィンにだけではなく、すべての男に。

ケイトは我に返った。

彼女は窓に背を向けて椅子に腰を下ろした。広々としたオフィスの中で、彼女の姿はぽつんとちっぽけだった。彼女は震える手でブリーフケースからジョーンズ関係の分厚い書類を取りだし、きちんと角の立ったページをめくった。

土曜日の事故のことを否応《いやおう》なく思いだす。ジョーンズの不遜な作業員との屈辱的なあれこれを、彼の知り合いの医者セイガーのことを。ジョーンズの不動産の権利がこっちへ移った暁には、あの無礼で手に負えない男をただちに解雇してやるわ。だが、すぐにボビー・リーのことを思いだした。父親を救ってやろうとは毛頭思わないが、彼の子供のために、知り合いのところにでも就職口を世話することにしよう。あの男の仕事ぶりはこの目で見て知っているから推薦できる。個人的にはそれでいい。しかし経営者としては、あれだけよい人材をよそにやるのは愚かだ。それはわかっている。けれどあの男に再び会うのが怖い。

なぜなら、彼のことを夢想していたから。

なぜなら、彼に嫌われているのを知っていたし、じぶんも彼が嫌いなのに、それなのに、彼に思い焦がれていたからだ。

日曜日、ケイトはじぶんの家の中をうろつきまわった。動きまわって片付けた。すでに完璧《かんぺき》にきちんとしているひきだしやクローゼットの中を整頓した。いらいらし、落ち着きなく、孤独にさいなまれ。自立したケイト・カーリントンはそれに反発した。なぜなら、彼女は男など無用のものだと信じていたからだ。

それは違う。男はある一点についてほかのもので は代用がきかない。ケイトは指を触れたときの——彼はたちまち彼女の手をふり払ったが——あの男のがっしりとした腕の熱さを思った。

ケイトの思いはセックスよりもっと先に飛んだ。ケイトはこの世の何よりも子供がほしかった。愛する者がほしかった。じぶんを愛してくれる者がほしかった。だが、彼女は十分におとなだったから、それは叶《かな》わぬことだと甘受していた。つらい経験から男性を信頼できなくなっていた。結婚の失敗をくり返したくなかった。

彼女はおなかに赤ちゃんがいたとき、どれほど喜びと希望に満たされていたか思いだした。何より深い愛の絆《きずな》を育《はぐく》む、それが母性というものらしい。私のように妊娠を望む女が、分別のある女が、煩わしさなく利用できるベビー・マシーンのようなものがあればいいのに。

ベビー・マシーン……。

ケイトは思わず微笑し、目をつむってそのマシーンを想像してみようとした。金属の腕を持つロボットで目は明るいライト。使用方法は簡単で苦痛がなく、むろん、感情的なもろもろの問題に悩まされることはない。けれどその形も方式も具体的に思い浮かばなかった。かわりに彼女が頭に描いたのは怒っている男、熱いブロンズのようなたくましい体と、つややかに渦巻く漆黒の髪を持つある男だった。彼は白いシーツが乱れるベッドの上で裸の彼女をじぶんの下に組み敷きながら非情な微笑を浮かべる……ケイトの体がぞくっと震えた。

彼女は糊のきいたブラウスの上からそっとじぶんの胸に触った。招かれざる記憶が、封じ込められていた記憶が解きはなたれた。ケイトは彼女の体をゆっくりと眺めまわした不遜な作業員の黒い目を思いだした。嫌われているのを知りながら、彼の視線を感じるたびに熱い電流のような刺激が体を貫いた。彼の息を思いだした。ビールの匂《にお》う熱い息にむかつくどころかうっとりしたのを。死んだ妻のことを話すときの彼が本当に悲しそうだったのを思いだした。そして母親のいないかわいい男の子のことを思いだした。私とあの男のあいだにはさまざまな違いが横たわっているが、私もあの男も同じように孤独なのだとケイトは思った。あの男に、美しい顔の男の子にもう一度会いたいと激しく思った。

ケイトは三つ揃《ぞろ》いのスーツをぱりっと着た、彼女と釣り合う高学歴のあの男を想像しようとした。幸いにも、彼女のばかげた白昼夢は打ち破られた。大きなマホガニーのドアを押して秘書が入ってきた。エスター・エアは片腕に幼い女の子を抱えてジュースの瓶を握り、もう一方の手に法律書類を持っていた。

「ごめんなさい、ケイト。ママが歯医者に行かなくてはならなくなって、それでハンナを連れてくるしかなかったの。でも一、二時間だけです。実は昨日、母の日の礼拝のあとで母をレストランに招待したんですが、母は牡蛎《かき》を食べようとして歯を欠いてしまったんです」

母の日——そう母の日だった。ケイトは母の墓参りをし、それからデイジーの花束を持って赤ちゃんの墓に行った。ケイトは母親といっしょに母の日を祝ったことが一度もなかった。じぶん自身が母になることはたぶんけしてないだろう。

彼女はゆっくりと立ちあがり、ハンナに腕を差し伸べた。二歳の子はかわいい笑い声をたてて抱きついてきた。

エスターは書類をケイトのデスクに置いた。「これにサインすれば成立です。今日から——」

「知っているでしょう。私はあなたがハンナを連れてくるのは大歓迎よ」ケイトはやさしく言い、子供と額を触れ合わせ、縮れた金髪を撫でた。「ようこそ。かわいいすてきなお客さま。あんよにはぶたちゃんがいくつ——」

「ゆびさんよ、ケイト。つまさき！　ぶたちゃんなんていない！」ハンナは幼い高い声で言い、はにかんで目を隠した。

「例のミスター・ジョーンズからあなたに会いたいと朝からずっと何度も電話が」エスターが言った。「弁護士から抵当権が実行されるまでは会わないように言われているわ」

「そう言っても聞かないんです。あなたからおっしゃってください」

電話が鳴った。

「たぶん彼ですよ」

エスターが電話を取ろうとしたが、ケイトはじぶんで受話器を取った。エスターが押しの一手で来る高圧的でマッチョなタイプの男を相手にするのが苦手なのを知っていた。ケイトは膝をつき、ハンナが好きに動きまわれるように下におろした。

「カーリントン・エンタープライズ。ミス・カーリントンのオフィスです」ケイトは秘書のふりをして言った。

「君、猛烈レディにつないでくれ。そうしたらヒューストンでいちばん豪華なランチをおごる。約束するよ」

賄賂《わいろ》だわ。ケイトは眉をひそめた。忠実なエスターが誘いに乗ることがないのはわかっていたが。

「申し訳ありません。ミス・カーリントンはただ今接客中です」ケイトは冷ややかに言った。それはあながち嘘ではない。

「彼女はそこにいるんだな！　よし！　これからそっちに行く」

「いえ、来ないで！　つまり、その、彼女の弁護士から会わないように――」

「この国をややこしくしているのは弁護士どもが駆けまわっているからだ」

「彼女は多忙で時間が取れません。それにあなたは彼女がいちばん会いたくない人です」

「ほう。それならなぜ土曜日にぼくのアパートメントのまわりをうろうろしていたのかな？　彼女に告げてくれ。うちの従業員の一人が言っていた。彼女は服を脱いで彼のベッドに飛び込んだ。彼に対して性的ないやがらせをした。それは犯罪だ。セクシャル・ハラスメントで告訴することもできる」

「なんですって？　いいですか、ミズ・カーリントンはそんなことはしていません！　彼が彼女の服を脱がせて――」

急いで言葉をのみ込んだ。エスターが目をまるくしてこっちを見たので、ケイトの肌は火のように熱くなった。

「彼女はその男を誘惑してキスしようと――」

ケイトは狂ったように手をふり、興味津々の秘書を部屋から追いだした。

「彼女は絶対にそんなことをしていません!」

「驚きだな。ミス・カーリントンは秘書に何もかも、そっちの方面のことまで話すのか」

ケイトの声はこわばった。「ケイト・カーリントンが話しているのよ。ミスター・ジョーンズ」

「最初からわかっていた」

「とにかく私はあなたに会いたくありません」

「そうかな」彼は非常に静かに言った。「ぼくは君に会いたいし、君もぼくに会いたいはずだ。ぼくはいつも女性たちに追いかけられている。作業員の話を聞いて君もその一人じゃないかと思った。君に会うのが楽しみだ――じきじきに会うのが」

「あなたのところのあの従業員は実にまったくいやな男だったわ。あなたも同じね」

「彼とぼくにはたくさんの共通点があるんだ」

「私ならそんなことを得意そうに言ったりしない

わ」

「へえ、それは変だな。彼はこう言っていた。別の状況だったら二人は――君と彼はしっくりいっただろうにと」

「彼がなんて言ったんですって?」ケイトは叫んだ。

返事がなかった。電話は切れていた。

いやだわ。大変! 彼はこっちへ向かっているに違いない。

4

「ええ、そっくりのを」

ジム・キース・ジョーンズの電話が切れるとすぐに、ハンナがダウンタウンのアイスクリームパーラーに行きたいとだだをこねだした。エスターが子供をオフィスに連れてきたときにはそこへ行くのがいつものきまりだった。そして今日、ケイトは厄介なミスター・ジョーンズをあしらう仕事をエスターに任せて出かけられるのがとにかくうれしかった。

パーラーのガラスのドアが揺れて開き、見覚えのある黒い髪の少年が嵐《あらし》のように飛び込んできて、まっしぐらにカウンターに向かった。

「パパ、これ――」

少年はさっきハンナの目をとらえたポスターを指差した。

ハンナは親指をしゃぶりながら、侵入者を物珍しそうに眺めた。そうしているあいだにドアがゆっくりと開いてまた閉まった。

「アイックリーム！　アイックリーム！」

ハンナは身を乗りだし、ピンクの牛がチョコレートシロップとピーナッツのトッピングの巨大なダブルディップのパフェをなめているポスターを指差した。それから白と黒の市松タイルのカウンターの向こうで、大きなアイスクリームのコンテナからバニラアイスをすくっている男をじっと見た。

「あたしおっきいアイックリームがほしい！」

「今おじさんが作ってくれているところよ、ハンナちゃん。とても大急ぎで作ってくれているわ」ケイトはなだめるように言った。

「あの絵とぞっくり？」

「いいとも。おまえが好きなのを」

忘れがたい深いバリトンの声が聞こえた。ケイトはぎょっとしてふり返った。大胆不敵な、黒い火のような目が彼女を刺し貫いた。

ケイトの心臓は苦しいほどどきどき鳴りだした。

「おや、これはこれは美しい魔女カーリントン」

作業員のささやき声。ケイトがなんとしても聞きたくない声だ。彼はケイトを見ても少しも驚いていない。あわてる気配もない。

ケイトは膝ががくがくしカウンターにつかまった。カウンターの後ろの男が、豪華なダブルディップのパフェのてっぺんにチェリーをのせた。

「はい、お嬢ちゃん」

「あの絵みたいにおおきくない」ハンナが泣きそうな声をあげた。

作業員はにやりとした。「男のすることはたいてい女性の期待にそえない。しかし、ぼくは女性にたいして文句はないね」

ケイトは山のように盛りあがったパフェが差しだされたのを無視し、くるりと後ろを向くと、こっちへ歩いてくる背の高い男をにらみつけた。

彼はボスに話したのだ。

あなたみたいに口の軽いおしゃべりな人間ははじめてだわ。ケイトはそう言いかけたが、危うくじぶんを抑えた。男は作業員には見えなかった。今日の彼は申し分のない黒の三揃《みつぞろ》いのスーツを着ている。その姿はケイトが想像したよりずっと立派に見えた。

もはや彼は下層階級の人間——スラムで腕っぷしを鍛えた無学な荒くれ者、半端な労働しかできない図体《ずうたい》ばかり大きな男のようではなかった。陰があり危険な雰囲気を濃くただよわせているが、この男なら洗練されたケイトの階級に難なくとけ込めるだろう。粗野だが、頭が切れる鋭い人間のパワーとオーラを放っている。まるで彼女と同じように、人を命令で動かすことに慣れているようだった。

なぜか、よれよれになったバルザックの小説がふっと頭に浮かんだ。

「偶然だな。また会うとは」

彼はひんやりとした不遜《ふそん》な微笑を浮かべている。ケイトはひどく落ち着かなくなった。ここで出くわしたのが偶然であるはずがない。何か目的があってやってきたのだ。

ケイトはこわばった笑みを浮かべ、ハンナのパフェを取りあげた。

「ボスにすっかり話したのね。感謝するわ。彼があなたをここによこしたの？　何か汚い仕事をさせようというのかしら？」

「これはぼくの思いつきだ」息子がパフェを注文している横で、彼は答えた。

「どういうこと？」

「君のことが心配だった。だいじょうぶかどうかたしかめたかったと言ったら信じてもらえるかな？」

「いいえ！」

「よくなったみたいで本当にうれしいよ」

信じられないことに、男はケイトのこめかみの傷にやさしく手を触れ、ほつれて顔にかかった髪をそっとかきあげた。

「ぼくたちはきみが思っているより深い関係なのかもしれない」

「アイックリーム！　アイックリーム！」ハンナが叫んだ。「とけちゃう！」

「ごめんね」ケイトは作業員に背を向けた。ハンナを近くのブースに座らせ、アイスクリームの山を子供の前に置き、向かい側に腰をおろした。

作業員は五ドル札を息子に渡し、同席していいかどうかも尋ねずにケイトのテーブルに来るとピンクのスツールを引きだした。それはどう見ても彼には小さすぎる。彼は長い脚を両側に突きだして座った。

ハンナは一口食べただけで、もう顎からカップからアイスクリームをしたたらせている。子供はそんな顔でハンサムな男に愛想よくにこっとした。新しい崇拝者が現れたと思っているらしい。

エレガントな作業員はほほ笑みを返し、ナプキンを取って父親らしい、物慣れた手つきで幼女の顔をふいた。

ハンナに対しているとき、彼の厳しくていかついい顔はやさしくなった。

「ミセス・カーリントン、おたくのお嬢さんは美人だ。チョコレートシロップにまみれているが」

「ミス、よ」

「ああそうだ。ボスが君のご主人は若い女と逃げたって話を何かで読んだと言っていたな」

「だから私は彼を離縁して実家の姓に戻ったの。もう一つまちがいがあるわ。ハンナは――私の娘じゃないわ」

作業員の鋭い黒い目がケイトの目をじっと見た。彼はケイトの声の中につらさを察知したのだ。彼女にはそれがわかった。

「だが、君はこの子がじぶんの子だったらいいのにと思っている」

「ええ」

「たぶん君はご主人より子供にうんざりするんじゃないかな。一日二十四時間チョコレートをふいてやらなくてはならないとしたら」

「それはあなたの思い違いよ。とても大きな思い違いだわ」ケイトは顔をしかめた。

ボビー・リーがみんなのところへ来て、ハンナと向かい合ったスツールに座った。

「本当のところなぜここへ来たの？」ケイトは作業員にきいた。

「君がだいじょうぶかどうかたしかめたかった。そう言っただろう」

「私はだいじょうぶ。だからあなたはもう行っていいのよ。別の理由があるなら——」

「実はある」

「私はちゃんと聞いているわよ」

「君はジョーンズの不動産を買いとることになっている。それで、ぼくは……ジョーンズに雇われているぼくとしては、君が彼のところの人間をどうするつもりなのかきいておいたほうがいいと思って。つまり、ぼくのような……下っぱを」

「ほとんどの人にはそのままいてもらうつもり」ケイトは直截《ちょくせつ》的な返事をしなかった。あなたは解雇するつもりだとは言いたくなかった。

「それを聞いてほっとした」

ケイトは後ろめたさに赤くなった。

彼の顔がこわばった。「で、ぼくはどうなんだ？　君はぼくをお払い箱にするのか？」

またしても気持ちを読みとられたらしい。ケイトは内心震えあがり、顔から血の気がひいた。「個々のケースを判断することになるでしょうね」

「たぶん、ぼくはずいぶん悪い印象を与えただろうな」

「ええ」

「わざとそうしたんだ」

「なぜボスにあのときのことを洗いざらい話さなくてはならなかったの？」

「彼とぼくは非常に親しいんだ」

彼がケイトの手を取った。その感触が電気ショックのようだった。ケイトは手を引き抜こうとしたが、彼はほっそりした指をしっかりと握っていた。

「い、いったい何を考えているの？」ケイトはやっとのことで言った。

「これは詫《わ》びじゃなくて説明だ。ぼくはほかの人間を踏みつけにする人間が好きじゃない。金にあかして法律家を雇い法的に盗む人間が好きじゃない。そんな人間は弱い者いじめの卑怯者《ひきょう》だ」彼の声はかたく静かだった。「たとえそれがすごい美人でも」

男の激しい目を見てケイトは背筋が寒くなった。

「ジョーンズが何かとあなたと話したがるわけがわかったわ。あなたのボスに問題があるとしても私にはかかわりのないこと。彼が無能だというだけの話よ」

ケイトの手を握る指に力が入った。男の唇が引き結ばれた。だが、彼はボスを弁護しなかった。

「君の人生は完璧《かんぺき》なのか？　深く後悔するようなミスを犯したことは一度もないのか？」

ケイトは黙って男を見返した。大きな手に握られて、手を動かすこともできず、じぶんを無力に感じていた。そして彼の熱い体温と力、カリスマ性も感じていた。彼があまりに大きいのでブースが縮んだように狭苦しく思える。

「あなたもうちで――ジョーンズの二倍の給料で雇うわ」ケイトは捨てばちに言った。

男の口の隅に笑いが浮かんだ。「君は世間の評判よりずっと気前がいい。だが、ぼくは信用しないな」

ハンナが目をあげ、誇らしげに言った。「あたしは信用できるわ」

彼女はアイスクリームのカップから金髪の頭を持ちあげた。顎も鼻もチョコレートシロップとバニラアイスクリームにまみれている。

それを見たとたん、おとなの会話は終わりを告げた。

十分後、ジム・キースがケイトのオフィスの贅沢《ぜいたく》なロビーに入っていくと、ハンナはくすくす笑って愛想をふりまいた。彼は電話中のエスターの横を通り過ぎながら子供に笑顔を返した。

「ボビー・リー、ここで待っているんだぞ」ジム・

キースはハンナのそばの椅子を指差して命じた。

ボビー・リーは女の子のところへ駆けていった。

ジム・キースがケイトのオフィスに通じる大きなマホガニーのドアを開けようとしたとき、エスターが大あわてで彼を呼び止めた。

「もしもし、あなた。アポイントメントを取ってありますか？」

「君のボスはぼくを待っているところだ」

エスターは予定表に目をやった。「十時四十五分には約束は入っていませんが」

ジム・キースはきびきびとした足取りでエスターのデスクに歩み寄り、身をかがめて名前を記入した。彼がペンを置くと、大きな肉太の字がページからはみだしそうになぐり書きしてあった。

「これでいいだろう。来ることはすでに君に電話で言っておいた」

「ジョーンズ？」エスターは文字を判読し、悲鳴のような声をあげた。おびえた目をノートからあげ、ゆっくりと背の高い男を見上げると、彼は微笑していた。あまりの魅力に圧倒され、エスターはぽかんと口をあけた。

「君も実物のほうがずっといい」彼はやさしくてしかも横柄な笑みを浮かべた。そして、さっさとケイトのドアに向かった。

彼がドアを押すのと同時に、エスターが内線電話で叫ぶのが聞こえた。

「ケイト、すみません――彼を止められませんでした！　キース・ジョーンズがあなたのところへ」

「警備員を呼んで」

ケイトが命じたそのとき、デスクに歩み寄ったジム・キースが彼女の手から電話をもぎとり、受け台に戻した。

「どういうこと……」ケイトは息をのみ、おびえた目で彼を見上げた。少し前のエスターがしたように。

彼女は赤くなり青くなった。「あなたは……あのぞっとする作業員」

彼は無理に微笑した。「ぞっとするはないだろう。ぼくは君の命の恩人だぞ」

「このあいだの土曜日になぜちゃんと名乗らなかったの！」

「そのほうが面白かったからさ」

「ばかにされるのは好きじゃないわ。くだらない冗談のつけは払ってもらいます。わかった？」

「なんで払ったらいいかな？ すでに君はぼくの財産をそっくりさらっていくことになっている」彼は愛想よく言った。

「あなたのような下劣で悪趣味な人間は破産して当然だわ」

「そして君のような金持ちの魔女はいいように人を踏みつけにする権利がある。君はこれまでに多くの他人の不動産をぶんどってきた。彼らすべてが破産して当然というわけか？」

「何を言うの！」

「この世に正義なんてものがないことはとっくの昔に知ってる」

ジム・キースは身を乗りだし、ケイトのデスクの上にあった彼と彼の不動産に関するファイルを取りあげた。ケイトが立ちあがると彼は手をふって座らせた。さっとフォルダーを開いて親指を走らせ、無愛想な数字の列にすばやく目を通す。

彼は口笛を吹いた。「おやおや、君はぼくにまったくいい成績をつけてくれたんだな！」

「私はあなたに関するすべてを知っているわ、ミスター・ジョーンズ」

「ぼくの財政状態をだ」彼の日焼けした顔は急に暗くなり、挫折《ざせつ》感がにじんだ。「すべてを知っているわけじゃない。だが、よく調べてある」

彼はしぶしぶそれを認めた。

ケイトはなぜかいい気味だと思えなかった。口元がこわばって笑えなかった。「私は仕事に私情をはさまないのよ、ミスター・ジョーンズ」

「冷酷無情というわけだ！　君はきっとぼくを根こそぎに――」

「ええ、私がほしいのはあなたのその根っこよ」

「本当に？」

彼はこれみよがしに視線をベルトの下に落とすと、ケイトに目を戻してあざけるような笑いを浮かべた。

彼女は屈辱でみるみる赤くなったが、思ったほどジム・キースの気は晴れなかった。それどころか、傷ついた彼女の目に心を動かされた。彼女はおびえている。幸い、彼がばかげた慰めを言う前に、屈強なガードマンが二人急いで入ってきた。

「つまみだして」ケイトは我に返ると冷たく命じた。

「土曜日にぼくは君を警察に引き渡すこともできた」ジム・キースは低くささやいた。そうするあいだにも警備員たちが近づいてくる。「君が誰かわかっていた。それに、君がプールの底に沈んで溺《おぼ》れるのをほうっておくこともできた。だが、そうはせず、ぼくは君の命を救った」

ケイトは答えなかった。彼を見もしなかった。

警備員が彼の肩をつかんだ。「さあ、行くんだ」

ジム・キースは体をひねって二人の手をふり払い、低い声で言った。「ケイト、君の勝ちだ。ぼくは君と話し合いたい一心で来た。それだけだ」

彼女はデスクに目を落としたまま、両手を握りしめていた。ジム・キースは彼女の関節が白くなっているのを見た。驚いたことに、彼女が喉からしぼりだすような声で男たちに言った。

「もういいわ。また呼びます――もし何かあったら」

再び二人だけになると彼女は立ちあがり、窓辺に行って彼に背中を向け、街を見下ろした。差し込む日差しの逆光の中にセクシーなラインが浮かびあがっている。彼はベッドに横たわった彼女の裸がすばらしかったことを思いだした。下腹部がかたくなった。

ひろびろとしたオフィスが突然真空になったようで息苦しくなった。スーツが拘束衣のように思える。彼はネクタイを引っ張った。

「それで――今さらどんな話し合いをしようというのかしら」彼女は静かに事務的な口調できいた。

「もうしばらく時間をくれ。六カ月」

「それはできないわ」

「君は生まれたときから金持ちだ」

彼女はこちらをふり向き大きく息を吸った。胸のふくらみがゆっくりと上下した。彼はいっそう高ぶりを覚え、ネクタイの結び目をゆるめた。

「あなたには想像できない苦労もあるのよ」彼女は低い声で言った。「母は早く亡くなり、父は……。私は五つのときに家出して、子供のいない年寄りのおばと一年いっしょにいたわ。父は私をおばから引き離して寄宿学校に入れた。それからずっと……おとなになるまでほとんど父の顔を見ることもなかったわ」

「金のかかるお上品な学校だ。そのあと君はハーバード大学とコーネル大学でみじめな青春を送った」

みじめ……。「そうね……」彼女はうなずいた。

ジム・キースは彼女の目に浮かんだ涙を見まいとした。冷ややかな声を保って言う。「ぼくは貧しい家に生まれた。貧乏というのは、君には想像もつかないだろうが厳しいものだ。大学に行って学位を取るひまと金が作れるものならとよく思う。地元の大学でいい。君は東部の大学で学位を三つ取っている」

「幸運にも」ケイトはじぶんを取り戻した。「ところで――あなたはビジネスの話をしたかったんでしょう。私には貧しい坊やのやっかみを聞いている時間はないの」

彼はゆっくりと立ちあがった。「君をやっかんでなんかいない。冗談じゃない。君と立場を入れ替わりたいなんてこれっぽちも思わない。君が仕事と呼んでいるのはただ金と数字……」

「ほかに何があるわけ？」

「ぼくは君がこんどの金曜日にさらっていくものを何年もかけて築きあげた」

「わかっているわ」

ジム・キースは彼女とのあいだの距離を少し縮めた。「だが君には人の心がわからない。ぼくが持っているものなど君の財産からすれば数にも入らないだろうが、それを手に入れるためにぼくは全力を尽くした。運営にも。ぼくはたくさんの従業員や、コーヒーを出してくれるしもべに囲まれて、どこかのおしゃれな超高層ビルの中に鎮座しているわけじゃない。ぼくはテナントの一人一人を知っている。従業員のすべての顔を知っている。管理人も全部。ぼくは修理状況をじぶんでチェックするし、大部分はじぶんでやってきた」

「だとしたらあなたはあまり手を広げすぎたのね、ミスター・ジョーンズ。あなたは三年半前に巨額の借金をしている。けれどあなたの貸家物件はひどい状態だわ。どういうことかしら。お金はすべて遊興費に使ってしまったの？」

「遊興費？」

彼は仰天した。病におかされ、痩《や》せ細り、じりじりと死んでいったメアリのことを思いだした。彼女を救いたい一心で借りた金のことを思いだした。ドイツの医者にも救えないだろうと警告したアメリカの医者の意見に耳を貸さなかったじぶんはばかだったかもしれない。だが、この魔女の軽蔑《けいべつ》的な態度が彼の中の何かを爆発させた。

「それは出すぎた発言だぞ」彼はうなるように言った。「その金をぼくがどう使おうと君の知ったことじゃない」

「あなたがそのうちのわずかでもビジネスに投じた痕跡《こんせき》があれば私は――」

「余計なおせっかいだ。君はもっと手に入れよう、もっと手に入れようとする。しかし、どれだけのものを所有しようと君はけして――」

あとになって彼は何に駆られてそんなことをしたのか理解に苦しむだろう。じぶんを嫌悪するだろう。しかし、彼は今そういったことを考えなかった。メアリが不治の病を宣告されたあの恐ろしい瞬間から、彼の中にはやり場のない激しい怒りが積もり積もっていた。そしてここに突然ケイトという女が現れた。セクシーで、彼を滅ぼそうとするケイトが。

残酷なほど美しい、燃えるような赤い髪と健康的な薔薇《ばら》色の頬をした堂々とした美しさのケイト。やさしいメアリよりもずっと美しく、ずっと魅力的なケイト。彼の血を熱く荒れ狂わせるケイト。彼がこれほど怒っておらず、まともに考えられないほど強い欲望に駆られていなかったら、そんなことをちらと思うことすらけして許さなかっただろう。

彼女は非常にクールで尊大に見えた。本当の世間も本当の感情も知らず、彼が耐えてきた不条理な運命に同情の一つもない。彼女は敗者の苦渋を一度も味わったことがないのか？　彼女を少し痛い目にあわせてやらなければ気がおさまらなかった。

彼はケイトの腕をつかんだ。やわらかな肉に指を食い込ませてぐいと引き寄せる。怒りにまかせて唇を奪い、かつてないほどの飢えを覚えてむさぼった。舌で彼女の口を満たし、味わい、求めた。両手をケイトの背中からヒップにすべらせ、のしかかるように体を押しつける。

彼女の感触はよかった。とてもよかったので、彼の欲求は急激に怒りを追い越した。ビジネスのうえで彼女は融通のきかない冷たい人間だとしても、腕の中の彼女はやわらかでしなやかな生きものだった。ほんの少しも抵抗しなかった。

最初は体をこわばらせたが、彼の唇が触れるとこわばりは解け、かわいらしく小さくうめいたので、彼はうれしくなった。彼女は口を開けて舌を受けとめた。彼女は甘くやさしいものを求めているようだった。どこかしら純真で無垢《むく》な感じがした。彼の欲望はますますつのった。

震える手がジム・キースのうなじにまわされた。指がそっと髪を握り、じきに激しく動いた。彼女もまたじぶんの感情を抑えられなくなっているかのようだった。

「私はあなたなんか大嫌いなはずよ」ケイトは彼にすがりつき、荒い息で震える体を彼に押しつけながら、かすれた声でささやいた。

「こっちもさ」彼はつぶやき、すぐにまた唇を奪った。こんどは彼女の舌が入ってきた。それが彼をさらに刺激し、いっそう熱くなった。燃えさかる欲望の大潮にさらわれてしまいそうだった。

彼女は彼の敵だった。よりによってケイト・カーリントンを、メアリを亡くした失意から彼を立ち直らせる道具に使うとは、運命はまったく意地悪で、ねじれたユーモアをもてあそぶ。

だが、そうなのだった。彼はケイトを裸にし、ケイトの白い体をむさぼりたかった。日曜日は一日中、彼女の美しい裸の姿が彼の頭に取り憑《つ》いて離れなかった。

彼は温かくてなめらかな彼女の中にじぶんを深くうずめたかった。彼以外の男が目に入らなくさせたかった。

ジム・キースは運命を呪《のろ》った。彼はほかの誰でもなくこの女性がほしかった。だが彼女は彼の事業の失敗をせせら笑う女だ。彼女の目にじぶんはさぞ滑《こっ》稽《けい》に映っていることだろう。ケイトは彼を軽蔑している。それに気づいたとたん、彼女の甘い熱い口と官能的な体は彼にとって拷問に変わった。

ジム・キースは意志をふりしぼって体を引きはがした。そのとたん、彼女がばしっと頰を打った。

彼の日焼けした頰に白く手のあとがついた。ケイトは息をのみ、よろけるようにあとずさった。彼女の目はぎらぎらしていたが、それは怒りというより は絶望的な悲しみだった。「出ていって」彼女は低い声で言った。「出ていって」

コットンのブラウスの前が乱れて皺《しわ》くちゃだった。美しい顔は涙で汚れ、唇はキスで腫《は》れあがり、アイメイクは台無しで目は苦痛に満ちていた。クリップからほぐれた赤い髪が肩にこぼれて渦巻いている。

彼女は若く無防備に見えた。彼が抱いていたケイト・カーリントンのイメージよりずっと弱々しく見えた。何より彼女はセクシーで魅力的だった。

「悪かった」彼はかすれた声で言った。「こんなことをするつもりじゃなかった。ただ、借金の塊が即ぼくではないということをわかってもらいたかったんだ。ぼくは君の帳簿のうえの数字じゃない。失敗の一例じゃない。ぼくは一人の男だ。一人の人間だ。だが、今君に八つ裂きにされても仕方ないな」

ジム・キースは彼女が食ってかかってくるだろうと思った。だがそうではなかった。彼女の表情が和らいだ。緑色の目が大きく見開かれ、二人のあいだに強烈な、あってはならない絆《きずな》が生じるのを感じて、彼は居心地が悪くなった。ブラウスのボタンをかける彼女の手が震えていた。

もしかすると彼女は冷酷な女ではないのかもしれない。キスをしたときに感じた熱さやさしさは本物なのかもしれない。彼女もまた人生に傷つき、孤独なのかもしれない。

「あなたは私を誤解しているわ」彼女は髪を後ろに撫《な》でつけ、クリップで留めながら言った。「ごめんなさい……ぶったりして」ケイトは手をのばし、彼の頬の平手打ちしたところを撫でた。

燃えるような肌にそっと触れる彼女の手はとても冷たかった。

彼はケイトの細い手首を握った。親指の下に彼女の脈拍を感じると、彼の心臓の鼓動が大きくなった。もう一度彼女を抱いてキスをしたくなった。

ぼくは頭がおかしくなったのか？

「ミスター・ジョーンズ、私はあなたから一切合財をただちに奪いとりたいと思っているわけではないのよ。その――私は――時間の猶予をさしあげるのにやぶさかではありません。でも、率直に言って、時間はあなたの助けにならないでしょう」

彼の体の筋という筋が針金のように固くなった。

「あなたに必要なのは資金ですが、ミスター・ジョーンズ、あなたにはそれがない。私にはあるわ」

彼女の声はやさしかった。その口調は本当に気遣っているかのように聞こえた。

ぼくの頭はどうかしている。彼女は敵だぞ。

ジム・キースは彼女の華奢《きゃしゃ》な手を払ってあとずさった。彼女の手と彼女の声のやさしさを拒絶した。なぜなら、何よりもそれがほしかったからだ。

「わかった。君はまったく情け深いということだ」

彼は押しつぶしたような声で言った。

「では金曜日に」荒々しくドアに向かう彼にケイトはそっと言った。「そのときにきちんと最終的に決着をつけましょう」

「そしてごきげんようというわけだ」

彼は吐きだすように言い、彼女の目の中の苦渋を無視して大股に部屋を出た。

5

ジム・キースは怒りにまかせて黒インクのサインを書きなぐった。これですべてを失ったわけだ。彼は胸をむかつかせてペンを投げだし、デスクの前から立ちあがった。

彼はケイトの方を見なかったが、すらりとした、上品なネイビーブルーのリネンのスーツに身を包んだ彼女の姿を痛いほど意識していた。押しも押されもせぬ実業家らしい落ち着きが、失敗者である男の挫折《ざせつ》感を幾倍か大きくした。この一週間、彼は彼女に対する憎しみと渇望にかわるがわる翻弄《ほんろう》され、しまいには、そんなばかげたことをくだくだ思っているじぶんにいやけがさした。

ジム・キースは彼女の方へちらと視線を向けた。今朝の彼女がひどく青ざめ、憔悴《しょうすい》した顔をしていたので驚いた。まるで彼女も悶々《もんもん》とした日々を過ごしたかのようだ。きれいな目の下には隈《くま》ができている。一まわり痩《や》せた感じで、強敵という印象ではなかった。彼は素手で簡単に引き裂いてしまえそうな、甘やかされたか弱い女に負けた。それが純然たる事実だった。むろん女に暴力をふるうつもりはない。彼女を傷つけたいとは思わない。暴力では。彼が望むのは――。

彼はほんの一瞬、彼女の白い顔からぴんと糊《のり》のきいたクリーム色のブラウスの襟元に目を移した。できる限り肌を隠したがっているように、ブラウスは喉のところまできちんとボタンをかけてある。彼は別のブラウスを思いだした。白いコットンのを。彼が乱暴に抱きすくめたので皺《しわ》くちゃになり、ウエスト近くまではだけていた。奔放で美しく見えた彼女。

キスで顔をほてらせ、完全無欠ではなかったがとても人間的で――彼は彼女と二人きりになりたかった。あのボタンをはずし、クリーム色のコットンの下の肌に触れ、彼女に思い知らせてやりたかった。彼女は彼からすべてを奪ったが、それでも彼は簡単に彼女を征服できるのだということを。

ジム・キースはしゃんと背筋をのばし、雑念をふり払った。彼がすべきなのは彼女から逃れ、彼女を忘れることだ。再起に向けて踏みだすことだ。

彼はふくらんだブリーフケースをつかんだ。ドアから出ようとしたとき、彼女が呼び止めた。嘘《うそ》くさいやさしい声が彼の胃袋をかきむしった。

「ミスター・ジョーンズ、お帰りになる前に話し合いたいことが――二人きりで」

穏やかな口調だが、それは命令だった。

彼は唇を固く引き結んだ。荒れ狂う心中の嵐《あらし》と闘いながらなんとか関心がなさそうに肩をすくめてみせた。「今さら何を話すことがある？」

「提案が。あなたは興味を持つはずよ」

彼女の声はなだめすかすようにいっそう穏やかになった。彼の気持ちは揺れ動いた。

ジム・キースの黒い目は彼女のきらきらした緑色の目を一瞬とらえて下に向かった。彼女の体の曲線に欲望を覚えながらジム・キースは思った。青ざめ、隙《すき》のないスーツに身を包んでひどく堅苦しくても、彼女はまたとなく美しい。

「悪いが、興味なんてないな」彼は嚙《か》みつくように言い、分厚くふくらんだブリーフケースでドアを押し開けた。

無礼な口調にケイトは蒼白《そうはく》になった。大きな目が悲しげだった。彼女は勝ち誇っていないし、ぼくを傷つけたいと思っているわけではないと、ジム・キースは気づいた。この抵当権の実行は彼女にとって単にビジネスなのだ。

あいにく、彼のほうはこれを一つのビジネスの失敗としてあきらめることはできなかった。

だが、まったく奇妙なことだが、彼は彼女を傷つけたことに対して良心がうずいた。

「ぜひ話し合いたいんです」彼女の声はさっきよりかたかったが、本当はもっと冷淡にあしらわれてもいいはずだった。

困るくらい温かい。

「わかった。だが、手短にしてくれ」

彼はどっしりとした椅子を引きだして再び腰をおろした。そのあいだにほかの者たちは礼儀正しく、全員が部屋の外に出ていった。

「君は常に人をじぶんの思いどおりにできるというわけか？」彼はさも軽蔑《けいべつ》したように言った。

ケイトは顔から血の気がひくのを感じた。悲しい記憶が蘇《よみがえ》った。だが、彼女はジム・キースの舌鋒《ぜっぽう》を無視した。「先週あなたは尋ねたわね。あなたのところの従業員が今後どうなるのか。それにあなた自身について。そのとき私は――」

「君の返事は覚えている。ひとこと残らず。くり返してもらう必要はない。君はぼくをさっさと厄介払いしたくてうずうずしている。それはこっちも同様だ。だから君の言ったことを根に持ちはしない」

「私はあなたに仕事を提供したいの」

「嘘に決まっている」

「私の考えをまだ聞いてもいないじゃないの」

「君はぼくからすべてをさらっていった。まだ足りないのか？　ぼくを生け捕りにして骨までしゃぶる気か？」

「まさか――」

「いや、そうだ。ぼくは十六歳のときから一人でやってきた。新聞配達やありとあらゆることをした。最近は人の下で働いていない。それに女性に使われたことはない。ましてやぼくの全財産を持っていった女性の下で働くなんてことは。君の従順なしもべの一人になどとうていなれない」

「そんなことは期待していないわ」彼女はベルベットのような、しっとりと落ち着いた声で言った。

「君の下でぼくにどんな仕事ができるんだ？　かつてはじぶんのものだった資産の管理か？」

「そうしている人はたくさんいるわ」

「ぼくはごめんだ。だいいち、なぜ君は失敗した人間を雇うんだ？」

「私はあなたをそういう目で見ていないわ」

彼女のやさしい言葉が彼の胸を温めた。だが、彼は陰気に笑った。彼女と一切の縁を切る。それがじぶんの望むところなのだと、いっそう頑固に考えた。

「一つのローンを除けば、三年半前まであなたの経営は完璧《かんぺき》だった。私はあなたのところのほかにもたくさんの倒産物件を背負い込んで、ちょっと手に余っているところなの。財政的にということではなく……本当に経営を助けてくれる手がほしいのよ」ケイトはメモ用紙に数字を書いて彼に差しだした。「これが年俸。もっと出したいのだけれど、ご存じのとおり、今不動産業は先が見えない状態だから、守れない約束はしたくないの」

彼はその大きな数字と彼女を見比べた。いっそう憤りに駆られた。なぜなら彼は喉から手が出るほど金を必要としていたし、彼女が非常に気前よかったからだ。

違う！　気前がいいんじゃない！　何かがほしいと思ったら、彼女はそれを金で手に入れるのだ。

しかしその金額は彼の心をくすぐった。目の前にいる女も心をくすぐる。

「君はなんでも買う。今までにほしくても買えなかったものがあるのかな？」彼はかたい声で言った。

「聞いたらきっと驚くわ」

自分で会社を経営していても、ジム・キースは彼女が提示したような大きな額を家に入れたことはなかった。彼女はそのことを知っていた。彼は収益のほとんどを貸家やアパートの管理に還元していた。

「ぼくにどうしてこんな額を出すんだ？」

「それだけの仕事ができると思うからよ」

彼女はこんな数字を稼ぎだすことを期待しているのか？ それだけか？ 彼は大きく息を吸った。この際彼女を侮辱するような質問をするのはばかだ。もしこの話を受けるとしたら、徹底的に働く。この話を蹴《け》るとしたら——愚かだ。破産して絶体絶命状態なのだから。彼は稼がねばならなかった。たくさん稼げば貯蓄ができる。そうすれば、いずれ再びじぶんで事業を起こすことができるだろう。永久に彼女につながれていなくてもいいのだ。

「あなたが私を嫌っているのは知っているわ」彼女は静かに言った。「私と始終顔を合わせる必要はないのよ」

「それは条件の一つか？」

「ええ。今日のことは……すまなく思っているわ」

ケイトの声は苦しげで、彼の心のやさしい部分を刺激した。だが彼はそれを認めたくなかった。

「私は——あなたに憎まれたいわけじゃないのよ」

できることならケイトを憎みたかった。だが、ボビー・リーがいかがわしい雑誌を読んでいたと言って食ってかかってきたときの彼女がとても愛らしかったのを思いだした。ボビー・リーを救うために彼女がプールに飛び込んだことを思いだした。ぐったりした彼女を水から引きあげ、死に物狂いで人工呼吸を施したときのことを思いだした。彼女が水を吐いて息を吹き返したとき、震えるほどうれしかったのを思いだした。そして何より、彼女の裸身の美しさに感動すら覚えたことを、彼女の口を飢えたようにむさぼったのを思いだした。彼は今も求めていた。キスだけでは我慢できないくらいに。彼女を憎みたいと思う一方で、彼女にひきつけられていた。

彼女の下で働きたい……サラリーのためだけではなく、復讐《ふくしゅう》の手段を見つけるためだけではなく。

彼はケイト・カーリントンを理解したかった。

「君を好きになれと言われてもそれは無理だ」彼は冷たく言った。「君はカーリントンだ。君はぼくを買った。ほかのものと同じように。君はほしいものをなんでも金で手に入れる」

「あなたは無礼なことしか言えないの？　なぜそんな横柄な態度しかとれないの？」

「なぜかって？　そのうちわかるだろう。それに、ぼくのことをよりよく知れば、ぼくがよりいやなやつだということがわかるんじゃないかな」

「その暁には――」

「ああ。とにかく、決めた。その仕事を受けるしかぼくには選択肢がない。受けたからには、君に満足してもらえるようにベストを尽くす。君が提示したその金額で、ぼくは君のものだ」きらきらした緑色の目が怖いほど真摯《しんし》に彼を見つめた。彼は胸に感情が押し寄せ、心臓の鼓動が激しくなるのを感じた。

「覚えておいてくれ、ケイト。君はその金額をはるかにしのぐ見返りがあるだろう」

それから三カ月のあいだ、ケイト・カーリントンは彼の約束の言葉を折にふれ思いだした。なぜなら、彼は誰よりもばりばり働き、彼女にとってキースはない人材になっていた。彼女は彼をそう呼んでいる――なくてはならない人材に。彼はケイトに、そしてじぶん自身にじぶんの価値を証明しようと決意しているかのようだった。

彼と顔を合わせることはあまりなかった。彼は慎重にケイトを避けていた。けれど彼がそうであればあるほど、ケイトは彼に近づきたくてたまらなくなる。あらゆる口実をもうけて彼がいるところを捜すのだが、そのたびに傷ついた。彼はとても礼儀正しかったが、堅苦しい態度を決して崩さなかった。ほかの人たちに対しては気さくで打ち解けてふるまっている。エスターとはいちゃついているのかと思うくらいで、秘書がたてる笑い声で彼がロビーにいることがわかるくらいだった。彼はときどきエスターを昼食に連れだしていた。そのせいでケイトと秘書のあいだに、ひんやりしたジェラシーや気まずさが忍び込んでくるようになった。

キースはテナントの言い分にも管理人たちの意見にも快く耳を傾けた。意外なことにケイトのアドバイスにも。彼はどんなあきれた言い分にもびくともしなかった。ごくまれにケイトが彼に反対を唱えることがあったが、彼はそれも潔く受け入れた。有能であることはわかっていたが、これほどとは思っていなかった。ケイトが堅実で安定指向だとすれば、彼はより革新的で、リスクにもすすんで打って出る。二人の考え方に違いはあるが、手腕は互角で、どちらもじぶんをごり押しせず、仕事のうえで彼らはよい関係を保っていた。

彼はケイトの身の安全に気を配り、治安のよくない地域にある物件のトラブルの処理に彼女が出向くことは、とくにそれが夜間であれば断固として許さなかった。難しい顧客や、敵意を持っているテナントの問題の処理には彼がじぶんで当たった。そのようなわけでケイトの労働時間は短縮され、一方貸家やアパートの管理運営はより円滑になり、以前より収益もあがっていた。ただ一つ彼が頑として拒んでいることがある。つまり、割引手形の買い取りや倒産物件の引き揚げ交渉には協力せず、そのことについてはくり返しはっきりと宣言していた。

あるとき、ケイトは出張しなければならなくなり、留守のあいだの抵当権の実行を手伝ってほしいと彼に頼んだのだ。だが彼は聞き入れず、ケイトは堪忍袋の緒が切れてついごり押ししてしまった。

「断る！」彼はかっとして怒鳴った。「ぼくは魂まで君に売り渡したわけじゃない。君がそう思っているなら大まちがいだ。君からもらう給料が必要だからといって、盗みに加担するつもりはない」

「そこまで言うのなら私にも――」

「ああ、くびにしたらどうだ？」

彼は目をぎらぎらさせて彼女に詰め寄った。あまり腹を立てていたので、彼女と同室を余儀なくされたときにはできる限り彼女と距離を置くという不文律を忘れていた。

ケイトはぞっとして彼を見上げた。彼は大きくて筋骨たくましく、その気になればケイトをどうとでもできる。

しかし、彼は脇《わき》で握りしめた、日焼けした大きなげんこつをふりあげることはなかった。それでもケイトは一歩あとずさり、乾いた口に舌を走らせた。


「いっそおたがい楽になろうじゃないか。ぼくをくびにしろ。そうすれば、たがいに永遠に顔を突き合わさないですむ」

彼はケイトの目をねめつけ、火のような視線を彼女の体に走らせた。

「そ、そんな目で私を見ないで」

「どんな目でだ？」

「私をひねりつぶしたがっているような目よ」

彼の顔がこわばった。全身がこわばった。彼は荒れ狂う感情をなんとか抑え込もうとした。「そう簡単にできない場合もある。とくに、君が喉から手が出るくらいぼくをほしがっていると思える場合には」

「冗談じゃないわ！」

「君は嘘をついている。ぼくらは両方ともそれが嘘だとわかっているんだ」

「いいえ――」

彼は笑った。「気に入らないなら、ぼくをくびにしたらどうだ。さあ。そうしたらぼくはとっととここを出ていく」

彼は本当に去るつもりでいる。ケイトにはわかった。つまり、二度と会わないということだ。彼女も心の一隅でいっそそうなってほしいと望んでいた。だが、ほかの部分は彼がそばにいるというだけで生き生きとしていた。

彼女は彼をにらんだ。「それは……それはできないわ」

「なら汚い仕事は君一人でやるんだな」彼は小さく鼻を鳴らした。「だが、プライベートになら——夜の時間なら、いつでもつき合う」

「なんですって？」

「君はぼくを買った。忘れたのか？　君はぼくの体を自由にできるということだ。心は別だが」

タフガイ気取りの不遜《ふそん》な言葉が銃弾のようにケイトの耳に突き刺さった。彼は本気で私をそんな安っぽい、それほど男に飢えた女だと……。

「なんてことを」

彼の視線は熱っぽくぎらぎらしていて、彼がそんなおぞましいことを本気で言っているのがいやというほどわかる。彼女の頬に血がのぼるのを見て彼は冷たく笑った。

「失礼よ。あんまりだわ」

彼はまたにやりとした。

ケイトは口をつぐんだ。

「もし気が変わったら、そのときは君がぼくを追いかけるんだな。なぜなら、ぼくは二度と再び誘わないし、頼みもしない」

「ばかばかしい。あなたはどうかしてるわ。私がそんなことをするはずないでしょう。絶対に！」

彼の黒い目が、ガラスの鋭い破片のようにケイトを切りつけた。

「そうかな……」彼はくらくらするほど魅力的な、しかし意地の悪い微笑を浮かべた。「ぼくはそうは思わない」

「あなたって人は失礼きわまりなくて、思い上がりもいいところの、ちく――」

ケイトははっとし、喉を絞めあげられたような叫びをもらした。彼が手を差しだしたが、彼女はあまりにも動揺していたので、彼の顔に後悔と気遣いが浮かんでいるのに気づかなかった。どのみち彼の哀れみはほしくなかった。ケイトは彼を押しのけ、無我夢中で彼の脇を走り抜けた。

ケイトはまっしぐらに家に帰ってスーツケースに荷物を詰めたが、結局出張はキャンセルした。心が乱れすぎて、とても出かける気持ちになれなかったのだ。つぎの朝、彼を解雇しようと本気で思った。けれど、オフィスに入ってまず目に入ったのが一本の赤い薔薇《ばら》だった。ぴんとした真っ白な紙に黒い肉太の字で大きくこう書いてあった。

〝許してくれ。ひどく腹が立っていた。それで無礼になった。悪かった〟

それだけだった。サインもなかった。だが、ケイトは椅子に座り込み、そのメモをしっかり握って胸に押しあてた。

そんなひどいやりとりのあと、キースは前よりもっと慎重にケイトを避けるようになった。そんなある日、ボビー・リーの面倒をまめに見ているキースの妹のマギーが、子供を父親のところに連れてきた。ボビー・リーはいつものように、おばと父親のそばを離れて、こんにちはを言いにケイトのところへ飛んできた。男の子は彼女が子供に抱いている自然な親近感を感じとっているらしく、二人の親密さはどんどんましている。子供はとても素直に心を開いてくれるので、ケイトはあふれる愛情を――彼の父親にそんなことをしたら冷たく拒まれるに決まっているが――ぞんぶんに注ぐことができた。マギーとケイトもすっかり仲よくなっていた。

ボビー・リーが水泳大会で優勝したブルーリボンを見せてくれたので、ケイトは母親のような誇らしい気持ちで子供を抱きしめた。ふと見ると、キースが無言でドアのそばに立っていた。彼はむっつりしていた。まるで……まるで嫉妬《しっと》しているように。まさか。それは思い違いだ。キースはケイトのやさしさなど金輪際ほしがっていない。たぶん彼は息子がだんだんケイトになついていくのが気に入らないのだろう。

マギーがちらともらしたボビー・リーの母親のこと、キースが破産する原因となった無分別な借金のことをケイトはもっと詳しく知りたいと思った。ケイトが少しでも個人的なことに触れそうになると、キースはすぐに話題を変えるので、ケイトはいつもと同じ手を使った。私立探偵を使ってほしい情報を集めるという手を。キースが大家族で貧しいけれど、温かな家庭の出であることがわかった。彼はハイスクール時代のガールフレンドと結婚し、彼女のことを本当に深く愛していたのだろう、彼女を病から救うために無理な借金をしたのだとわかった。ケイトは涙をこぼし、彼に対して抵当権を実行したことを後悔した。

支払い期限を半年のばしてほしいと彼が頼みに来たときのことを思いだした。どういう借金だったのか知ってさえいたら、あんなにきつい態度はとらなかったし、彼が、今のように、冷ややかに仕事の立場から一歩も出ようとしないということにもならなかっただろう。なんとか償いをし、もっと友好的な関係になれるように足がかりを築きたいとケイトは切なく思った。けれど彼は自尊心を固め、かたくなにケイトを避けているので、どうやって近づいたらよいのかもわからない。彼がまた女性とデートをは

じめたことをエスターから聞かされると、ケイトは
いっそう居ても立ってもいられない気持ちになった。
ケイトは彼を失いつつあった。
いや、彼がケイトのものだったことは一度もない。
でも、彼はあのかわいい子の父親だ。今すぐにでも
引きとってじぶんのものにしてしまいたいくらいい
としいあの子の父親。
キースは彼女を裸にしてからかった。彼は一度ケ
イトにキスをして、かつて感じたことがないくらい
ケイトを燃え立たせた。彼はすばらしく仕事ができ
た。彼は誰よりハンサムで、ケイトは彼を見ると彼
がほしくなる。どうしようもなくほしくなる。
彼にとってケイトは彼を破産させた女で、彼の雇
い主で、機会さえあれば彼はケイトに屈辱を与える。
そしてケイトは彼が貯蓄をし、ケイトのもとを去ろ
うと計画しているのを知っている。
それが気になるの？　なぜ？　男はエドウィンで
こりごりしたんじゃなかったの？　またキースと失
敗したら傷はずっと深くなる。
だが、ケイトは彼に対する渇望を追い払うことが
できなかった。夏のある日の夜、ケイトが退社しよ
うとすると、キースのオフィスのドアの下に光のリ
ボンが見えた。ケイトはおやと思った。彼はふだん
めったにオフィスにいることがなかったからだ。じ
ぶんを避けてそうしているのだとケイトは思った。
それから彼女は思いだした。そういえば、彼がミス
ター・スチュワートに有無を言わさず遅い時間に会
う約束をさせたとエスターが言っていた。ミスタ
ー・スチュワートは気難しいオーナーで、社では彼
が所有する二千の貸家と三つのショッピングセンタ
ーの管理を引き受けているのだが、そのどれもに金
の注入が必要だった。
ケイトは家に帰るべきだった。けれどそうはしな
いで、キースのドアをためらいがちにノックした。

彼がドアを開けた。いつものことだが、浅黒いハンサムな顔と、ぱりっとした白いシャツに包まれたがっしりとした肩を間近かにすると、ケイトの脈は速くなった。

「ケイト」キースは冷ややかに言い、眉をひそめて彼女と目を合わせた。その目がちらと陰ったが、じきに取り繕った微笑を浮かべた。

背が低くでっぷりと太ったミスター・スチュワートがぎこちなく椅子から立ちあがったが、ケイトはその姿がろくに目に入らなかった。キースが背中に手を置き、まるで二人が気さくなよい関係であるかのように中に導く。彼の手の感触にケイトは体が震えた。

「お邪魔してごめんなさい」

「邪魔なんてとんでもない。来てくれてよかった」

ミスター・スチュワートが言った。

キースはケイトをじぶんの隣の席に案内した。

「せっかく来たのだから、あなたからもミスター・スチュワートに、ここで相当な額を注入しておかないと、結局ずるずると損を重ねることになるということをよく説明してくれないかな」

ケイトとキースは、まるで共同経営者どうしのように、たがいを補い合いながら趣旨を述べ、議論を進めた。一時間半後には、ミスター・スチュワートは高額の小切手を切り、もっと出してもよいとすら言った。

ミスター・スチュワートが帰り、ケイトはいつかのあのおぞましいやりとりのあとはじめてキースと二人きりになった。

「君の戦法はなかなかよかった」

彼は静かに言い、熱を帯びた黒い目でじっと見たので、ケイトの脈がまた速くなった。

「あなたもよ」彼女は低く言った。彼から褒め言葉をもらうことなどこれまでなかったので、急に胸が熱くなった。

あのときの彼の侮辱を忘れてしまいたかった。だが、あの言葉はケイトに取り憑《つ》いて離れなかった。

〝もし気が変わったら、そのときは君がぼくを追いかけるんだな。なぜなら、ぼくは二度と誘わないし、頼みもしない〟

彼はケイトの思いも知らず、立ちあがって椅子の背もたれからスーツの上着を取りあげた。ケイトも立ちあがり、心を乱しながら窓のそばに行った。

もし気が変わったら……。

後ろで彼がデスクランプの鎖を引いて明かりを消した。部屋はやわらかな暗さの中に溶け込んだ。ケイトは星の輝きに気づいた。目の下に広がる都市の光を眺めた。月が白く照っている。今日は金曜日。恋人たちがいっしょに過ごす夜。ケイトはいつものように一人で過ごす。

ケイトの胃がロマンチックにはほど遠い音をたてた。

彼はハスキーな声で笑った。気さくな笑い方。今まで彼がケイトのそばでそんな笑い方をしたことはなかった。

「ぼくだけじゃなく、誰かも本能的欲望に駆られているらしい」

「私はおなかがすいているのよ」ケイトは彼の方をちらと見た。かつてないほど彼にひきつけられるのを感じた。彼は目をそらした。

〝もし気が変わったら、そのときは君がぼくを追いかける……〟

突然ケイトはじぶんの飢えに気づいた。食べ物のほかの飢えに。彼女は人に飢えていた。キースに飢えていた。

彼は両手をポケットに押し込み、ぴったりとフィットしているスーツの形を台無しにした。

「さっさとここを出たほうがいい」

「きれいな夜だわ」ケイトはささやくように言った。ドアに向かう彼のあとを追わず、たたずんでいた。

「暑くてむしむししている」彼は少し苛立《いらだ》たしげにドアを押して開けた。

「でもここから見ているときれいだわ」ケイトはまだ動こうとしなかった。「金曜の夜あなたはいつも何をして過ごすの？」

「たいしたことはしない」

「今夜はデート？」

「君は？」

「今のところはまだ」

「それはどういう意味だ？」

「つまり――あなたに夕食をごちそうしようかと思っているの」これは追いかけているのかしら？

「あまりいいアイディアじゃないな」

拒絶。父もケイトといっしょに過ごしたがらなかった。ケイトは友達の作り方をいまだに知らない。

なぜあんなことを言ってしまったのだろう。ケイトは空虚さを感じ寂しくなった。そこで口をつぐみ、砕けたプライドの残りを守るべきだ。なんでもないふりをして部屋を出るべきだ。けれどプライドも何ももうなかった。じぶんの耳にも、じぶんの声が嘆願調に聞こえた。

「わかっているわ。あなたは三カ月前のことを今でも恨みに思っているんでしょう。私が抵当権を実行して――」

「やめろ」彼はぴしりと言った。

「ごめんなさい」ケイトは早口に言った。絶望的な気持ちで。「あのときには奥さんのことを知らなかったの」

「どうしてそれを――君とメアリの話をするのはまっぴらだ」

だが、彼の声は和らいだ。やさしくなった。ケイトの苦しさを察してくれたように。

「あなたに……あなたに憎まれても仕方ないわ」

「よしてくれ」

ケイトがドアに歩み寄ると、彼は近づいてくる彼女を意識するように体をこわばらせた。しかし彼はじっと立ったままケイトのためにドアを開けていた。彼女の方は見なかった。

「あなたが私のところで働くのを潔く思っていないことも知っているわ。でも、あなたの仕事ぶりはとても――」

ケイトは彼の横を通り過ぎた。腕が彼の体に触れた。その一瞬、彼の体の熱が小さな電気ショックのように感じられた。

彼女は足を止めた。「キース、信じてもらえないでしょうけれど、私も知っているわ。失う……すべてを失うのがどんなものか。挫折がどんなものか」

「君は正しい。ぼくはそんなことを信じない」

かちりと彼が鍵《かぎ》をかける音がした。彼は今何を考えているのだろう。何を感じているのだろう。それがわかるなら何を投げだしてもいいとケイトは思った。私が本当にすまないと思っていることを少しはわかってくれているのだろうか。

ケイトは小さいときからずっと愛情ややさしさを求めてきたが、どうしたらそれらを手に入れられるのかまるでわからない。彼女はしょんぼりと肩を落とした。

すると、背後から彼の低い温かい声がした。彼がそんな声で話すのを聞いたことがなかった。

「ケイト、バーベキューはどうかな？」

「え？」彼女はさっとふり返った。胸がいっぱいになり、目が輝いた。

彼はケイトの震える手を取り、微笑した。

「夕食に誘ったんだ。バーベキューに来てくれるなら」

「それはだめ。レストランを選んでちょうだい」

「ああ、いいとも。それからもう一つ――今夜はぼくのおごりだ、ケイト」

「あなたはそんなことしなくていいのよ」ケイトはいたずらっぽく笑った。「私があなたを追いかけているんですもの」

彼は熱い視線をちらと向けた。ケイトの意味するところを彼はちゃんとわかっているのだ。

「本気か？」

「とても」

一瞬彼はためらったが、彼女の背中に腕をまわし、彼女を促してエレベーターの方へ歩きだした。

6

ジム・キースはじぶんに恐ろしく腹を立てていた。彼は首をのばしてケイトを見るのをやめようとした。レストランはこんでいて、彼女は向こうにいる知り合いのしゃれた連中にあいさつしている。魅力的なブロンドのケイトの女友達が彼の方を見ていた。ケイトは赤くなっている。きっと彼のことでからかわれているのだ。見るからに上流社会の連中だから、富裕階級に属さない男なんかとつき合うのはやめろと言われているのかもしれない。ビールはよく冷えていて、その冷たさがよかった。なぜなら彼はふいにかっと熱くなったからだ。

いったいなぜケイトの嘆願に負けたんだ？　なぜ

彼女に誘われるままに二人で食事をするはめになったんだ？　どうして口実を作らなかった？　今夜はボビー・リーといっしょにすることがあると言えばよかったのに。ディナーをともにするという単純なことになぜこんなに危険を感じるんだ？

なぜなら〝私があなたを追いかけているの〟と彼女がかわいらしく言ったからだ。すると彼の体はたちまち反応し高ぶり、じぶんがどれほどケイトを求めているかを否応《いやおう》なく知ったからだ。

なぜなら車に乗り、しっとりとした暗さの中で彼女と二人きりになると、出身階級の違いや彼女が金持ちでじぶんが失敗者だということなど頭から消えてしまったからだ。それより何より彼は渇望していた。車を止めて彼女の体にくまなく手を這《は》わせたかった。

レストランまでの短いドライブのあいだに彼女が再び誘惑したわけではない。彼女は、キースもそうだったが、緊張し、神経質になっていた。彼を誘ったのを悔やんでいるかのようだった。

キースはボトルからもう一口飲み、車中のことを思い返した。彼はエアコンを全開にし、ケイトはラジオのスイッチを入れた。いきなりロックが流れだし、激しいビートがいっそう彼の血をかきたてた。レストランに着いて車を止めたとき、彼女の手はシートベルトをはずせないくらい震え、苛立《いらだ》って声をあげた。彼はラジオを消し、彼女に手を貸してかすれた声で、だがやさしく言った。「さっき言ったことをなかったことにしてもいい。今ならまだ君は撤回して――」

「あなたはそれでいいの」彼女はささやいた。

薄暗がりの中で彼女がおずおずと手をのばし、彼の頬に震える指で触れなかったら、彼はそれでよかったかもしれない。彼女が彼の肩のくぼみにそっと顔をうずめ、揺れる息をつかなかったら。彼女を抱いて慰めなかったら。だが、腕の中の彼女はとても小さく、温かく、まったく無防備で、なんともいえず女性らしかった。

彼女には結局その勇気がないのだとキースが匙《さじ》を投げかけたとき、彼女は彼が無礼に突きつけた挑戦に応じた。もしもっと早く彼女が折れていたら、彼女は今の半分も危険ではなかったろう。しかし、キースは今はもう、彼女のことを無情に身ぐるみはいで破産させた強欲な人でなしとは見ていなかった。彼女はうなるほど金があり、上品すぎるし学歴も高すぎて、キースにとってははるかな高嶺《たかね》の花だが、同時に彼女は弱い人間だ。父親に冷たくあしらわれたせいで、彼女はじぶんを愛される価値のない不愉快な人間だと思い込んでいる。そんなこともだんだんにわかってきた。

キースはしぶしぶながら、彼女の性格の一面に称賛を覚えてもいた。彼女は金持ちだが高飛車ではない。仕事熱心で、彼の仕事ぶりを評価してくれているようだ。彼らは互角に仕事ができる。彼女は子供好きだ。じっさい、ハンナやボビー・リーにとてもやさしくて、彼はときどき息子に嫉妬《しっと》しそうになるくらいだった。

それにまた、彼女のおかげでメアリの死から立ち直りはじめていることも否定できない。ケイトが五メートル以内に近づくたびに彼の体は高ぶり、彼女を捕まえてどれほど彼女を求めているかわからせたくてたまらなくなる。キースが彼女に対して不遜《ふそん》な態度をとるのはそのせいだ。彼女が仕事を手伝わせようとしたときには、わざとくびになるようにふるまった。彼女がほしくてたまらないのに、それをおくびにも出さず、どうやって彼女のもとで仕事を続けていけるのかわからなかった。

だが、彼女は彼をくびにしなかった。キースが彼女を傷つけたときにも。だが、くびにされたらいっそうみじめなことになっていただろう。そこで彼はこれを待ちゲームにした。彼のプライドは彼女の方から——社会的にずっと上で、はるかに金持ちで、彼の雇い主である彼女の方から身を低くして彼のところに来ることを要求していた。

キースは彼女が金持ちで、頭の切れもたぶん彼より優れている点が気に入らなかった。しかし、日ましに彼女のいろいろなところが好ましく思えてくる。彼は異性に対しての力に自信がある。彼女は正反対だ。彼女はじぶんの魅力にまったく気づいていない。彼女が彼以外の男と親しげに話しているのを見たことがない。彼はそれを気の毒に思うと同時に、ほかの男につれないのがうれしかった。なぜならそれは彼女がキースに心をひかれている証拠で、彼女は今夜勇気をふるってその気持ちを表に出した。これは非常に特別なことだ。

それとともに、今彼は欲望や、当初にあった仕返しの気持ちをしのぐもっとずっと強いものを感じていた。ケイトが困惑しているとすれば、キースもそうだった。彼女は彼を恐れている。キースはそのことを知っていた。彼女は男すべてを恐れている。それでも必死でじぶんを克服しようとしている。彼もそうだった。

彼はエスターをランチに誘ったことがあるが、それはケイトのことを知りたかったからだった。エスターによれば、ケイトは早くに母親を亡くし、父親は冷たく、彼女は寄宿学校に追いやられて孤独で寂しい子供時代を過ごした。エドウィンという男と結婚したが、彼は金目当てで彼女を裏切り、妊娠していた彼女を顧みずに去った。エスターの話の中で何よりキースの胸に突き刺さったのは、ケイトが流産したということだった。

「退院してきた当初のケイトは生ける屍《しかばね》のようだった」エスターは言った。「エドウィンは赤ちゃんの追悼式にも来なくて、ケイトは傷つき、誰にも慰めようがなかったわ。自暴自棄になってどうかするのじゃないかと心配していたけれど、でもだんだんに回復したの」

ジム・キースは彼女の寂しい人生に同情した。彼は小さいときからわずかの金を稼ぐために懸命に働いてきた。そして彼女は金持ちで彼は破産した人間だから、ケイトは彼を金もうけしか頭にないろくでなしで、彼女に対して何か魂胆を隠し持っていると思っているのかもしれない。彼女の金目当てか、あるいは復讐《ふくしゅう》のために誘惑したと思っているのかもしれない。だとすれば、彼はケイトの不安をつつき、ぼくは君に体を売ったなどと言って、もっとことを悪くしてしまったわけだ。

なんてことだ――彼は後悔した。

部屋の向こうからケイトが再び恥ずかしげな微笑を送ってきた。彼女の目の中の傷つきやすそうな温かさが彼の体を隅々まで熱くした。彼女の豊かな口を見、その甘さを思いだすと、欲望の波が体を引き裂いた。ボトルの首を握っている手がこわばった。彼は冷たいビールで熱い喉を癒《いや》そうと、ゆっくりとまたボトルに口をつけた。

だが、ケイトは彼から目を離そうとしない。彼はビールを飲み干したが、この渇きを消してくれるのは彼女の唇だけだとわかった。彼は空のボトルを置き、脇《わき》に押しやり、木のベンチからゆっくりと腰をあげた。

ケイトもこっちへ歩いてきた。彼女の後ろの赤と白のチェックのテーブルクロスとビールという壁のネオンの文字がにじんでぼやけて見える。まるで夢の中で起こっていることのようだった。

二人は紫煙のたちこめるこみ合った部屋の真ん中で――ダンスフロアの端で会った。触れ合いそうな近さで立っていたがまだ触れ合わず、無言のままでいると、沈黙は彼の神経と同じようにしだいに熱くなり、ちぎれそうに緊張が高まった。誰かがジュークボックスにコインを入れ、震えるようなリズムの感傷的な歌が流れだし、ますます彼の欲望はふくれあがった。

「私と踊って」ケイトがささやいた。

彼女が腕の中に入ってくるとキースは息ができなくなった。彼女は爪先立ってほっそりとした手を彼の肩にかけた。シャツを通して伝わる羽根のように軽い感触が、彼の体内のすべての男性細胞を一気に燃えあがらせた。

「ケイト……」彼はかすれた声を出して警告した。

彼女の手がキースの肩をすべって喉に触れた。

「キース、お願い、私を抱きしめて」

彼女の熱い息が肌にかかるとキースの理性は飛んだ。

「いいとも」彼は喉の奥で低く答え、強い腕でケイトを抱き寄せた。

彼女が体を押しつける。キースの血は渦巻く奔流になり、どくどくと鳴りだした。押しつぶさんばかりに強くケイトを抱きしめたので、薄いシルクのブラウスの下で彼女の乳首がかたくなるのがわかった。彼女のスリムな体が完璧《かんぺき》に彼と同じリズムで揺れていて、生まれたときからずっとこうして踊っているみたいだった。だがまったくそうではない。彼女とこんなことをするのははじめてで、実にすばらしくてぞくぞくした。

彼が頭を下げてのぞき込むと、ケイトは彼を信じ切っているように黒いまつげを伏せていた。頬がほてって輝いている。キースは彼女の背中に、波打つ髪の下に手をゆっくりとすべらせ、いっそうきつく彼女をじぶんの体に抱き寄せた。彼の息は熱く、浅くなった。心臓が轟《とどろ》き、動脈をめぐる血が火のようになる。音楽とビールと彼女からほのかに匂《にお》う香水がまざり合い、彼の理性の最後の砦《とりで》を突き崩した。

歌の途中で彼はどうしようもなくなり、つぎのステップを踏めなくなった。唐突に彼女から離れる。額に汗が浮いていた。

ケイトは大きく見開いた、何も恐れない目で彼を見上げた。レストランの薄暗い明かりの中で、彼女の顔は白く、そのまわりを渦巻く赤い髪が取りまいていた。こんなに美しい女性を見たことがないとキースは思った。

「どうかしたの？」

「今すぐここを出てベッドに直行する――あるいは座って何かオーダーする、どっちかだ」キースはそう言うのがやっとだった。

彼女は飛ぶようにテーブルに向かった。彼はのろのろとそのあとに従った。彼らはリブとソーセージとビールを注文した。

彼の口が軽くなったのはビールのせいかもしれない。それともケイトが、彼のひとことひとことに一心に耳を傾けているかのように、うっとりするような緑色の目で彼を見つめていたからかもしれない。

いずれにせよ、彼は彼女が富豪で、住む世界がまったく違う階級の人間であることをすっかり忘れ、彼女に対してどうふるまうか決めてあったルールを全部破った。

個人的なつき合いはしないと固く心に決めていたのに、気づけば、驚いたことにメアリのことを話していた。どれほど彼女を愛していたか、貧乏のどん底にいても二人がどれほど幸福だったかを。メアリが死んだときじぶんも死にたいと思ったことを。メアリを救えなかったじぶんを責めさいなみ、長いあいだ仕事が手につかなかったことを。ボビー・リーのためだけになんとか生き続けてきたことを、そして最近ようやく――ケイトに出会ったおかげで――生きていてよかったと思えるようになったことを。

たいていの女性はほかの女性の話を聞きたがらないものだが、ケイトが誠実に耳を傾けてくれているようだったので、彼はじぶんの口に歯止めがかけられなくなった。ケイトはときどき、彼が吐きだすつらさを自ら進んで引き受けようとするように、彼の手にじぶんの手を重ね、握りしめた。

キースはメアリの命日、誕生日と二人の結婚記念日にはいつも酔いつぶれるまで飲むのが習慣になっていたこと、ケイトに最初に出会った日の前の晩がそうだったこと、そのせいで彼女に対して無愛想きわまりなくふるまったことを話した。ケイトがあのアパートメントに現れたとき、彼女を憎んでいたはずなのに、彼女を一目見たとたんにメアリを失った悲しみに暮れるのをやめたと話した。

だが、すべてを話しはしなかった。彼が熱心に働くのはケイトを喜ばせたいから、彼女の称賛と尊敬を勝ち得たいからだということまでは告白しなかった。ケイトは彼を百パーセント信頼してはいない。だが、彼女はちゃんと話を聞いてくれる。キースは二人の心がぐんと近寄ったような気がした。

そのままだったら、その夜はごく普通の終わり方をしたかもしれない。ごく普通の終わり方でもすばらしかったに違いない。だがキースはあまりにもケイトに心を奪われていた。食事のあと彼はマギーに電話をし、ボビー・リーが泊まってもかまわないかどうかきいた。それからケイトを乗せてガルベストンにドライブし、浜辺を歩き、また話をした。つぎにナイトクラブに行ってダンスをした。ほどなくキースは、彼女が住む上品な超高層アパートメントで彼女の体に腕を巻きつけ、上等なクリスタルのグラスでスコッチを傾けながら、すばらしい夜景を眺めていた。つぎに彼女にキスをした。彼女の体は彼の腕の中に溶け、唇と肌は甘く、どんな強くてうまい酒よりも刺激的だった。

暗い廊下をどう通り、カーブした階段をどうのぼって彼女をベッドに運んでいったのか記憶にない。どんなふうに彼女の服を脱がせたのかわからない。わかっているのは、いつのまにか二人は裸で寄り添い、ケイトが脚を彼の腰にからませ、彼女の唇が彼の喉をやさしく這っているということだった。こうなることを、彼はこの美しい官能的な女を一目見た瞬間から熱く夢に描いていた。

いつも慎重にじぶんを抑えている彼女が今はすっかり解放されていた。彼女は悶《もだ》えてくねり、熱い体を密着させて彼を燃え立たせた。キースは焦るように迫る彼女を押さえつけ抱きしめた。もっとゆっくりとしたペースでいきたかった。すると彼女はいっそう情熱的に彼を急《せ》き立てた。いよいよ彼女の中に深く身をうずめようとした寸前で、キースは彼女の身を守らなければならないことを思いだした。

「ちょっと待って」彼はささやいた。体を離すと心臓がどくどく鳴った。

震えている彼女の体越しに床に手をのばし、財布を捜す。ビニールの包みを破いて装着しようとすると、彼女のビロードのようにやさしい声がキースを止めた。

「いいの」ケイトは彼の手をそっと払いのけた。「そんなものいらないわ」

やわらかく、熱い、なめらかな唇が彼の喉を伝い、手が彼をまさぐる。ほっそりとした手がそっと彼自身を刺激する。彼は甘美な苦痛に痺《しび》れ、じぶんがしようとしていることを一瞬忘れた。

燃えさかる体を彼女の中に沈めたかった。しかし彼はベッドをともにするときにはいつも相手に対して責任ある行動をとることにしている。どんな情熱のさなかであれ、その主義を脇に置くことはできなかった。今夜のことがとんでもない結果をもたらさないように彼女を守る責任がある。

〝そんなものいらないわ〟と彼女は言った。

いったいどうしてだ？

彼女の指がなめらかな薄い皮膚をそっと輪を描くように撫《な》でさする。彼の体はこわばり、激しく震えた。今にもはじけてしまいそうだった。

彼はあえいだ。死にそうなくらいケイトを求めていた。体中の細胞が彼を急かせ、駆り立てた。

彼女はキースを迎え入れようとしている。なんの苦もなく入っていけるのだ。

「君はピルをのんでいるのか？」

ケイトが体をこわばらせるのがわかった。それから仕方なさそうにささやいた。

「いいえ。でもかまわないの」

震える手がなだめすかすように、サテンのようにやわらかく熱いところへキースを誘う。彼の体はたまらなくうずいた。

だが、できない。なぜ彼女は避妊具はいらないと言うのか。その理由がわからなかった。

彼の息子といっしょにいるときの彼女の顔――やさしくうっとりとした顔が目に浮かんだとたん、キースの情熱に理性が冷水を浴びせた。彼ははっと気づいた。彼女はベッドをともにする以上のものを求めているのだと。

キースは彼の腰にまわされている彼女の手を取り、そっと引きはがした。彼女は痛めつけられたように小さく悲鳴をあげた。キースの下腹部は痙攣《けいれん》してずきずきしていたが、ベッドを飛びだし大股に窓際に向かった。

「どうしたの？」

「わかっているはずだ」

「わからないわ」

「嘘《うそ》をつくな。どういうことなのか知りたい。これはどういうお膳《ぜん》立てなんだ？　君はなぜぼくを誘ったんだ？　なぜここへ――君のベッドに連れてきたんだ？　君がほしいのはなんだ？」

「あなたよ」

つらそうに引きつった声がキースの心を引き裂いたが、彼は冷たく苦々しげに笑った。「君はそんなにまでして夫がほしいのか？　ぼくをうまく操って、首尾よく妊娠したら、ぼくが君と結婚すると思ったのか？」

「違うわ」ケイトの目の縁から涙がこぼれ、彼女は顔をそむけた。

「男を罠《わな》にかけるなんて汚い」

「あなたを罠にかけるなんて……そんなこと思ってもいないわ。私はただ――」心の内を吐露するのは愚かだと気づいたかのように、彼女はそこで口をつぐんだ。

キースははっとした。わかった。その事実にいっそうぞっとした。

彼女はぼくを手に入れようなんて思っていない。ぼくを求めてなどいないのだ。だいたいなぜ彼女がぼくを求めるんだ？　あの日、最初に彼女が目にしたぼくは柄の悪い、欲望むきだしの下層階級の男だし、結局のところ失敗して破産した男だ。彼女の尊敬を勝ち得るためにいくらいい仕事をしたとしても、彼女の目にぼくはまだそんなふうに映っているに違いない。

彼女はぼくを買った。そうだろう？　買ったものに尊敬の念が持てるか？　おまけに、追いかけてみろ、そうしたら落ちるぞなどと言って彼女を侮辱し、からかった。たぶん、あれがまちがいだった。しかし、今、彼は恐ろしく腹が立っていた。腹が立ち、傷ついていた。今夜彼女が見せた情熱はすべて嘘だった。彼女は彼をだまし、道具に使おうとした。

「君はただ赤ん坊がほしかった。そういうことなんだろう――今夜のことは？」

ケイトはすすり泣いていた。

「ぼくの子がほしかったのか？」キースは冷たくきいた。「それともどんな間抜けな男の赤ん坊でもよかったのか？」

「そんなこと……考えてもいなかったわ」

「まさか」彼はにべもなく言った。「もし妊娠したら、君はぼくに知らせようとも思わないだろう。話す気もないんだろう？」

彼女は声を忍ばせて泣いている。彼はズボンとシャツを拾いあげ、猛然と彼女のベッドルームを出た。

あんなにもやさしく情熱的だった女性からこんな仕打ちを受けるとは思ってもいなかった。彼はみじめだった。じぶんがひどく安っぽく感じられた。傷ついていた。心の芯《しん》まで傷ついていた。

これは自業自得だ。理性と本能は常にケイト・カーリントンに近づくなと警告していた。

これからは必ずそうしよう。

7

キースが嵐《あらし》のようにアパートメントを出ていったその週のあと、ケイトの毎日は忙しく、心の中はひどく混乱していた。キースの怒りは――彼女にとっては不当な怒りだが――しつこくあとを引いていた。彼は三日間会社に顔を見せず、出てくると冷ややかな態度で、ケイトが怖くなるくらい黙々と、能率的に仕事を片付けた。

キースはケイトの方をろくに見もしなかった。じぶんから口をきかず、あの晩のことにはもちろん触れない。だが、ケイトのふるまいに彼が傷ついてみじめな気持ちでいるのはわかった。ケイトもみじめだった。彼のそばに行きたかった。謝りたかった。

許しを乞《こ》いたかった。けれど、何をどう詫《わ》びるのか、何を許してと言ったらいいのかさっぱりわからない。

あの出来事によってケイトはじぶんがどうしようもなく彼を求めていること、子供がほしいと真剣に思っていることを知った。やがて産みたくても年齢的に産めなくなる。その二つの強い欲求が、彼に身を任せていたとき、知らないうちにひとつに溶け合った。妊娠したくて故意に彼を誘ったのではない。いっしょにベッドに入ってから、それも彼がその可能性をほのめかしたときに、ケイトは予防手段などいらないと思ったのだ。

あのときからケイトは考えはじめた。

彼の子供をほしがるのはそれほどとんでもないことだろうか？　彼に責任を負ってもらわなくてもいい。彼はただ気ままなセックスを楽しみたいのだろう。それでいい。今までだって私を本当に思ってくれる男は誰もいなかった。

父も親らしい情を示してくれたことがなかった。エドウィンが私と結婚したのは金が目当てだった。流産して入院していたとき、父もエドウィンも一度も見舞いに来てくれなかった。とても寂しくて死んでしまいたいと思った。

キースは違うのかしら？

彼の方へ目をやるたびに、はじかれたように体を離したときの彼の荒々しい怒りの表情を思いだす。彼は激しく私を求めていた。私も。そして今も。彼は冷たくむっつりしているが、彼が私を避けるのは、今も私を求めているからだ。ケイトにはそれがわかった。だが二人はよそよそしくふるまい、棘《とげ》の塊のようになった神経でほかの人たちに当たりちらしたので、ついにはみんなが不機嫌になり、オフィス全体が気の立った熊《くま》がうようよしている春の山のようになってしまった。

そんな状態の中、雨の金曜日の午後遅く、エスターが顔を曇らせてケイトのオフィスに入ってきて、ある女性のテナントが強盗に家賃を奪われ、アパートメントの外の公衆電話で警察に通報しているときに銃で殴られたと報告したとき、ケイトは秘書に理由のないいやみを浴びせた。

「そう。でもどうして私のところに来てそんな報告するの？　キースのオフィスに走り込んでドアを閉めて、彼と二人きりで長々とおしゃべりできる絶好の口実になるんじゃない？」

「もちろん、彼に連絡を取ろうとしてみました。それに、彼になみなみならぬ関心を抱いているのは私じゃありません。とにかく、彼の車に電話をしてもつながらないんです。彼はスプリングにあるミスター・スチュワートのショッピングセンターに行っているはずなんですが、ミスター・スチュワートは来ていないと言うんです」

「じゃ、私が行くわ」ケイトはすぐに腰をあげた。

「キースが怒りますよ。彼は女性社員はあそこに行かないように言っていますから。とくにこんな時間には」

あそことはケイトがはじめてキースに出会ったアパートメントのことだ。

「けっこう。怒りたいなら怒ればいいわ！　彼の男性優位主義にはうんざりよ」

「ケイト、このあいだの金曜日からずっとあなたは彼の気にさわることばかりしているわ」

「あら――気づいていた？」

「ええ。私に当たったりしていないで、あなた方二人で正面切ってやり合ってください！」

「そのとおりね。いいことを言ってくれるわ！」

アパートメントに着くころには、ケイトはキースと一戦交える気は萎《な》えていた。暗い中、みすぼらしい建物は、キースと出会ったあの日よりもずっとぶっそうな感じに見えた。アパートメントの裏の暗い通路に黒い人影がかたまって庇《ひさし》の下でたばこを吸っている。ケイトはぞっとした。

彼女がジャガーを止めると、男たちはたばこの火を地面に投げ捨て、車の方に寄ってきた。そのとき、建物の陰から大きな男が現れた。

「おい！」

暗がりからキースが出てきた。

彼はここでケイトを待ち伏せていたに違いない。

彼は男たちのところへ行った。話が終わると男たちはライターを鳴らして新しいたばこに火をつけ、キースは荒々しい足取りでそぼ降る雨の中をケイトのところへやってきた。

「ここでいったい何をしているんだ？」

彼はケイトを車からひきずりだした。

「強盗事件の話を聞いて――」

彼は大きな手でケイトの肩をつかみ、車に押しつけた。「その件はもう片付けた。救急車を呼んで彼女を病院に送り、家賃を二カ月分免除してやることにした。話をもとに戻そう。なぜここに来た？　町のこのあたりには近づかないように言っておいたはずだぞ」

「あなたはここを管理しているだけよ。オーナーは私。もし忘れているのなら――」

「一分だって忘れたことはない」

「それにボスは――あなたのボスは私よ。忘れたのかしら？」

「たぶんそれは今しばらくのあいだだ。進んで自ら身を滅ぼすようなばかな行動をする人間の下で働きたくないからな」

ケイトは声を和らげて言った。「あなたがそんなに気遣ってくれるなんて……意外だわ」

彼の指が腕に食い込んだ。「意外とはどういう意味だ？」

「わかっているでしょう。この前の金曜日のデートのあと――」

ケイトは目につらさと切なさをこめてキースを見上げた。彼の顔はこわばっており、気持ちを読み取ることはできなかった。

「ほんのはした金のために女が襲われるのが珍しくないこの近辺に、君がそんな目立つ車で、しかも暗くなる時間に乗りつけるのをほうっておくと思うなら、君は頭がどうかしている」

彼は怒ってがみがみ言っている。けれどケイトはうれしくてぞくぞくした。彼は心配してくれている。

「車に乗れ」彼が命じた。「送っていく」

「あなたの車はどうするの？」

「あとで取りに来る」

「私……あなたに迷惑をかけたくないわ」

「今さらなんだ。迷惑ならもうとっくにかけてもらっている」が、彼の低い声はそれほど厳しくなかった。むしろやさしいくらいだった。

「キース、金曜日のことごめんなさい」ケイトは勇気をかき集め、小さな声で言った。

「ああ。こっちも」雨に濡《ぬ》れた頬に彼の手がそっと触れた。彼の指は温かく、ケイトの胸にほろ苦い切なさがあふれた。「こんなふうでなく君と出会えたらよかったのにと思う。君がごく普通の人なら。あるいは、ぼくが君と同等につき合えるくらい金持ちだったら。だが、ぼくはそうじゃない。さっき君がやさしく思いださせてくれたが、かつてぼくが持っていたものは今はすべて君のもので、しかもぼくは君に雇われている。そういうことだ」彼は車のドアを開けた。「さあ、ケイト、びしょ濡れになる前に乗って」

「終わりということね」ケイトはつぶやいた。

「君にもわかっているはずだ。どうにもならない。君にはうんざりするくらい金があり、ぼくにはうんざりするくらいプライドがある」

ケイトはしぶしぶうなずいた。

ワイパーが左に右にせっせと動いている。雨が激しくなりフリーウェイは工事中だったが、怒っているように、一刻も早くケイトを厄介払いしたがっているように、キースは車を飛ばした。

「でも……私は忘れられないわ。あの晩がすばらしかったことを」

「忘れろ」彼は冷たい声で言った。「二人とも忘れるべきだ。だが、あれはよかった。よすぎるくらいだった。しかしぼくは知っている。エスターからエドウィンのことを聞いていたし……君が赤ん坊を亡くしたことも。気の毒だった……」

「私、じぶんでも気づいていなかった。今もどれほど子供がほしいと思っているか……」

「わかるよ」彼の声はまたとてもやさしくなった。

「おなかに赤ちゃんがいたとき、私はとても幸福だったわ。その子のことをもうすっかり知っているみたいで、そして愛していたわ。はじめて母親になる人はみんなそうなのかしら。私はずっと独りぼっちだったからかもしれないけれど」

「つぎには金持ちの男を見つけるんだな。そしてその男の子供を産むといい」

「あなたを利用しようなんてつもりはなかったわ。あなたが……あれを取ろうとするまで、私は妊娠することなんて考えてもいなかった」

「オーケー。それは信じてもいい」

「私はあなたも何かを――私たちの出会いから何かを見つけだそうとしているのだと思っていたわ」

「いくら子供がほしいからといって、どこの馬の骨とも知れない男と寝て子供を作るわけにはいかないだろう」彼はこわばった口調で言い、スロープをのぼって駐車場に入り、ケイトの番号の場所に車を入れてヘッドライトを消した。

「あなたはどこの馬の骨とも知れない人じゃないわ。

そして私は本当に子供がほしい。それのどこがそんなにまちがっているというの？」

「まちがっている。子供のことを考えてみろ。君はまず結婚すべきだ。子供には父親が必要だろう」

私の父のような親ならいらない。

だがキースを見ると、否応《いやおう》なしに熱い思いがこみあげた。彼はボビー・リーをとてもかわいがっている。父親がすべてじぶんの父のようではないことはむろん知っていた。学校時代、父親のことを愛をこめて話す友達をどれほどうらやましく思ったかよく覚えている。

車の中は暗く、ケイトにはキースのくっきりと刻まれた横顔の線しか見えなかった。もしもっとよく彼が見えていたら、とてもそんな大胆なことはしなかっただろう。

「私は結婚すべきだ……それはプロポーズ？」ケイトはささやいた。

「まさか」

「じゃ、私が身を低くしてお願いしたら？」

「何を？」

「私はあなたに私と結婚してと頼んでいるのよ。大きくて、ハンサムで、すてきで、とても貧乏な反動主義者さん」ケイトはじぶんの過激さに驚き戸惑いながら、彼の頬に手を触れていた。熱い唇を彼に寄せていた。

激しい欲望の波が二人を襲い、キースは彼女のうなじに手をまわし、のけぞらせて唇を合わせた。

彼の喉からうめきがもれた。「ケイト……君はぼくをどうするつもりなんだ？」

「もう一度はっきり言うわ。私は本気であなたと結婚するつもりよ」

彼女のプロポーズは、三カ月前に彼女が気前のいいサラリーで彼に仕事を提供したときよりもっと誘惑的だった。

「だめだ！」十分後、彼女の贅沢《ぜいたく》なアパートメントで二人きりになり、二杯目のスコッチを飲み干してからキースは大声で言った。「絶対に！　ケイト、気でも狂ったのか？　君はぼくを愛していない。ぼくは君を愛していない。君が本当にほしいのは子供で、そのためにぼくといっしょになるなんて言語道断だ」

「子供には父親が必要だ、ちゃんと結婚すべきだと言ったのはあなたよ」ケイトは言い抜けた。「私はそんな儀式などなしですませて、一人産んで育てて、それで少しもかまわないと思っていたわ」

「それはフェアじゃない……ぼくらの赤ん坊だろう」

「オーケー。そうね。その点は認めましょう。あなたは前に私より昔風のモラルを持っていると言ったことがあったわね」彼女は穏やかに言い、彼のグラスに三杯目のスコッチをついだ。「そのときには信じなかった。でも、あなたが最初に思ったような人ではないことがだんだんにわかってきたわ」

「ぼくを酔いつぶす気か。酒はもういい」キースはぼそりと言った。ケイトは信用がおけない。じぶん自身に信用がおけない。

「わかったわ」

「どっちも本当に結婚したいわけじゃないとすれば、ぼくたちが結婚するのは君にとってもぼくにとっても正しいことじゃない。そうだろう？」

「結婚によって私とあなたが求めている何かが得られるとしたら？　そしてたった一年なら？」

「え？」

「もっと短くても。それでもし私たち両方が求めているものが得られるとしたら――それは正しいことではない？　あなたは私をほしがっている。知っているわ。私は……私も同じように――」

キースの体は意思に逆らって熱く震えた。

「君はわかっていない。それだけじゃ結婚する根拠にならないよ」

「なるほど。でも大きな特典だわ。少なくとも私にとっては」

キースは思わず微笑した。

「それにあなたの担保流れになった物件の書類を破棄し、寛大な条件で返済期限を大幅に延長してもいいわ。そう――たとえば五年とか。そのあいだもしあなたが私の夫でいて……」

「そんなとんでもないことを――」

「私は子供がほしいの。どうしても。あなたの子供が。妊娠したらあなたは即刻荷物をまとめて出ていってかまわないのよ。離婚に応じるわ。あなたは財産を取り戻せる。そして親権はすべて私が」

親権をすべてよこせだと！　ぼくの子供がほしい。子供ができたらぼくを追っ払う。なめらかなスコッチが突然酸のように喉にひりひりした。何一つ変わっていない。

「実に簡単に言うんだな。担保の件にしろ……」

キースの声がとても低かったので、ケイトはすぐにはその声の不気味さに気づかなかった。突然彼の手があがった。クリスタルのグラスが飛び、壁に当たって砕け、細かな尖《とが》った破片がきらきらと散った。同時に彼の声が荒々しくはじけた。

「なるほど、君はぼくをその程度に見ているというわけだ。最初に会ったあの日からずっと。君はぼくの財産を簡単に手に入れた。だからほかのものも……ぼくの人間としての尊厳も同じようにたやすく自由にできると思っているわけだな」

「キース、私――そんなつもりでは……」

「さようなら、ケイト。不動産を取り戻すためになんなりとしたい。だがぼくはそのためにじぶんの子供を売るほどの屑《くず》じゃない」

キースを行かせてはならない。なんとしても。ケイトは急いで前にまわり、体を投げだすようにしてドアをふさいだ。

「待って。待ってちょうだい。そんなこと考えもしなかったわ。あなたがそんなふうに思うなんて」

「考えなかった？　なぜだ？　つまり君はぼくを人間以下とみなしているからだろう？」

ケイトがそれほど死に物狂いに見えなかったら、キースは彼女を押しのけて出ていったはずだ。永遠に去ったはずだ。

「キース……そうなのね――そうなんだわ。あなたは私が知っているどの男の人ともまったく違うんだわ。父とも違う。エドウィンとも違う。あの人たちには思いやりも配慮のかけらもなかった。女性にも人と人の結びつきにも子供にも……」

彼を引き止めたのは言葉ではなかった。彼女の目の中の絶望と孤独と苦悩が一瞬キースをひるませた。

だが、彼はすぐさま手荒く彼女を押しのけた。

ケイトは彼の腕にすがりついた。

「エネルギーを大事にとっておけ。つぎの男のために。君のベビー・マシーンのつぎの候補のために」

キースはわめいた。ほかの男が彼女に触れると考えただけで激しい嫉妬《しっと》が彼を刺し貫いた。

「つぎの候補なんていないわ」ケイトはとても小さな声で言った。「あなただけよ」

ケイトの両腕がむんずとつかまれた。乱暴につるしあげられるように引き寄せられる。

「なぜぼくなんだ？」

キースはかすれた声で言った。ケイトは彼の熱くたくましい胸に思わず顔をうずめた。どくどく打っている彼の心臓の音を聞いた。

「どうしてぼくなんだ？」

「よくわからない。でも、私はあなたを信頼しているし、あなたを尊敬している。あなたは私が払う報酬以上の仕事をしてくれているわ。それにあなたはあなたから奪ったりしないわ。あなたは好きなだけ会っていいし、いくらでもかわいがっていいのよ。あなたがそうしてくれたらどんなにいいでしょう。私はただ……」

キースはケイトの寂しさとやむにやまれぬ思いがよくわかった。彼は負けた。

「ケイト……」彼女は金持ちだが、ほかのものは何も持っていないのだ。もしかすると、ケイトは彼に本当に大事なものを求めているのかもしれない。

熱く湿った彼の息がケイトのうなじにかかった。その温かさにケイトは慰められた。キースは感情に駆られるままに彼女を抱き寄せ、しっかりと抱きしめた。

彼の唇が髪の上から熱く頰に触れると、ケイトの体は震えた。

「ぼくも君と同じように頭がどうかなってしまったに違いない」彼は言った。「返事はイエスだ」

チャンスに乗じて私と寝ようとしなかった。あなたはじぶんの心に正直だわ」

「君が鋭いから偽っても見透かされると思っているだけかもしれない」

「キース、私の人生はずっととても孤独だった。孤独が怖かった」ケイトはささやいた。「寄宿学校時代、クラスメートたちは週末には家に帰っていったけれど、私は一度も帰れなかった。私は身内がほしいの。愛することができて、もしかしたらいつか私のことを愛してくれるかもしれない誰かがほしいの。私は結婚したいけれど、男性はたいていみんな私のお金が目当てで結婚するってことがわかっているの。そんな結婚はしたくない。もう二度といや。愛されていると思っていたらそうじゃなかったなんて……。約束するわ。私は私の父のような冷たい親には絶対にならない。それにもしあなたが望むなら、子供をつぎの瞬間、彼の口が荒々しくケイトの口をふさいだ。激しいキスは単なる性的な快楽よりもずっと深い不思議な感銘を与えた。唇と唇が触れたとき、魂が触れ合ったように思えた。けれど、むろん、そんなことがあるはずがなかった。ケイトは彼を愛していない。彼がケイトを愛していないこともたしかだ。彼は体をくれると言った。でも、魂をくれるとは言わなかった。

キスが終わったあとも、ケイトはうっとりと目を閉じていた。体が熱く燃え、頭の中は甘くぼうっとしていた。キースの腕の中で激しく打つ彼の心臓の鼓動を感じていた。彼のかすれた息遣いを聞いていた。彼も渇望している。

「ケイト」

揺すぶられ、ケイトは重たいまぶたをあげてキースを見た。彫りの深い浅黒い彼の顔を見つめた。彼の目には感情がくすぶっていた。

「あなたはとてもハンサム」彼女はうっとりとつぶやいた。「とても——セクシーだわ」

「ケイト、ぼくは君と結婚する。だが、君の条件ではなくぼくの条件でだ」

本当に御しがたい人だわ。ケイトは唇に舌を這《は》わせた。でも彼はすばらしくハンサムだ。そして彼のキスは天国のようだ。彼がキスすると何もかも忘れてしまう。彼女はもっとキスをしてほしくて唇をまるめた。

「第一の条件」キースは厳しい口調で言った。「ボビー・リーはマギーに預ける。一週間のうち平日ぼくは君といっしょに住む。だが土曜日と日曜日の昼間はぼくはボビー・リーのところに行く。そして五時過ぎに戻る」

「ボビー・リーもいっしょでいいのに。私は大歓迎よ。彼といっしょにいられたら——」

「だめだ！　あの子はメアリのことをほとんど覚え

ていない。彼はすでに君のことを母親のような目で見ているが、ぼくは感心しない。ごく短いあいだかかわるだけの君とあまり親密になってほしくない」

ケイトはなぜか傷ついた。のけ者にされたような気がした。

「まだある。ぼくたちが婚姻関係にあるあいだ、ぼくのかつての不動産の管理はむろん君の会社の運営もぼくに任せること。そしてぼくらの婚姻期間は、君が妊娠するまでではなく、生まれた子供が三カ月になるまでとする。妊娠したら君はすぐに仕事から身をひいて家で大事に過ごし、仕事はぼくが……」

「それはあまりに男性優位主義の……」

「もし君がこのとんでもない計画を決行するつもりなら、ぼくは、ぼくの子供の母親とぼくの子供を危険にさらしたくない。君ががむしゃらに働くのを知っている。最初のときに何が起こって、君がどれほど深く傷ついたか知っている。もしそのときに流産していなかったら、君はこんなあきれた企てを考えつかなかったはずだ」

たしかにそのとおりだった。

「それから」彼は続けた。「離婚したらぼくは子供の養育費を出す。そして始終会えるように訪問権を要求する」

「それで終わり？」

キースはうなずいた。

彼の差しでがましい条件にほかの女性ならいきり立ったかもしれないが、ケイトは不思議とさして腹も立たなかった。妊娠四カ月のときにひどく疲れたのを覚えている。エドウィンはケイトの体をまったく気遣ってくれなかった。気づくとケイトは答えていた。力なく、なげやりに。

「そう」ケイトはため息をついた。「それでいいわ。もう一度キスをしてくれたら」

「キスをしたら、一日のうちにもう一つ面倒なこと

「手ごわい人ね」

「それはそっちだ。君にとってはいつもの抵当権実行と大差ないことかもしれない。だがぼくは大事なものすべてを賭《か》けているんだ」

彼が帰ったあと、ケイトの胸には寂しくて満たされないものが残った。けれど彼の腕の感触を恋い焦がれながらベッドに入ったとき、キースの別れぎわの言葉は苦く感じられるよりむしろ慰めになった。彼の熱いまなざしを思いだすたびに体が震えた。なぜなら、キースのあの最後の言葉には〝君がすべてだ〟という思いがこもっているような気がしたからだ。


が起こってしまいそうだ」

「でも私たちはもう正式に婚約したのよ」ケイトは言った。心臓が激しく鳴っていた。

彼もケイトの唇を求めていたらしい。息も止まりそうなキスはやがてケイトの体中に浴びせられ、気づくとケイトは半分裸でソファに横たわり、キースが覆いかぶさっていた。だが、彼はまたも彼女の誘惑を拒んだ。

「泊まっていって」ケイトは彼のネクタイをゆるめながらせがんだ。

「だめだ、ケイト」

ケイトは彼のネクタイを抜いて床に落とした。

「なぜ？　私たちは結婚するのよ」

彼は体を起こして別の椅子に移った。「結婚する前に妊娠したら君が約束を翻すかもしれないからさ。そしたらぼくは君と、不動産と、ぼくの子供に対する権利を失う」

8

「そろそろ現れるころだと思ったわ」ケイトは穏やかに言い、ときめきを隠そうとしながら、デスクのひきだしを急いで閉めた。キースに鏡や櫛《くし》や口紅を見られたくない。彼のためにおめかしをしていたことを知られたくなかった。

キースの熱い視線がケイトの顔から体に注がれたが、彼は無言だった。

「結婚条件の取り決めに関する書類が用意できたことをあなたの秘書に伝えておいたわ。数時間前に。もしかしたらあなたの気が変わって……ふられたのかもしれないと思っていたわ」

「ばかな」

声は低かったが、非常に強い語調にケイトはどきりとした。

一瞬、彼は再び目を合わせじっとケイトを見た。彼は何を考えているのだろう。何を感じているのだろう。彼が近づいてきた。

「これがその書類……」

「それはあとでいい」彼はこわばった口調で言い、書類をケイトのデスクに投げ戻した。書類がばらけて散らばり、数枚が床に落ちた。

ケイトは身をかがめて拾いあげようとしたが、それより先に彼が両手を捕らえて引き寄せ、しっかりと腕をまわした。彼の体の熱さがじんと伝わってきて、ケイトは頭がくらくらしそうだった。

「今日の君はいつにもまして美しい。あまり美しいから、我々の結婚のビジネス面に頭を集中するのが難しい」

ケイトはキースにそう思ってほしくて入念に身じ

たくをしたのだが、彼の声は期待をずっと上まわる熱っぽさだった。彼女は思いがけない感動で胸がいっぱいになり、妙に気おくれした。

「今さら私を口説く必要はないのよ、キース」ケイトは声を喉に詰まらせた。

「だがぼくはそうしたいのかもしれない」キースはぶっきらぼうに言った。

ケイトはつらくなって顔をそむけた。「でも、必要ないわ。取り引きは完了しているんですもの」

「君に買ってきたものがある」キースはいっそうかたい声で言い、ベルベットの小箱を彼女の手の上にのせてから体を離した。

ケイトは箱の蓋《ふた》を開け、うれしさに思わず声をあげた。黒繻子《じゅす》の内張りの中で小粒だがとても美しいダイヤモンドがウィンクするようにきらめいた。

彼女はおそるおそる石に触れ、その手をびくりとして引っ込めた。キースのロマンチックな気配りに驚き、うれしかった。あまりにもうれしくて怖くなった。

「気に入ってくれたかな?」彼は低い声で言い、指輪を取りだしてそっとケイトの指にすべり込ませた。

「大きい石じゃないが」

彼がはめてくれた指輪の感触は、弁護士が作成した分厚い書類よりずっと重みがあった。ずっとすばらしかった。

「こんなこと……こんなことをしてはいけなかったのに。あなたにはそんな余裕がないはずよ」ケイトは声が震えそうになるのをこらえた。「必要なかったのに……」衝動的に言ってしまった。「わかっているでしょう。これは本当の結婚じゃないのよ」

彼が手首をつかんで引き寄せた。「わかってる。だが君がいちいち思いださせてくれなければ、そのことを忘れることができたかもしれない」

彼は忘れたがっているのかしら? 私だって忘れ

てしまいたい。

ケイトが問いただすつもりだったにせよ、反論するつもりだったにせよ、先に彼の口が彼女の口をふさいだ。怒りに任せたように荒々しかったキスはすぐに驚くほどやさしくなった。ケイトは我知らずうっとりと声をもらした。

キースは唇を離したが、抱いている腕はそのままだったので、ケイトは彼の喉のくぼみに顔をうずめた。

「ケイト、君はいつまでもぼくが貧乏だと言い続ける気なのか？　おたがいを人間どうしとして考えたことはないのか？　なんのレッテルもはらずただ男と女として考えたことがないのか？」

ケイトは青ざめ震えだした。たがいにそんなふうに思えたら。どんなにそう望んでいても、あまりにすばらしすぎて、そのことを夢想するのさえ恐れおおくてできなかった。その気持ちをどんなふうに伝えたらいいのかわからない。

「悪かった」黙っているケイトにキースは言った。彼の顔はこわばり、重く沈んでいた。「きくべきじゃなかった。そんなことを迫るべきじゃなかった。君が言うようにこれは取り引きだ。君がルールを決めてぼくは同意した。君はぼくがほしいわけじゃない。子供がほしいだけだ。決めたとおりにしよう」

キースはケイトを突き離し、頭をそびやかして出ていった。ドアが叩《たた》きつけられた。

ケイトはしょんぼりとじぶんの手を見つめ、キースがくれた指輪をまわした。指輪はきらりと光った。彼を落胆させたじぶんが憎らしかった。彼が大切なものにしようとした機会を愚かにも台無しにしてしまった。

ケイトは彼が取り引きを撤回するかもしれないと半分予想した。だが、五分後彼の秘書が、文書を要求するキースの伝言メモを手にやってきた。

秘書に託したものに彼はすぐにサインし、書類はケイトのデスクの上に戻った。

ケイトは彼の黒い肉太の筆跡を見ながら、彼が冷ややかにサインして不動産をケイトに渡した日のことを思いだした。ケイトは突然とても怖くなった。

ケイトは長く不安にひたっているひまがなかった。早く式の計画を立てるようにキースが急がせたからだ。

なぜそんなに急ぐのか尋ねると、面倒なことを早く片付けてしまいたいからだと、彼はにべもなく言った。

そして一週間後、二人は結婚した。

限られた時間の中だったが、ケイトは二度目の結婚式を最初のときをはるかにしのぐものにしようと心に決めた。すべてを富裕な家柄にふさわしく豪華にアレンジし、それによって新しい夫を誇りに思っていることを示そうとした。花婿がそれを形式ばった儀式だと思うとは夢にも思わなかったし、町でいちばんしゃれたカントリークラブで開いたエレガントな披露宴を彼が嘘《うそ》っぽくてもったいぶっていると感じるとは思ってもみなかった。

キースは入念にリハーサルした式にうんざりした。そのあとの長々とした写真撮影にも、そのあと一時間以上立ちっぱなしで、新しい身内となった人々がちらちら向けるひんやりした不賛成の目を無視しながら招待客を迎えるのにもほとほとうんざりした。彼は青白い顔のケイトをその場に残し、富裕階級の連中のあいだをいらいらと歩きまわった。

彼のタキシードは借り物で、黒いネクタイはきつくて喉がちくちくした。本当の結婚式もきっとこんなものだろう。それにしてもだんだん葬式のようにやりきれなくなってきた。たぶんケイトの親類が彼を身分違いの花婿だと考えているのを隠そうともしいからだろう。

彼らの視線が背中に突き刺さるのを感じながら、キースはすねた気持ちで上品な料理がずらりと並んでいるテーブルの列の方へ足を向けた。ジョンおじに感謝しなければなるまい。シャンペンで酔ってばかでかい声で笑い、カーリントン家の気取った連中の目をいくつかキースからそらせてくれた。ボビー・リーもしっかり貢献してくれている。カーリントン家の人々は、おじよりもむしろ、宴会場の向こう端でいとこたちと追いかけっこをしている男の子に眉をひそめていた。

さっきキースは子供たちを捕まえて座らせておこうかと言ったのだが、ケイトはほほ笑んで、私たちの結婚式なのだからボビー・リーも楽しくやってほしいわと言った。

キースが極上のフライドチキンの足をつまみあげようとしたとき、教養ある口調の女性の声が軽蔑《けいべつ》に満ちた口調で彼の名前を言うのが聞こえた。

彼はふり返った。誰もいない。一瞬、彼は被害妄想かもしれないと思った。

「彼女の父親は墓の中で身悶《みもだ》えしていることでしょうよ」

白い薔薇《ばら》で覆われたトレリスの後ろで別の気取った声がした。

「よくあんな身分違いの人間と結婚できるものだわね。しかも二度も。こんどは最初のよりさらに貧乏人よ」

声をひそめた笑い声がした。

「まあ……でも……こんどの人のほうがエドウィンよりずっと魅力的だわ」三番目の声が内気そうに言った。「それにあの男の子はなんともいえずかわいらしいし」

ほかの二人が食ってかかった。

「まったくあなたらしいわね、マチルド。わからないの？　あれは悪党の魅力よ。無教養で粗野で……。物質的利益のために女性を誘惑する男はみんなそう。あなたはじぶんの結婚の失敗からまるで何も学んでいないのね。いくらかわいらしくてもあの子も立派な予備軍よ」

キースはグラスのシャンペンを一気に飲み干した。彼は新たにグラスを取りあげ、トレリスの向こう側にまわった。

キースを見て、髪を青く染めたうるさがたの中でいちばん肉づきのよい老婦人が手のグラスを取り落としそうになった。彼は慇懃《いんぎん》にそれを受けとめ、皮肉っぽく会釈して、ずらりと指輪が並んだ手に戻した。

「あら、どうも」彼女は冷ややかに言った。

「どういたしまして――レディの皆さん」

彼女たちは女の子のように赤くなった。

キースは大きく微笑してゴブレットをあげた。

「花嫁に乾杯。彼女の富と、そしてぼくと彼女の将来の幸福のために」彼は一人ずつとグラスを合わせた。「皆さんは今話しているところでしたね。ええと――ぼくがラッキーな男だと」

太った女性がむせそうになった。

「ぼくに遠慮なくどうぞ話を続けてください」

「たいした話ではなかったわ」一人がぶっきらぼうに言った。

「たしかに」ケイトがそばに来て恥ずかしげに彼の腕を取ったので彼の声から棘《とげ》が抜けた。

「すばらしい結婚式だと言っていたところなのよ」マチルドがおずおずと言った。

「楽しんでいらして。そして私の幸福を祝ってね、マチルドおばさま」ケイトはささやき、晴れやかに輝く目でキースを見上げた。

レディたちの顔が凍りついた。キースの微笑もこわばった。なぜケイトの親戚《しんせき》は誰も彼も、彼が彼女と結婚するのは金目当てだと決めつけているのだろう。

「ぼくは幸福だ」キースはやさしくかばうように言った。花嫁のことだけを考えた。彼はケイトのサテンの花嫁衣装の背に手を置いて彼女を引き寄せた。そっと唇を合わせると体がぞくりとした。

彼女はぼくのものだ。キースはうれしかった。ケイトもほかのカーリントンも本当のことを絶対に信じないだろう。彼が結婚したのは金のためでも不動産を取り戻すためでもないということを。彼女は美しくて魅力的だ。彼がほしいのはケイトだけだ。どうしても彼女がほしかった。彼女を得るためなら悪魔と取り引きをしてもいいくらいだった。

ある意味でキースはそうしたのだ。

彼らのハネムーン用の隠れ家は、急傾斜の屋根と天窓のある超モダンな二階建てのビーチハウスだった。ケイトの裕福な親戚の一人が使うように言ってくれたのだ。ボリバー・アイランドにあってメキシコ湾を襲うハリケーンの猛威を受けやすいので、砂浜にしっかりと打ち込んだコンクリートの高い土台の上に建てられている。

キースは木のテラスに立ち、浜辺を洗う銀色の波を見つめた。風景は、同じ島にあるごく素朴な造りの彼のビーチハウスから眺めるのと変わらない。同じ砂浜に同じ波が砕ける。同じ海鳴りがしている。同じ夜には同じ月が照る。だが二つの建物は、彼のごく粗末なビーチハウスと優雅なことではまったく別世界の感がある。

彼はじぶんが結婚した女性のことを考えた。ロブスターを食べながら彼女はラヴェルのCDをかけた。彼は音楽はカントリーウェスタンで食事はハンバーガーでよかった。彼女は極上の辛口のフランスワインをついでくれた。彼はふだんテキサスのビールを飲みつけているせいか、まだ喉が渇いていた。

彼のように質素な好みの庶民が、世界中の華やかな都会を知っている教育水準の高い女性を理解できるだろうか？　わからない。だが彼は急に彼女を理解したいと強く思った。

何よりも望んだ。

この洗練された女性の味を覚えれば、辛口のシャブリも楽に好きになるかもしれない。

まさか、無理だ。だいいちそんなことはどうだっていいじゃないか。

ケイトは子供がほしくて、その望みを達成するために彼の体を買ったのだ。ほかのことなど望んでいやしない。目的を達成したら彼女は即刻彼をほうりだすつもりなのだ。そうだろう？

だが、だからと言ってできる限りのことをしない法はない。

彼はゆっくりと暗い海に背中を向け、テラスを横切って中に入った。ケイトが待っている。

今夜は二人の初夜だ。彼女がどんな人間なのか、彼女が本当に求めているのはなんなのかを探ってみるいい機会だ。

ケイトはベッドの中でせっせと書き物をしていた。一心になっているのだろう。眉根を寄せ、唇をぎゅっと結んでいる。キースは微笑した。新聞の物知りぶったコラムの原稿を書いているのだろうか？

キースはこう言ってやりたかった。彼女や彼女の傲慢《ごうまん》な一族はたまたま裕福な家に生まれ、チャンスに恵まれただけで、人間として彼よりはるかに抜きんでているわけではないと。ケイトだって単に幸運なだけかもしれない。金のおかげで荒波をかぶらずにすんでいるだけかもしれないのだ。万事に通じている者などいないことを悟るべきだった。

彼の視線は、透きとおるように白いなめらかな扇形の頬に伏せられているカールした黒いまつげに吸なら、ぼくも彼女を利用させてもらう。

　彼はばたんとドアを閉めた。その音で彼女は顔をあげてこっちを見るだろうと思った。彼女は顔をあげたが、唇を噛《か》んだ表情は複雑だった。彼女のほうからプロポーズしたことに屈辱を覚えているのかもしれないとキースは思った。思えば彼女に対するじぶんの気持ちも複雑だった。

　彼女は不安そうにノートを脇《わき》に置き、彼が服を脱ぎはじめると明かりを消した。ズボンを足から抜きながら、キースは彼らの関係の不自然さを考えまいとした。美しく、はっきりとした自己を持つこの女性は彼の子供を産みたがっており、その子供が三カ月になるまでは彼の妻だ。彼には一年ある。

　結局彼女が彼を愛せなかったら？　キースはこれがおとぎばなしではないことをいやというほど知っていた。彼自身、愛に対する心の準備ができていないかもしれなかった。


い寄せられた。

　ひらひらした非実用的なランジェリーをつけていると思っていたのだが、白いシーツからのぞいている肩は裸だった。ベッドルームのほのかな黄色い明かりの中で、彼女はか弱くあどけなく、とても美しく、ヴァージンのように清らかでやさしく見えた。

　彼女が彼を買ったのだとしても、彼を所有物のように思っているとしても、彼は彼女がある目的のために一時的に雇った体でしかないとしても、キースは彼女を憎むことはできなかった。

　彼女が身動きした。シーツがすべり落ち官能的な胸のふくらみがあらわになった。キースは突然生々しい欲望を感じた。彼の心臓は激しく打ち、じぶんがごく当たり前の、利己的な雄の欲望の塊でしかないことを告げた。

　そのうえ、キースはもう長いこと女性と寝ていなかった。ずいぶんと長く。彼女がぼくを利用するのこれはケイトが言いだした結婚だ。彼女と結婚することでキースは彼女に持っていかれたものをすべて取り返せる。彼女もほしいものが手に入る。

彼女の心を得ることができなかったとしても、これは双方が利益を得る取り引きだ。たとえ二人がうまくいかなかったとしても損はない。

ベッドに入り、彼女の高価な香水の匂《にお》いを嗅《か》ぐまではそう割り切れた。彼女の目に涙が光り、微笑がかき消えて唇が震えるのを見るまでは。シーツにしがみついている彼女の体のぬくもりを感じるまでは。

彼女に腕をまわし、彼女のほっそりとした体が寄り添うと、キースの中に単なる欲望よりずっと深い真《しん》摯《し》なものが突きあげた。

彼は両手をケイトの熱い肌に這《は》わせ、おなかの上のかすかな丸みに手のひらを置いた。

彼女は子供をほしがっている。

ぼくの子を。

彼女はこの世の何よりもぼくの子がほしいと言う。子供はぼくと彼女の関係を終わらないものにする。

そのことを彼女はわかっているのだろうか?

ケイトが彼のうなじに手をまわし、黒い髪を探った。彼はごく軽く唇を合わせた。すると温かいやさしい思いが胸を満たし、驚いた。だがやさしさはすぐに荒々しい感情と荒々しい欲求に取って代わった。

彼は震える手をケイトの豊かな髪にからめて強く抱き寄せた。

彼はケイトの喉や胸、ありとあらゆるところに、口の中が女性の甘さでいっぱいになるまでキスを浴びせた。ケイトはうめき、彼の脈は激しくなった。

彼女がふいに声をあげ身悶えした。あっという間にすべてが理性のコントロール外に飛び去った。男と女の関係はしばしばこうなる。

愛を交わすことは人間どうしの絆《きずな》をもっとも深める。

彼女の肌はサテンのようになめらかで、蜜《みつ》のように甘かった。

キースはとても彼女がほしかった。

彼女とはたとえベッドの中でも距離を置こうと心に誓っていた。しかし情熱が二人の体も心もともに一つに溶け合わせると、怖いほどすばらしい新たな感情とさらに深い欲求が突きあげた。禁じていた欲望が彼を捕らえ、翻弄《ほんろう》し、彼はじぶんの掟《おきて》がすべて壊れ落ちるのを知った。

今まで彼は孤独だった。

今はもう孤独ではなかった。

彼はケイトのはじめての男性で、彼女はキースのはじめての女性のようだった。これまでずっとたがいを探し求めていたようだった。一つになった瞬間に彼らはめくるめく恍惚《こうこつ》のまっただ中にほうり込まれた。

輝き、きらめき、燃えあがり、二人を作りあげている全細胞が歓喜に震えた。すべてを圧倒した。

彼は再びケイトと愛を交わした。彼女のすばらしさをゆっくりと味わうために。彼女の中にいるときの高揚感を心ゆくまで味わうために。彼女も同じだった。キースのブロンズのようなすばらしい体を大胆に愛撫《あいぶ》し、奔放に彼を刺激し、さっき彼がキスしたように、彼の全身にキスを浴びせた。じきに体と心の官能的なリズムが強烈なパワーとなって彼らを揺すぶり、彼らがひきずっている現実からさらっていくと、二人だけの新しい世界にほうり込んだ。

終わったあと、キースは我に返って恐ろしくなった。ケイトを強く抱きしめ、くだらない取り引きを忘れてくれるように、彼を愛してくれるように嘆願したかった。

だが、彼女は売り買いを信奉している。彼女がほしいのは彼の赤ん坊であり、彼の愛ではない。そういうことだ。キースは無言で起きあがった。ジーンズとシャツを身につけ、裸足《はだし》で浜辺に飛びだした。

少し距離を置いてからまた彼女のところへ戻るつもりだった。

ケイトが白いローブをはおってあとを追ってきた。バルコニーから彼を呼んだ。すると彼女に対する思いが、激しい渇望がキースを圧倒した。じぶんに負け、本当の気持ちを告白してしまいそうだった。今彼女が彼を信頼しているとしても、話してしまったら、たぶん軽蔑するだろう。だから彼は戻らなかった。走りだした。冷たく湿った砂に足をめり込ませ、豪華な別荘から、彼を呼んでいる美しい女性から逃げだした。

引き返す勇気がじぶんにあるかどうかわからなかった。この結婚が人生最大の失敗になるかもしれないことにそのとき気づいた。

9

キースは去った。たぶん永遠に。

ケイトは南部で育ったが、現代の南部育ちだった。かつての南部のお嬢さまではなかった。しとやかぶった作り笑いを浮かべたり、難攻不落のふりをしたりしなかったし、キースに対して本当に求めているものを偽らなかった。

そう。彼を最初に食事に誘ったのも、プロポーズしたのもケイトだった。ベッドでも熱い気持ちを隠さなかった。

だが彼は出ていってしまった。

どこに行ったのだろう？

私が絶望的に魅力のない女だとつくづくわかり、

二度と顔も見たくないと思ったのだろうか。私があまり激しく求めたから逃げだしたのだろうか。彼もまた、私がかつて一生懸命愛そうとした人々のように私のそばから消え去ろうとしているのだろうか。

キースが二度愛してくれたこと、子供を与えてくれたかもしれないことを思っても、彼が出ていったショックは和らがなかった。

ケイトは浜辺を走っていく彼を、その姿が小さな斑点《はんてん》となってついに無の中に消えてしまうまでじっと見ていた。ベッドに戻り、暗い中に横たわって、潮騒《しおさい》にまじって彼が戻ってくる足音が今にもしはしないかと耳をそばだてて待ち続けた。彼は戻らず、ケイトはかつて赤ちゃんを失った夜よりももっとわびしかった。

彼女がのろのろとベッドから起きだしたときには太陽がまぶしく照っていた。バスルームの鏡に映ったうつろな目の、魂が抜けたような青い顔があまりにひどかったので、二度と見る勇気がなかった。

ハネムーンは一週間の予定だった。ヒューストンに帰って、一晩でキースに逃げられたことをみんなに知られるような恥をさらしたくなかった。

だからケイトはビーチハウスにとどまり、耐えがたい時間をどうにか耐えていた。夕方彼女はテラスに出て、浜に寄せては砕ける無限にくり返される波の動きを物憂く眺めた。やがて太陽が傾き、波頭と雲を炎の色に染めた。

彼女はじぶんの内側が痺《しび》れてしまえばいいのにと願った。考えることも、感じることもやめてしまいたかった。そうすれば少しは理性を取り戻すことができるだろう。

しかしそれは叶《かな》わぬことだった。太陽は沈み、空から最後の茜《あかね》色が消えると海はたちまち暗くなった。それでも彼女は中に入らず、一人ぽつんと闇《やみ》の中で震えていた。

月が昇った。海面を照らす銀色の輝きを、ケイトはいっしょにベッドにいたときのキースの髪のようだと思った。彼の指が乳首に触れたときの感触を思いだした。彼の口がどんなふうに体を這《は》ったかを思いだすと肌が熱くなった。

だめ！

あまりに苦しくてケイトは悲鳴をあげたかった。死んでしまいたかった。彼のことを考えるのをやめなくては。じぶんを責めさいなむのをやめなくては。

彼女は目をきらめく波から砂浜に移した。彼の姿を最後に見たところへ向けた。すると、背の高い人がこっちに向かって走ってくるのが見えた。

キースのはずがない。

だが、ケイトの心臓はどきどき鳴りだした。そんなじぶんをばかみたいだと思った。無理やり目をそらしたが、すぐにふり返った。その男を見たい気持ちに逆らえなかった。

あの広い肩は本当に彼のようだ……月の光を浴びて輝いている髪も。

やがて男は砂浜を歩いて彼女の方へやってきた。

ああ、やっぱり。

「キース」彼女は低くうめいた。感謝した。目をつむり、壁にもたれた。あまりにいそいそとしたふりを見せたくなかった。だが彼が階段をのぼってくる足音がし、その振動を感じるとぱっと目を開いた。脈が速くなった。

三メートルほどのところで彼はぴたりと足を止めた。

ケイトはおずおずと顔をあげた。カーリントンらしく堂々とかまえようとした。

夜の闇の向こうで彼がささやいた。

「許してくれ」

許すほかに私に何ができるだろう。

「なぜ出ていったの？」ケイトはきいた。威厳はしなび、冷静さを取り繕った声が震えた。

彼の顔も土気色でげっそりとやつれていた。彼の声も隠しようがなくひび割れていた。

「ぼくが出ていったから君が……君が悲しむとは思わなかった」

「私は――私は別に……」ケイトの声は震えた。

「オーケー。ぼくは君が行ってしまったのではないかとひどく怖かった。ぼくは卑劣なことをした。そうだったとしても君を責めはしない。ぼくは君にはそんな仕打ちを受ける理由はないのに」

彼は謙虚に言い、ケイトに腕を差しだした。彼の目はきらめき、強い感情が渦巻いていた。

そんなにもやさしい誠実な詫《わ》びをつっぱねることはケイトにはとてもできなかった。プライドの高いキースがへりくだって言っているのだ。それに彼女はお高くとまった南部の令嬢らしいタイプではなかったので、彼の腕の中に飛び込んでいった。

キースはケイトを抱きしめた。たちまち欲望をかきたてられたように体を震わせた。彼はケイトを抱きあげて壁に押しつけ、ぴたりと体を合わせた。

塩の味がする湿って熱い口がケイトの口を覆った。彼は髭《ひげ》を剃《そ》っていなかったので、のびた顎髭がケイトの肌と唇をざらざらとこすった。だがケイトは彼にしがみついてため息をつき、感情が爆発したような彼の愛撫《あいぶ》とキスに身を任せた。

あっという間に二人は燃えあがった。

ケイトは彼の腰にそっと脚をまわした。彼はそのまま歩いて家の中に入った。

彼はケイトの服を脱がせ、じぶんの服も脱ぐと、暖炉の前の厚い絨毯《じゅうたん》の上で、月の光の中で交わった。彼は昨夜ほど技巧的ではなく、ただもっと激しく、前の晩とはまた違う絶頂にケイトを誘った。ケイトは完全に彼のものになり、激しく身を震わせて尽きた。終わったあと彼は出ていかなかった。彼はケイトをベッドに運び、上掛けの下で抱き寄せていっしょに体をまるめた。二人の体は揃《そろ》いのスプーンのようにぴったりと重なった。彼らは朝までずっとそのままだった。目を覚ましたとき、二人の腕と脚は温かくからまっていた。彼は朝一番にまたケイトと愛し合った。

キースは何も言わなかった。最初の晩どこに行ったのか、なぜ行ったのかということについて。ケイトの胸にその問いはひっかかっていたが、今の幸福を台無しにするのが怖くて尋ねることができなかった。そのことは彼女の心に影を落とし、口に出せないまま不安がしだいに大きく根を張っていった。

彼はあんなふうに黙って出ていった。一度あったことはまたくり返されるかもしれない。

不安にさいなまれながらも、それをなんとか押しのけ、ケイトはキースが与えてくれる幸福の一瞬一瞬を味わいつくそうとした。猜疑《さいぎ》心をひきずっているものの、これまでのどんなときよりも幸福だった。いっしょに暮らす人がいるのがこれほどすばらしいとは想像したこともなかった。キースのすべてが――悪いところや、少々神経にさわるようなふるまいすらも――だんだん好きになってきた。たとえば、シャワーを浴びるたびにバスルームを散らかしっぱなしにして出てくるとか、新聞のビニールのカバーを破って絨毯の上に無造作に投げ捨てるとか。

朝コーヒーを一杯飲むまで彼がむっつりしているのもかまわない。仕事から帰ったあと三十分一人きりになって息抜きするのもかまわない。タオルをまっすぐにかけなくてもかまわないし、何度言っても食器洗い機にめちゃくちゃに食器を詰め込んでしまうのもかまわない。彼は毎晩帰宅するとリビングルームの家具のあちこちに着ているものを投げかける。けれど彼がいてくれるのがとてもうれしいので、そんな習慣に小言を言うことができなかった。なにしろ彼は料理が好きなのだ。それに料理をしながらケイトのために歌ってくれる。ときどき音程がはずれるのがまたなんともいえずチャーミングだった。

二人の生活にはすぐに決まった流れができた。彼は毎朝ケイトといっしょに会社に行き、仕事中も何かと理由を見つけて顔を見に来る。彼らは前にもましてエネルギッシュに仕事に打ち込んだ。彼は常にケイトの意見と同意を大切にした。彼が経営に参加するようになったので、ケイトは好きなことをする時間——数字を扱う時間ができた。

彼とともに仕事をするのは楽しかったが、それでも仕事が終わる時間が待ち遠しかった。

彼らは二人で帰る。ケイトが玄関のドアを閉めると、待ちかねたように彼はネクタイをはずし上着を脱ぐ。ケイトは胸がわくわくした。生まれてはじめて家族ができたような気がした。

いっしょに夕食を作り、いっしょに食べる。おしゃべりをする。いつもケイトが議論をリードし、意見が衝突したときにはいつもケイトが言い負かす。そして彼はじきにキスを求める。彼は毎日、前の日よりさらにすばらしい喜びをくれた。だが、彼が腕の中で眠りに落ちたあと、ケイトは彼が何も言わずに出ていったあの最初の晩のことを考える。将来のことを考える。再び彼が行ってしまう日のことを。永遠に去ってしまう日のことを。

将来の心細さのほかに、ケイトの心にかかっているのは、キースがボビー・リーに対する取り決めに頑固にこだわっていることだった。たまにマギーがオフィスに連れてくるとき以外ケイトはボビー・リーに会えなかった。平日に何度か夕食のあとでキースは息子と過ごすためにマギーのところへ出かけるし、土曜と日曜は昼間いなくなる。ケイトは二人と過ごせないのがとても寂しかった。

ある日曜日、ケイトが一人でしょんぼりとしていると、キースが早めに帰宅した。彼はケイトの悲しげな顔を見ると、つぎの金曜日の夜にボビー・リーを夕食によんでもいいかと尋ねた。

ケイトはうれしくてたまらず、ことこまかにメニューを考えた。だがボビー・リーが外でハンバーガーを食べるのがいいと言ったので、彼らはいっしょに出かけた。とても楽しく過ごせたので、ボビー・リーは泊まっていきたがった。ケイトも泊まっていかせてあげてと頼み、キースはしぶしぶ承知した。

その週末のあと、キースはボビー・リーが泊まっていくのを許さなかった。けれどケイトは、キースが本当に愛してくれるようになり、三人が本当の家族になるという夢を抱きはじめた。

キースは彼女を笑わせ、魅了し、甘い言葉をささやいた。しかし愛していると言ったことは一度もない。気分が落ち込んだときなど、彼が始終ケイトを求めるのは、早く妊娠させて出ていきたいからではないかと思ったりもした。ケイトは今しばらく妊娠したくないと願うようになった。彼が愛してくれるようになるまで、今のままでいたい。

だが、ある月曜日の朝、ケイトがキッチンに入っていくとキースがベーコンを焼いていた。こってりとした油のにおいにケイトは胸が詰まった。手探りで窓を開け、換気扇をまわし、やっと息ができるようになった。

新鮮な空気を吸うと、もうだいじょうぶだと思ったが、ケイトはすぐにまたさっきより激しい吐き気に襲われた。息を詰めてバスルームに駆け込む。嘔吐《おうと》の発作がおさまるとキースが助け起こしてくれた。彼に見られてしまった。ケイトの顔からいっそう血の気がひいた。いっそう膝から力が抜けた。

ハンサムな彼の顔は青ざめていた。「つまりこれは――ぼくらに子供ができたということか？」

「たぶん……」

心細い目で彼を見上げると、キースはしばらくじっと抱きしめてくれた。ケイトと子供をとても大事に思っているかのようだった。

ケイトは彼にすがりついた。やさしく髪を撫《な》でてくれる彼の大きな手の感触がうれしかった。私とずっといっしょにいたいと言って。ケイトは心のすべてで願った。

だが彼は体を離した。その表情はかたかった。

「君の望んだとおりになってきたようだ」

「あなたにとっても、ね」

「これは君が考えだしたことだ。ぼくの提案じゃない。忘れたのか？」

「覚えているわ」

彼はあとは何も言わず、くるりと背中を向けてそばを離れた。赤ちゃんができたのはうれしい。しかしケイトは目の前が真っ暗になった。

10

妊娠を知ったとたんにキースの態度は一変した。二人のあいだに暗いものが忍び込んだ。

キースの態度が目に見えて冷たくなったわけではなかった。キースは何くれとなくケイトをサポートしてくれた。医者を選ぶときは相談にのってくれたし、診察に行くときは運転して送ってくれる。ケイトの気分の浮き沈みやつわりに辛抱づよくつき合ってくれ、疲れて買い物や家事ができないときは助けてくれる。

だが彼は始終ふさぎ込んでいる。なぜかしら無気力になっているように見えた。それはケイトもだった。彼はあまり笑わなくなった。用心深くなり、以前に比べてのびのびとふるまうことが少なくなった。キースはケイトに仕事を辞めるように主張しなかった。前には辞めさせるときっぱり言ったのに。が、月が進むにつれ、ケイトはしだいに仕事を彼の手に渡し、あいた時間を生まれてくる赤ちゃんのしたくのために使った。

日一日とキースはケイトから遠ざかっていくようだった。帰宅時間が遅くなった。じぶんから話をしなくなった。ケイトが部屋に入っていっても前のように顔をあげて微笑しなくなった。それがとてもうれしかったのに。

夜だけ、ベッドの中にいるあいだだけは、今も彼はケイトのものに思えた。だがそのときですら、彼に抱かれているときですら、彼は気が進まないけれど、無理をしてそうしているのだと思った。けれどケイトが唇を求め体をゆだねると彼も溶けだす。愛の行為は、エクスタシーの瞬間だけであれ、ケイトとキースを深い部分で結びつけた。そのあとまた彼は正しいことを言い正しいことをするよそよそしい人に戻ってしまう。ケイトは暗い中に横たわりながら思う。私はキースを失いつつある。彼に愛してもらうにはどうしたらいいのだろう。付録なしで私を求めた人は今まで誰もいなかった。いったい私のどこがそんなに悪いのだろう。

エドウィンはお金が目的で結婚した。キースもそうだ。違いは、キースが正直だという点だけだ。彼は嘘《うそ》をつかなかった。一度も愛しているなどと言わなかった。

眠れない夜が続き、そこにキースがボビー・リーに会いに行ってしまう週末ごとの寂しさが重なった。ケイトのみじめな気持ちはつのる一方で、土曜日にキースが出かけていくたびに、見捨てられたようなわびしさをますます強く感じるようになった。けれどケイトは何も言わずにいた。出産予定日が一週間ほどに迫ったある土曜日まで。

その朝ケイトは体がだるく、苛立《いらだ》っていて、ひどく気分が沈み、じぶんが哀れでたまらなかった。キースが出かけようとドアに手をかけたとき、彼女の中にこの数カ月間鬱々《うつうつ》と積もり積もったものが爆発した。ケイトは彼に駆け寄り、彼の腕にすがっていっしょに連れていってくれと頼んだ。

「ぼくだって君を一日中一人にしておきたくない」キースは諭すように言った。「とくにこの時期に。だが、君はぼくの電話番号を知っているし……」

電話番号！　妊娠のためにケイトのホルモンのバランスは大きく崩れていた。小さな甘えの気持ちからヒステリック状態まで一気に揺れ動く。私はあなたの電話番号なんていらない！　私はあなたがほしいの！　あなたはそんなこともわからないの？

ケイトは口には出さなかった。だが怒った目が金切り声で叫んだ。

ケイトは懸命にじぶんを抑えようとしたが、心は荒れ狂った。彼はなぜそんなに冷静に、憎らしいほど理性的でいられるのだろう。彼の体がみっともなくふくれていないことに、彼の精神状態がしごくまともであることに無性に腹が立った。ケイトの生活は前のとおりではなくなった。彼のほうは何も変わらない。それなのに以前のルールのままこのゲームを続けようとしている。

ルールを作ったのはじぶんだということはわかっていた。だが、自己憐憫《れんびん》が理性の一線を飛び越えた。ケイトは甘やかされた子供のように足を踏み鳴らしてわめきたくなった。すねて突きだしてくる下唇をケイトは嚙《か》みしめた。

「君もわかっているはずだ」彼はいかにもものわかった口調で続けた。「君が来たら今でさえ面倒な状況がいっそう難しくなる。だから来ないのが皆のためだ」

なるほどそういうこと！　細々と体裁を繕っていた糸がぷつんと切れた。

「面倒な状況？」ケイトは声を尖《とが》らせた。「あなたは私たちの結婚をそんなふうに思っていたの？　私をそんな目で見ていたの？」

わめいたり泣いたりすることだけは絶対にしたくないと思っているそばから涙があふれた。ケイトはわっと泣きだした。

「じゃあ君はどう思っていたんだ？」キースは怒鳴った。彼もついにこらえきれなくなった。「君ははっきりと言った。ぼくと本当の結婚をするつもりはないと。君はけして——一度だって……ベッド以外では君は……君はいつもおそろしくクールで……いつも冷静だった」彼はそれ以上は言うまいとした。

「ぼくはもう行ったほうがいい。我々のどっちもが後悔するようなことを言ったりしたりしないうちに！」

「それを言ったらどう！　したらどう！　あなたのまやかしのやさしさに苦しめられ続けるよりずっとましだわ」

「まやかし——。ぼくは君のロボットじゃない。そうなろうと努力はしてみたが。ぼくは人間だ。君のゲームにはもうほとほとうんざりだ。君は金でこの世がじぶんの意のままになると思っている。ぼくを意のままにできると思っている。君は父親が金で女を買っていたと言ったが、君のしていることはそれとどれほどの違いがあるんだ？」

「ひどいわ……あんまりよ」

「あと三カ月か四カ月……ぼくは我慢できないかもしれない」

彼は行こうとした。

「このまま行ってしまうつもり？　よくそんなことができるわね！」

「二本の足を片方ずつ交替に出せばいいのさ」

「あなたなんて――あなたなんて大嫌い。心底憎らしいわ」

キースの黒い目が細くなった。「それが君の本当の気持ちなのか?」

「ええ、そうよ!」

ハンサムな顔が曇った。「なら、喜んでくれ」彼は静かに言った。「君はじきにぼくをお払い箱にできる。こっちもこんなごまかしの結婚には愛想が尽きている」

彼は嵐《あらし》のように出ていった。一秒でも早くその場を離れたくて玄関のドアを閉めるひまも惜しんだ。

ケイトはその後ろから手荒くドアを叩《たた》きつけて閉めた。しかし、すぐにまた開けた。彼を呼び戻したかった。憎んでいないと言いたかった。憎んだことなどないと。そう言ったのは彼がケイトを父と同じだと非難したからだ。本当のことをを認めるのを――じぶんがキースを愛していることを、彼なしの人生など考えられないことを認めるのを自尊心が許さなかったからだ。

激しい痛みが体の中心を貫いた。ケイトをまっぷたつに切り裂いた。彼女は突きでたおなかを押さえて床に座り込み、苦痛に悶《もだ》えた。どうすることもできずキースを呼んだ。

でも彼は去ってしまった。

愛していると告げたくてももう手遅れだ。私は彼を失ってしまった。

「神さま、お願いです。私から彼の赤ちゃんまで奪わないで!」

ケイトはなんとか立ちあがろうとしたが、再び切りつけるように激痛が襲った。彼女は床に横たわり、あえぎながら、パニックを起こすまいとした。だが痛みは耐えられないほど激しく、やつぎばやに襲ってくる。病院に行くのが間に合わなくなるかもしれないと怖くなった。

「キース……ご、ごめんなさい」

がらんとした部屋にケイトの弱々しい声がうつろに響いた。彼女は目をつむり、心の中で祈った。ずっと遠くの方で低い声がやさしく言った。

「ぼくも悪かった、ケイト」

たくましい腕がケイトをすくいあげてしっかりと抱いた。きっと夢を見ているのだとケイトは思った。目を開けるとキースがいた。彼の顔つきは静かだが緊張していた。

彼は私の愛する人。大事な人。

ケイトは彼にすがりつき何か言おうとした。だが、痛みがきて息が詰まった。

「話そうとするな。病院へ行こう」キースはささやき、ケイトを抱いて外に出た。

分娩室《ぶんべんしつ》の壁は白かった。みんなはブルーを着ている。キースも、ケイトの手をきつく握りしめている彼もブルーを着ている。

苦痛で朦朧《もうろう》としているケイトの意識におびえた声が突き刺さった。

「ドクター、赤ちゃんの心音がどんどん弱くなっています！」

ケイトはキースの手に狂ったようにしがみつき、叫びだした。「いや――またそんなこといやよ！」

パニックの気配が室内にみなぎった。

「帝王切開だ」

プラスチックのマスクがケイトの顔に当てられた。ケイトはそれを払いのけようとしたが、穏やかな声がきっぱりと言った。

「さあ、アルファベットを言って」

Cまで言ったところでキースのこわばった血の気のない顔がぼやけて揺らいだ。パニックの中でケイトは、彼に愛していると一度も言ったことがなかったのを思いだした。

ケイトは言おうとしたが声にならなかった。彼の顔の輪郭が溶けだした。光と苦痛が遠のき、ケイトは暗闇《くらやみ》の中に落ちていった。どこまでも。

「外に出てください、ミスター・ジョーンズ」看護婦が言った。

キースは力なくうなずきながらケイトの力を失った手をいっそうきつく握りしめた。メアリのときの何千倍もつらかった。なぜならこれは彼の落ち度だからだ。彼が怒りをぶちまけたせいであんなひどい言い合いになり、それが原因でケイトと赤ん坊が死ぬかもしれないのだ。だらりとしたケイトの手を握って彼は心に誓った。彼女が助かったらぼくは二度と自制心を失わない。彼女が押しつけた愚かな契約をまっとうする。それがどれほどの苦痛であっても。

「もしどちらか選ばなければならない場合は彼女を救ってください」キースはひきつった声で言った。

おおげさだったかもしれないが、メアリのときに数かぎりない病院と医者をめぐった経験がよみがえった。「赤ん坊はあきらめます。だが、彼女を死なせないでください。お願いだから、彼女を死なせないでください」

「彼女はだいじょうぶですよ、ミスター・ジョーンズ」

キースは必死でそれを信じようとした。身をかがめ、ケイトの青ざめた冷たい頬にキスをした。

「なんとしても彼女を救ってください……ぼくは彼女を愛している」彼は小さい声で言った。

だが、何よりもその言葉をほしがっていたケイトは眠っていた。その言葉は彼女には聞こえなかった。

11

「ぼくのスーツケースをどこにしまったんだ？」キースはリビングルームから声をかけた。

いつ来るか、いつそう来るかと思っていた。ケイトは青天の霹靂《へきれき》に打たれたようにびくりとした。

外では太陽が輝いている。ヒューストンは美しく見える。ケイトは鏡に向かい髪にブラシをあてていた。キースのなんでもないひとことがケイトの体を氷のように冷たくした。震える手からブラシが落ちて音をたて、化粧だんすのつややかな木の表面に傷がついた。

今日がその日なのか。彼が私のもとから永遠に去っていく日。


でもなぜ今日？

ハイディは生まれて四カ月たっている。

キースが病院から連れ帰ってくれた日からずっと、ケイトは毎日毎日、いつかこの恐ろしい瞬間が来ることにおびえながら暮らしてきた。その恐怖は生後三カ月目の日が迫ると頂点に達した。

恐ろしいその日は来て去った。ケイトはぴりぴりして自制心を失いそうになったが、キースは何も言わず、なんのそぶりも見せなかった。ケイトは怖くて理由をきけなかった。もっとも恐れていることを引き起こしてしまいそうでできなかった。それにその三日後の母の日にキースは赤い薔薇《ばら》を贈ってくれた。

それなのに今、突然、彼は私から去っていこうとしている。

ケイトはとっさに落ち着いて礼儀正しく返事をする自信がなかった。よそよそしい礼儀正しさ。ケイトが妊娠してからずっと――一回の感情爆発を除いて――それが彼らの日常になっていた。

赤ん坊というのは絶妙なタイミングで生まれてくる。そして折しもハイディが泣きだした。

天の助けだわ！　返事をしなくていい口実ができたのでほっとしながらケイトは娘のところに駆けつけた。ところがキースが先に来ていた。

ケイトは彼がいるベビーベッドのそばに行けなかった。「ミルクをあげておむつを替えたばかりよ」じぶんの声が小さく遠く聞こえた。うろたえていた。知らない人の声のようだった。

キースはなげやりにうなずき、赤毛の小さな子に向かってにっこりし、そっと抱きあげた。

「よしよし、ぼくのかわいい子」

彼はハスキーなやさしい声で言った。妻には暗い中で愛を交わしているとき以外、けしてあんな声で話しかけない。

キースはふり向きもせずにハイディをあやし、ささやきかけている。赤ちゃんが甘え声をあげはじめると、彼はようやくケイトにいつものひんやりした他人行儀な口調で言った。「この子が愛のみで育っているとは思っていないよ」

やれやれ。ケイトはキースがくれたのと同じクールな微笑を返そうと努力したが、唇が震えた。

ケイトの心は壊れていた。彼女の内側はこなごなだった。寂しさと絶望に立ち向かって最前線を守っていたカーリントンの理性はもうどこにも残っていなかった。

キースはそんなことに気づいていない。彼はハイディの顔をのぞき込み、ちっぽけな手で彼の大きな指を握っている小さな娘にありったけの愛情を注いでいた。

ケイトはハイディに嫉妬《しっと》はしなかった。ただ彼が私のことも愛してくれたらと願った。そして彼が娘にたいそうやさしく接するのを見るにつけ、じぶんに対する彼の冷ややかさがいっそう痛烈に身にしみるのだった。

ケイトが退院して家に戻ってきてからずっと、キースは彼女を腫《は》れ物に触るように扱っている。まるで知らない人間と仕方なくともに暮らし、義理で会話をしているようだった。

不親切なのではない。ケイトの体力が回復せず気分もすぐれなかったあいだ、彼は進んですべての家事をこなし、ケイトをいたわり、赤ん坊の世話もしてくれた。彼はボビー・リーがしばしば来るのを許し、マギーも訪ねてきた。ハイディがはじめての子供なのでケイトはつい神経質になりがちだったが、彼は親としての経験があるので、あわてず騒がず落ち着いていた。日ごとにケイトは彼の手助けを、何事にもゆったりとかまえている彼の強さを頼みに思うようになった。日ましに、いっそう彼の愛がほしくなる。

「この子に毎日会えないのがつらくなる」キースがつぶやいた。

低い声がぐさりとケイトの胸に刺さった。彼がいなくなったら本当にもうどうしていいかわからないとケイトは思った。

「私――あなたのスーツケースを……」ケイトはかぼそく言い、震える足で階段をのぼった。スーツケースは二階の廊下のクローゼットにしまってある。彼女は手当たり次第に棚から箱をおろし、しっかりと奥にしまい込んでいたスーツケースを見つけた。心の中が荒れ狂っていた。捨てばちになっていた。憎らしいスーツケースを廊下に投げだし、階段の縁まで転がっていくのをほうっておいた。スーツケースは優雅にカーブした階段をがらがらやかましい音をたてて落ちていく。

ケイトはみじめな気持ちで、子供部屋から出てきたキースが静かに身をかがめ、何事もなかったようにそれを持ちあげるのを見ていた。

「どうも。歓待に甘えて長居しすぎたようだ」

彼は穏やかに言ったが、ケイトの方を見上げようともしなかった。

どうも？　一年以上ともに暮らしたのにただそれだけ？

そんなに出ていきたいのならさっさと行ったらいいわ！

ケイトは叫びたかった。階段を駆けおり、彼と憎らしいスーツケースを外にほうりだしたかった。だがケイトはこの前のような、あのときは早産を招く結果となってしまったあのような見苦しい場面は二度と再び演じまいと固く心に決めていた。

涙があふれそうになり、ケイトはバスルームに駆け込んで鍵《かぎ》をかけた。キースに見られたくなかった。壁に顔を押しつけ声を殺して泣く。キースがスーツケースにものを投げこむ音が聞こえた。涙を頬に伝わせながら、奇妙なことだがケイトは恐れに恐れていた日がとうとう来たことにほっとしてもいた。

なぜなら、彼が本当に出ていこうとしている今、二人のあいだの表に出ない葛藤《かっとう》がどれほど耐えがたいものになっていたかわかったからだ。よく今まで、いつもいつも彼への思いをつのらせながら、氷の人形か何かのように冷たく取り澄ましたふりを装っていられたものだ。

永遠ほど長い時間がたったように思えたころ、彼の低くついた悪態と、スーツケースの蓋《ふた》がばたんと閉じる音が聞こえた。それから彼が階段をのぼってくる足音がした。

彼がドアの前でためらうように足を止めると、ケイトは息を詰め、必死で自制心をかき集めた。しばらくして彼が静かにノックした。

「ケイト——」

「行って！」ケイトはかすれた声で言った。

「ぼくはさようならを……言いたくて」

「そう。さようなら」

「君が言ったんだ。君がほしいのはぼくの赤ん坊だけだと」

「ええ」ケイトは壊れるように膝から床にくずおれた。死にそうだった。キースなしでどうやって生きていけるの？

「今でも君の望みはそれだけか？　隅々まで整然としたもとの人生に戻りたいのか？」

ケイトは涙にむせんだ。身悶《みもだ》え、うめいた。「そうよ！　そう！　もう行って！」

彼はためらっていた。だが、やがて彼の足音が遠ざかっていくのが聞こえた。鉛をひきずるような重たい音が階段をおりていく。

玄関のドアがばたんと閉まった。即座にケイトは鍵をまわしてバスルームから飛びだした。廊下に出るとさっきクローゼットからほうりだした箱やハンガーが乱雑に散らばっていた。静まり返った広いアパートメントにひたひたとわびしさが押し寄せる。ソファの背にだらしなくかかっていたキースの服もなくなっていた。

彼が破って床に投げ捨て、そのままになっている新聞を包んでいたビニールをケイトはなつかしむように見た。熱い涙がまた目にあふれた。カーリントン家の高価なアンティーク家具が並ぶ部屋の中で、そのビニール袋は何よりもいちばん貴重なものだった。

あれほどほしかった赤ちゃんでさえキースがいない寂しさを満たしてくれないだろう。カーリントン家の富もなんの役にも立たない。

出ていってほしいと思ったことなど一度もない。いつもキースといっしょにいたかった。たしかに彼の子供がほしかった。でも、それ以上に彼がほししかった。

それなら、なぜ我を張らずに彼に行かないでと懇願しなかったの？

なぜなら、追いかけて求めたのははじめからケイトのほうだったから。彼がケイトを愛しているのでないのなら、ほかの理由でならいてほしくなかったから。それに、こんな結婚を後悔していると彼が前に言ったから。ケイトは彼のためにじぶんの幸福を犠牲にすることもいとわないほど彼を愛していた。

赤ちゃんやほかの理由をあげ、彼を説き伏せてとどまらせることはできただろう。とにかくケイトにはカーリントン家の富がある。結婚が続く限り富とそれに付随する権力を自由にしていいと提案することもできた。

ケイトは彼とベッドをともにした夜のことを思った。つい昨夜も彼は抱いてくれた。あれが彼の最後のやさしさだったのだと思った。彼のキスを、彼の愛撫《あいぶ》を、彼が激しく燃えたことを思いだした。けれどあの情熱は愛ではない。子供を作るために肉体を提供するのはいい、だが魂はけして売り渡さないと彼は言った。

ケイトはキースのすべてがほしかった。気が狂いそうだった。

いっしょにいてほしい。私を愛しているからいっしょにいると言ってほしい。

ハイディが泣きだした。

あの子のところへ駆けつけるとそこにキースがいてうれしさが二倍になる……そんなことはもうけしてないのだ。

ケイトは一分ほどじっとしていた。それから階段を駆けおりた。子供部屋のドアを開けようとすると、キースが中から出てきた。

びっくりして完全に不意をつかれ、ケイトは身がまえるひまがなかった。たじろぎ、思わず声がうわずった。

「まだいたの？　ここで何をしているのよ？」

彼も前の彼とは違っていた。よそよそしい冷たさがなかった。彼は涙で汚れたケイトの顔をじっと見つめた。鋭く見つめる彼の黒い目の中にケイトはじぶんと同じ苦しみが荒れ狂っているのを見た。

「なぜ泣いているんだ？」彼が同情のこもったやさしい声できいた。

「私、私……泣いてなんかいないわ」ケイトは言った。だがおよそカーリントンらしくないひどく取り乱した声だった。「私はあなたの同情なんてほしくない……」

つぎの瞬間ケイトは抱きすくめられていた。彼はケイトの唇を求めた。激しく情熱的に、いとしくてたまらないように。

「ケイト、ぼくは出ていこうとしたが――」

ハイディがぐずった声をあげた。

「赤ちゃんが――」

彼はケイトを廊下に引っ張りだしてぴしゃりとドアを閉めた。

「ハイディはどうもしていない。ぼくらはあの子を甘やかしすぎている。それだけのことだ」

「わからないわ。なぜ……なぜ、あなたはまだここにいるの？」

「なぜなら、ぼくはロックしたドア越しに別れを言うようなお高くとまったカーリントンじゃないからだ。君のルールで演技を続けるのはあと一分だってごめんだからだ」彼は腹立たしげに、うちひしがれたように言った。「君がほしくてたまらないのに喧《けん》嘩《か》一つせずに君と別れるなんてできないからだ。君にばかにされたっていい。たしかにぼくは貧乏人で……君は金持ちだ。君はぼくを金で買ったと思っている。ぼくを失敗した男だと思っている。くだらない取り引きに乗った男だと思っている。それを君が軽蔑《けいべつ》するならそれでもいい。君の親戚《しんせき》はぼくが金目当てで君と結婚したのだと……」

「私は——私はそんなこと一つも思っていないわ。あなたを軽蔑なんてしていない。くだらないルールを決めたのは私よ。じぶんを守ろうとしたの……前に一度傷ついたから。私は——私と結婚したのをあなたは後悔しているのだと思っていたわ」

キースはケイトが言っていることが耳に入らないようだった。「ぼくはハイディの育児を手伝いたい。君一人に全部任せるのは、たとえそれが君の考えだとしても、じぶんぼくが卑劣な男のような気がする。ぼくは、ぼくの子供の母親がぼくの子供をそうする必要がないのに一人で育てるという意見には賛成できない」

「出ていかないで」ケイトは言った。もうプライド「私はあなたにいてほしい。などどうでもかまわなかった。ずっとそう思っていたわ」


「ぼくは君がにベビー・マシーンの役割だけを求めていると思っていた」

「いいえ。私はあなたを愛しているの、キース。最初からずっと。だからあなたの赤ちゃんがほしかったんだわ。だから私と結婚してと言ったの。だからばかみたいなことをしたんだわ」

「君がしたことは全部うれしい。なぜなら、ぼくも君を愛しているから」彼は素直に言った。「ずっと前から」

「本当なの？　あなたがほしいのは……私のお金じゃないの？」

「君の金も、君に金がすべてだと思い込ませた君の父親もエドウィンでやつもくそくらえだ。いっそ君が貧乏ならいいのに。そうしたらぼくらは対等になる」

「私たちは対等よ」ケイトはささやいた。「対等以上だわ。私はあなたをすばらしい人だと思っているんですもの」

彼はあがめるようにケイトにそっとキスをした。

「ぼくが愛しているのは生身の君だ。君はぼくのすべてだ」

しばらくの後、熱いキスをいくつも重ねてからケイトはきいた。「それほど私を愛しているなら、なぜもっと前にそう言わなかったの？」

「君のルールに従っていたからさ。苦しかったし死にそうだったが。指輪をあげたあのとき、ぼくらの結婚は本物じゃないってことを君は念を入れてぼくの頭に叩《たた》き込んだ。だから……。それに一度ぼくが激怒してひどい言い合いになって君が産気づいた。ぼくは怖かった。君が死ぬのじゃないかと……赤ん坊がだめかもしれないと……そうなったらぼくのせいだ。それで……どんなにくだらなくても君のルールに従うことに決めた。君に追い払われるまで。君のために。二度と君をあんなふうに傷つけたくなかった」

「まあ、そうだったの。私は、出ていく日をあなたが指折り数えて待っているのだと思っていた」

「君が妊娠したあと、ぼくは毎日毎晩が呪《のろ》わしかった。時間は敵だった。ハイディが三カ月になったが、君はぼくを追いださなかった。それで、君もぼくに何かを感じてくれているのかもしれないと望みをかけはじめた。だが君はけして……母の日に薔薇を贈ったときにも君は……君は堅苦しくただこう言っただけだった。〝ありがとう、あなた〟」

「あなただって何も言わなかったわ。でも、なぜ今日を出ていく日にしたの？」

「なぜ今日かって？」彼は両手を髪につっ込んだ。「もうどうにも耐えられなくなったからさ。もういっしょにいられなかった。君を愛していた。君に愛してほしかった。それにボビー・リーのこともある。君は泊まりに来るたびにあの子はもっといさせてと言う。

あの子はのけ者にされてるように思っている」

「私はあなたもボビー・リーも二人とも愛しているわ。彼もいっしょに暮らせたらと、どんなに思っていたか。でも、そう言うのが怖かったの。結婚した晩にあなたは私を置いて出ていったでしょう……きっと私があなたにあまりしつこく、あまり多くを求めすぎたからかもしれないと思って……」

「あれは、気が狂いそうに君を愛しているということに気づいたからなんだ。それをひとことももらさずにどうやってともに暮らしていけるかわからなかった。君を愛しているから君から離れた。だが、愛しているから君のところへ戻った。だから今日も玄関を出られなかった」

「私はプライドのせいでどんなにあなたを愛しているか告白できなかった。それにじぶんがあまりにずうずうしく破廉恥に一方的にあなたを追い求めてきたという思いもあったの」

「ぼくは君に追い求められていたい。この先も一生ずっと。それにぼくは破廉恥なときの君が好きだ」

キースのやさしい声がケイトの中に小さな幸福を点火した。その火はあっという間に大きな炎となり、彼がケイトを寝室に抱いていったときには激しく燃えていた。彼らははじめて日中、高い窓から差し込む日差しの中で愛し合った。ケイトは我を忘れ、恥じらいを忘れ、前よりもいっそう大胆にキースに身をゆだねた。

そのあとケイトは、キースが体だけではなく魂も、どこもかしこも何もかもすべてケイトのものだと告白するまで彼を離さなかった。

そしてケイトはどこもかしこも何もかも、すべてキースのものだった。

キースはケイトを愛していた。彼女は彼の子供の母親だ。

だがそれより何より、ケイトは彼の愛する妻だ。

イエスと言えなくて

ダラス・シュルツェ

主要登場人物

ダーシー・ローガン……………銀行員。
コリン・ロバーツ……………建設会社経営。
スーザン・ロバーツ…………コリンの姉。故人。
アンジー・ロバーツ…………スーザンの娘。
サラ・ランドール……………コリンの秘書。
キール・ジャクソン…………建設会社経営。コリンの共同経営者。

作品に寄せて――ダラス・シュルツェ

〝短編に逸話をつけてください〟編集者はこともなげに言います。私はうーん困ったとうめきたくなるのをこらえました。じぶんのことを書くのと焼けた石炭の上を渡るのとどっちかを選ぶように言われたら、迷わず石炭のほうをとります。

何を書いたらいいのか途方に暮れます。私は風変わりなところに住んでいるわけでも、風変わりなことをしているわけでもありません。私はもう二十年以上カリフォルニアに住み、その大部分の年月を、私の人生を完璧《かんぺき》にしてくれるすばらしい男性――夫とともに暮らしています。

趣味は数えきれないほどたくさんあります。料理が、中でもお菓子作りが好きです。もし私が刺繍《ししゅう》に挑戦したことがないと言ったとしたら、それは単に私が刺繍という言葉をまだ耳にしたことがないという意味です。最近はキルトに熱をあげていますが、クロスステッチも編み物も好きです。人形のコレクションもしています。人形の衣装も集めており、意匠をこらした手のこんだものほど好きです。ガーデニングも好きですが、心ゆくまで庭いじりに割く時間があまりありません。むろん、私がいちばん好きなのは書くことです。ノートとペンを私に与えておけば何時間でも書いています。

『この恋はとまらない』に作品を書いてくれというお話がきたとき、私はまっさきにこう言いました。

「私にですか?」

私は子育てをしたことがありません。私の甘やかされた三毛猫を別にすれば。それに猫は私を親というよりは顎で使える使用人だと思っています。

　すると編集者は、本のテーマは赤ちゃんだと言いました。赤ちゃんにならかぶりついてみてもいいかなと思いました。むろん比喩《ひゆ》ですよ、かぶりつくというのは。赤ちゃんに抵抗できる人がいるでしょうか？　赤ちゃんを敵にまわしたい人がいるでしょうか？　まずいないでしょうね。そこで私は、ゆえあって赤ちゃんをいとわしく思う女性がいて、その彼女の生活のど真ん中に赤ちゃんが飛び込んでくるという物語を考えました。さて最後はどうなるか、私は書きながら楽しみました。皆さまも楽しんで読んでくださいますように。

ダラス・シュルツェ

1

取り決めには赤ちゃんは入っていなかった。赤ちゃんのあの字も。

ダーシー・ローガンは晴れない顔で車の窓から雨に濡《ぬ》れている景色を眺めていた。空模様と彼女の気分はそっくりだった。寒々しくて、灰色だった。ワシントンに来たのはこれがはじめてだったが、その経験の欠如を悔やむようなものにはまだ何一つ出会っていなかった。たしかに緑は多い。だがコリンといっしょにこっちに来て一週間になるが、まだ一度も、ちらとも太陽を目にしていない。空港に降り立ったときも雨。スーザン・ロバーツのお葬式に出たときも雨だった。

あれからずっと降りっぱなしだ。ここには雨以外の天気はないのではないかと思いたくなる。

二人がここに来た理由を考えれば、雨がふさわしい天気であることはたしかだ。コリンの姉が、四十歳の誕生日までまだ二年を残し癌《がん》で亡くなった。生後六カ月の女の子をあとに残して。

ダーシーは身震いした。スーザンに会ったことはなかったが、同じ女性として彼女の心情を思うと胸が痛んだ。じぶんの死を目の前に据えながら、午前二時に赤ちゃんにミルクをあげ、おむつかぶれにパウダーをはたいてやるのはどんなにつらいことだったろう。

ダーシーはコリンをちらと見た。彼は姉の死にひどいショックを受けている。悲しみが皺《しわ》を刻み、口は曲がり、目はうつろに曇っている。彼は眠っていないのだ。それを知っているのはダーシーも寝ていないからだった。とくにこの二日間、スーザンが赤ちゃんを彼に託して亡くなったとコリンに聞かされてからは眠れなかった。

最初はまさかと思った。だが、コリンは姉の頼みを引き受けるつもりだときっぱりと言ったのでダーシーはパニックに襲われた。喉が詰まり、心臓がどきどきした。

異議を唱えることもできないうちに、コリンが言った。「ぼくにはその義務がある」

「そう急いで決断をくだすことはないでしょう」ダーシーはじぶんの声がずいぶん冷静なので驚いた。内心はそんなこと絶対にだめよと全世界に向かって叫びたいくらいだったのに。

「決断するもしないもない。スーザンはぼくを子供の後見人に指定した。ぼくならと信じて赤ちゃんを託したんだ」

「だからといって、あなたがじぶんの手で育てなくてはならないということはないでしょう」ダーシーは理屈をこねた。「赤ちゃんのために適切な判断をするのはあなただとしても、ほかの人に養育を——」

「ほかには誰もいない」

そのひとことにダーシーは罠《わな》にはまった動物のような気持ちになった。

「ご両親は？　スーザンはご両親と同居していたのでしょう。だったら二人を信頼していたはずだわ。赤ちゃんにとっても祖父母ですもの。喜んで孫を引き受けるんじゃないかしら」

「いや」ホテルの部屋の窓の方を向いていたコリンがふり返った。彼の目は暗かった。「姉は両親にじぶんの子を託したいなんて絶対に思わなかっただろう。だからぼくを後見人にしたんだ。ぼくなら両親に預けるなんてことをしないとわかっていたから」

ダーシーは当惑してコリンを見つめた。不安で胸が苦しくなった。「でも、お姉さんはご両親と住んでいたんでしょう？」

「そうするしかないと両親が説きつけたからだ」コリンは苦々しく言った。

「よくわからないわ」

「二人に会えば君にもわかるよ。口では説明できない」彼はベッドからデニムのジャケットを取りあげた。「さあ、ランチを食べに行こう」

ダーシーは、動揺のあまり議論を続けることができなかったので、彼を追いかけるように部屋を出て食事に行ったが、何を口に入れても藁《わら》を噛《か》んでいるようだった。

それが昨日のことで、今、二人はコリンの姪《めい》を引き取りに行くところだ。ダーシーの幸せな暮らしもこれでおしまいだった。

「着いた」コリンがそっけなく告げ、道路脇《わき》に車を止めた。

ダーシーはその家を見た。こぎれいな、煉瓦《れんが》造りの二階建てで、手入れの行き届いた花壇に囲まれている。家の真正面に白く塗られた木のポーチが張りだし、パステルカラーの花柄のクッションをのせた金属のぶらんこ椅子が置かれていた。目を見張るほど立派ではないとしても居心地よさそうな家だ。コリンの目が暗く曇っているわけがわからない。その家が、贅沢《ぜいたく》ではないが余裕のある人々が住む郊外の住宅地ではなく、市内のすさんだ地区にあったとしても、彼はそんないやそうな顔はしないだろうにと思う。

手をのばして彼の口の隅の皺をそっとのばしてやりたいのを、ダーシーはこらえた。恋人になってから八カ月で、この五カ月間いっしょに暮らしているが、じぶんが彼の悲しみに介入する権利があるのかどうかわからなかった。

彼とは友達の家のパーティで出会った。ダーシーは過去六年間男性とのつき合いを一切避けてきたのだが、その夜のうちにコリンとデートの約束をした。ダーシーは長いあいだ孤独だったし、コリンはノーと言わせなかった。彼はダーシーを笑わせた。心から笑うなんてそのころの彼女にはまずめったにないことだった。それが理由でデートに応じたが、それと心臓の鼓動が少し速くなったのとはぜんぜん関係がないとじぶんに言い聞かせた。

一週間後、気づけば彼とベッドをともにしていた。三カ月後、ダーシーが住んでいるアパートメントが近々コンドミニアムに建て直されると聞くと、コリンはいっしょに住もうと言いだした。ダーシーは断った。人と再び親密な関係を結ぶのは怖かった。だが彼は、ダーシーが一週間のうち二晩か三晩泊まっていくのはしょっちゅうだし、週末はいつも彼のところで過ごしているじゃないかと指摘した。たしかに事実上いっしょに住んでいるようなものだった。それに、一人暮らしより二人のほうが安上がりだということは誰にでもわかる。お金の節約ということを考えれば。

だが、それは問題ではなかった。どちらも経済的に困っているわけではない。コリンはパートナーと二人、サンタバーバラで建設会社をやっており経営は順調だった。小さな銀行で貸し付け係をしているダーシーのサラリーは、〝フォーチュン500〟にランクされることはないにしろ、快適に暮らすのになんら不自由はない。いっしょに住むのは経済的な理由ではないし、それは双方ともわかっていた。

しかし、ダーシーは説得されて折れた。実のところ、コリンは心の空虚なところを埋めてくれる。彼は寒い雪の夜の火のように、ついそばに寄りたくなる。近寄って温まりたくなる。

五カ月たった今も彼の方を見るたびに胸の中で心臓が宙返りする。別に不思議ではない。コリン・ロバーツは少年のころから女心を騒がせていたに違いないのだ。

彼をそんなにも魅力的にしているのはなんなのか見きわめようとして、ダーシーはコリンを見た。黒っぽい褐色の髪はやや長くてぼさぼさで、指を入れてくしゃくしゃにしたくなる。目は澄んだブルーで、口元をいかめしく結んでいるときでも、笑っているようにきらきら輝いている。そして彼が微笑すると……賢明な女性なら猛スピードで逃げだすだろう。ダーシーはじぶんも賢明な女性だと思っていたが、さっさと逃げだしはしなかった。

だが今、彼は微笑していない。フロントガラスの向こうをにらんでいる。両手はまだハンドルを握ったままで、口元はこわばり、目は暗い。ダーシーは彼が両親の家を、じぶんが育った家を見ようともしていないことに気づいた。

「とてもきれいな家ね」ダーシーは言った。沈黙が長くなり居心地悪くなってきた。「ご近所もよさそうだわ」

お母さんを亡くした赤ちゃんにはまたとない環境ね。そう言いたかったが、言わなかった。

「ぼくは十七年間ここに来なかった」彼はようやく家の方へ顔を向けた。「ここを出るとき、二度と戻らないとじぶんに誓った」

コリンらしくない荒々しい声にダーシーはびっくりした。彼が一度も両親の話をしたことがないので、不仲なのだろうと推測していた。スーザンのお葬式のときに彼らが言葉らしい言葉を交わさなかったので、やはりそうなのだと思った。それにしても彼の声は古い怒りがくすぶってとげとげしい。ダーシーはつい言ってしまった。

「何か問題があるみたいね……あなたとご両親のあいだには。でも十七年は長い年月よ」

「長すぎることはない。スーザンのためでなかったらぼくは来なかった」亡くなった姉の名前を言うときコリンの声は途中でひび割れ、口がつらそうに歪《ゆが》んだ。

ダーシーはハンドルをつかんでいる彼の手にそっと触った。このような個人的な重大な問題に直面したのは二人にとってこれがはじめてだったので、安易に慰めを表していいものかどうかわからなかった。先週、朝早くスーザンの死を知らせる電話があるまで、ダーシーは彼に姉がいることすら知らなかったのだ。

「彼女のために戻るべきだった」唐突にコリンが言った。「彼女をここにいさせるべきじゃなかった」

「彼女は子供ではなかったのよ、コリン。お姉さんはあなたより四つ年上だった。彼女が実家にいたかったのなら、あなたが口出しすることではなかったでしょう」

「君はスーザンを知らない。彼女には――君のような強さはなかった」彼はつらそうに言った。「姉はじぶんの身を守れなかった。ぼくをかばってくれたが、じぶんのためには何もしなかった」

私が強い？　まあ、彼は本当に私が強いと思っているのかしら。だとしたら私はとても演技がじょうずなんだわ。本当はとても弱い人間だということを隠し続けるならけっこうなことね。ダーシーは苦々しく思った。

「でも、お姉さんは三十八歳だったのよ、コリン。デイケア・センターで仕事をしていたのだし、いやなら実家にいる必要はなかったはずよ。出ていけばよかったでしょう」

コリンは最後まで聞かずに頭をふっていた。彼はちらとダーシーを見た。その目は〝君はわかっていない〟と言っていた。

「君はぼくの両親を知らないから」彼は車のドアを開けて外に出た。

ダーシーはシートベルトをはずすのに手間取った。

手が震えていた。彼が両親に会う前に話をしなければ。スーザンの遺言のことを聞いてからずっと、ダーシーはどうしても言わなければならないことをどう言ったらいいか言葉を探していた。それはきちんとした言葉でなければならず、冷静にきちんと言わなければならない。

コリンがドアを開けてくれたとき、どうにかやっと留め金がはずれた。雨は降るというより霧のようだった。空気は重く湿っていたが、傘をさすほどではなかった。レンタカーから降りたダーシーは湿気が髪にからみつくのを感じた。コリンが肘を支えてくれた。彼はいつもやさしく気遣ってくれる。彼やさしさを失うのはいや。でも、今これを言わなければきっとだめになってしまう。ダーシーは彼の腕に手を置き、頭をそらして彼を見上げた。

「コリン、私はずっとこの状況について考えていたの」その調子よ。落ち着いている。内心のパニックは声に出ていない。「あなたがお姉さんの願いを尊重したい気持ちはわかるわ。でも、赤ちゃんはご両親のもとにいたほうがよいかもしれないと考えてみたことはない？」ダーシーは彼の目に否定が浮かぶのを見て、彼にさえぎられないうちにと急いだ。「あなたがご両親としっくりいっていないとしても、赤ちゃんにとってはここは我が家よ。慣れた環境から引き離すのはよくないかもしれないわ。弁護士はご両親が引き取りたがっていると言っているのだし、ここは環境がいいわ。きっと学校も――」

彼はダーシーの唇を指で封じ、早口で流れだす言葉を止めた。「このことを君ときちんと話し合っていないことはわかっている。君の意見を聞かずに決めるのはたしかにフェアじゃない。だが、姉はぼくをアンジーの後見人にした。だからぼくはアンジーをここに置いて帰れない」

「私はただ赤ちゃんのためには何がベストか考えて

みようと――」ダーシーは顔が赤らむのがわかった。

〝嘘《うそ》つき。あなたはじぶんにとって何がベストか考えているのよ。赤ちゃんを連れて帰ったらどうなるかわかっている。あなたは彼を失う〟「あなたは、おじいさんやおばあさんのところでは赤ちゃんはきちんと面倒を見てもらえないと、本当にそう思っているの?」

「君はまだぼくの両親に会っていないから」彼は再び言った。これ以上議論しても無駄だという調子がこめられていた。

「赤ちゃんの父親は?」ダーシーは藁にもすがる思いだった。でも溺《おぼ》れたときには、どんなものにでもすがって助かりたいと思うものだ。

「彼は赤ん坊に一切かかわりたくないそうだ。弁護士の話ではね」

「たとえ今はそう思っていても、気持ちが変わらないとも――」

「彼は結婚していて子供が三人いるんだ、ダーシー。姉はぼくに残した手紙で、彼には何も相談しないようにと言っている。彼は赤ん坊のことは知っていて金を出した。だがかかわりたがっていない」

「まあ」ダーシーはコリンの姉に同情した。彼女はさぞ傷ついたことだろう。だが、ダーシーはいっそうのパニックに陥った。コリンはじぶんの両親に赤ちゃんをゆだねる気はない。赤ちゃんの父親も面倒を見る気はない。これではもう選択の余地がない。

「そんなに取り乱した顔をしないでくれないかな」コリンが微笑した。

「取り乱してなどいないわ」ダーシーは嘘をついた。

彼は私の目の中に何を見ているのだろう。わからない。でも今私を襲っている恐怖ではないはずだ。

ダーシーは感情を隠す訓練をしてきた。表してもいいと思う感情だけを表に出す訓練をしてきた。何を読みとったにせよ、コリンの表情が和らいだ。唇の片端がぴくりとあがり、笑みが浮かんだ。出会って一週間もしないうちにダーシーに彼とベッドをともにする気にさせた微笑だ。

彼は指をダーシーの頬の丸みにすべらせた。「だいじょうぶ、うまくいくよ、ダーシー。約束する。三人でサンタバーバラに帰ったら、ゆっくり話し合おう」

三人で。まさに悪夢の言葉だ。

ダーシーは無理をしても微笑できず、うなずくのがやっとだった。コリンはそれで十分だったらしい。彼はダーシーの冷たい唇にキスを一つした。

「ありがとう」

彼はダーシーの手を握ってセメントの小道を玄関に向かった。ダーシーは死刑場にひかれていく囚人のような気持ちだった。コリンとのこの八カ月はダーシーの一生の中でいちばん幸福だった。けれど、彼が考えを変えず、姉の子供をじぶんで引き受けることにしたら、この幸せはもう終わりだ。

コリンは握っている手を通してダーシーの緊張を感じた。彼女が動揺していることはわかっている。こんな大事なことを一方的に決めるのはフェアでないこともわかっている。赤ん坊が生活の中に入ってきたときの影響について話し合うべきだ。どんな変化があるのか、その変化にどのように対応していくか話し合うべきだ。それよりまず、二人の生活の中に赤ん坊が来ることについて彼女がどう感じているのか尋ねるべきだ。

それらは全部しなければならないことだ。だが今はそういう基本的な手続きを踏んでいられない。スーザンは亡くなり、赤ん坊を彼に託した。彼女の人生の中でもっとも大事なものを姉は彼を信じて託したのだ。姉の願いはどうしても叶《かな》えなければならない。何ものも――たとえダーシーでも――それを妨げることはできない。

ダーシーはわかってくれるはずだ。彼はじぶんに言い聞かせた。あの両親に会えば、こうするほかないのがわかってくれるはずだ。なぜ彼女に相談しなかったのか、彼女の気持ちを聞かなかったのかわかってくれる。

ポーチの階段をあがりながらコリンは胃が締めつけられるのを感じた。家を出たときの彼は十七歳で、おびえていた。怒っていた。今の年齢の半分のときだ。今三十四歳の彼は実業家として成功し、銀行に金もある。じぶんの家があり、車二台を持ち、友達と二人でヨットを共有している。ダーシーに出会ってからの毎日は充実していた。どこから見てもよくできた人生だ。

なのになぜ実家の玄関の前に立つと胃がきりきりするのだろう? 漠然とした、だが何か重大な失敗を犯したようなこの気の重さはなんなのだろう? 子供のころ、彼はいつもこんな気持ちを抱えていた。家を出たときにこれも置いてきたと思っていた。

ダーシーはつないでいる手を引っ張り、コリンが彼女の手を握りつぶしそうに強く握っているのを気づかせた。

「ごめん」コリンは彼女の手を放した。「少し神経がぴりぴりしているみたいだ」

「つらい一週間だったものね」ダーシーは彼の口の隅にできた皺に指を触れた。

気遣わしげな彼女の目を見てコリンは少し慰められた。

彼はダーシーの頬をそっと撫《な》でた。もう何カ月もたつのに、彼女が本当にじぶんの恋人だということがときどき信じがたく思える。一目見たとたんに彼はダーシーに強く惹《ひ》かれた。彼は友達の家のバーベキューパーティに行った。ひまを持てあましていたからだ。帰りたくなったらいつ引きあげてもいいのだと思って出かけた。ダーシーは日だまりの中に立っていた。金髪がまぶしくて目に痛いほどだった。彼はうまいこと自己紹介にこぎつけた。クリスタルのような、淡いグレーの彼女の目に微笑が浮かぶのを見た瞬間、コリンはまっさかさまに恋に落ちた。

ダーシーが小さく身震いしたのでコリンは我に返った。使命を思いだした。スーザンの赤ん坊を両親の家から連れだすのだ。彼はぎこちなく微笑したが、目は固い決意の色を浮かべていた。

「長くはかからない」

コリンは呼び鈴を鳴らさず、つややかな樫《かし》のドアをこぶしで叩《たた》いた。ダーシーが不思議そうな目をした。彼女の胸には疑問がたくさん詰まっていることだろう。コリンは一度も家族のことを話したことがなかった。だから彼がどんな気持ちで故郷に帰ってきたか彼女は知る由もないのだ。しかし思えば、彼もダーシーの家族について知らない。尋ねてみるべきかも――。

ドアの向こうに足音がした。磨きあげた樫材の床にハイヒールの足音がかつかつ当たる音。母だ。家の中でハイヒールをはいている女性は、彼が知るかぎり母だけだ。ドアが開いた。彼は十七年という年月をはさんで母親と向き合った。

彼女はほとんど変わっていない。淡くもなく濃くもない茶色の髪に白いものが交じり、額の皺が二、三本増えただけだ。前と同じ目をしていた。品定めし、彼の足りないところを暴きだす。子供のとき、彼はいつもあの母の目にさらされていた。

「あら、コリン」メイブ・ロバーツのあいさつはすげなく、温かみのかけらもなかった。

「お母さん」コリンは緊張のあまり首が痛くなった。

「お入りなさい」息子と同じ深いブルーの目がちらとダーシーに向けられた。「二人とも」

ドアをくぐりながら、ダーシーはコリンと同じように神経がぴりぴりした。久々の息子の帰郷を喜んで迎える雰囲気ではなかった。

家の中も外観と同じようにきちんとしてきれいだった。明るい色の樫材の床、白に近いクリーム色の壁、壁にはごく淡い落ち着いた色調の水彩画がかかっている。小さな子供にふさわしいインテリアではなかった。コリンが赤ちゃんをここに預けてくれたらという期待がまたしぼんだ。

「何も変わっていない」コリンは独り言のように言った。「ぼくが子供のころと同じだ」

「あなたのお父さんも私もこの家をとても気に入っているわ」メイブは肩越しにふり返った。「変える理由はひとつもありません」

彼女は先に立ってリビングルームに入った。そこの装飾も玄関と同じように色彩に乏しかった。ここの床には淡い黄褐色のビロードの上等な絨毯《じゅうたん》が敷かれている。どんな小さなごみでも汚れでもすぐに目につく。ダーシーはじぶんが足跡をつけていはしないか、ふり返ってたしかめたい衝動を覚えた。

「コリンよ、ウィリアム」メイブは息子を迎えたときと同じそっけない口調で告げた。

ウィリアム・ロバーツと息子はとても似ている。広げていた新聞を脇に置いて椅子から立ちあがった人物を見てダーシーは思った。顔の形といい、白髪の中にちらほらとまだ見てとれる、たばこの葉の色をした髪といいよく似ている。彼の目も青だが、妻や息子の目の色より淡い色だった。

けれど、コリンの目はいつも生き生きと輝き、口元にはすぐに微笑が浮かぶのだが、父親の顔は表情に欠け、口元はかたくこわばっていて、笑うところなど想像できなかった。

「やあ、コリン」彼はしばらく会わなかった知人にあいさつするようにうなずいた。

「お父さん」コリンのあいさつも冷ややかだった。

「こちらはダーシー・ローガン。ダーシー、ぼくの両親だ」

ダーシーは小さな声であいさつをした。ウィリアムはひんやりとした目でざっとダーシーを見てついとそらした。

「あなたは息子の愛人なの？」メイブはトーストにジャムをのせるかどうか尋ねるような口調できいた。

ダーシーはショックで息をのんだ。困惑し返事ができなかった。愛人？　今どきそんな言葉を使う人がいるなんて！　コリンがぎゅっと手を握った。警告かしら？　それとも励まし？

「ダーシーとは五カ月前からいっしょに暮らしています」コリンが言った。「あなた方には関係ないことですが」

「あなたが私たちの孫をどんな道徳環境の中に連れていこうとしているか、私たちは知る権利があるわ」メイブが気難しく唇を結んだ。

「いいや、そんな権利はありませんよ」コリンは喜んでいるように言った。「スーザンは遺言でぼくだけを娘の後見人に指定しているんですから」

「もう少し長く生きていたらスーザンの気持ちは変わっていたはずだ」ウィリアムが重々しく言った。「彼女は結婚せずに子供を産んだ罪を認めはじめていたからな」

「あなたたちのおかげでね。ぼくにはわかってる。あなたたちは毎日四六時中彼女がどんな罪を犯したか彼女の頭に叩き込んだんだ」

「おまえと違って、スーザンはいくらかは思慮分別があった。道徳的なふるまいのなんたるかを少しは理解していた」

ウィリアムはダーシーの方を見なかったが、ダーシーは彼が彼女のことに言及しているのがわかった。コリンの両親の見方によれば、コリンは愛人を持っているのであり――そんな言葉をじっさいに使う人がいるなんて信じられない――スーザンほども思慮分別がないというわけだ。

「赤ん坊はどこです？」

コリンは穏やかな口調で言ったが、ダーシーには彼の胸の内の怒りが感じとれた。

「二階に」メイブはちらと夫の方を見た。「あの子はうちにいたほうがいいというのが私たちの意見よ。率直に言って、あなたには子供を養育する資格がないわ」

「連れてきてください」

「あなたのお父さんと私にはあの子を育てる義務はない。でもそれが私たちの務めだと――」

「赤ん坊を連れてきてくれるんですか。それともぼくが二階に行って連れてこなければならないのかな？」

コリンが断固とした声で母の言葉をさえぎった。

彼の顔に目をやったダーシーは身震いしそうになった。彼があんな怖い目で私を見たりすることがありませんように。

「お母さんに向かってその口のきき方はなんだ」ウィリアムが厳しく言った。「あの子は我々の保護のもとに置くほうがよい。それが我々の意見だ。もし、おまえが――」

「あなたたちの意見などどうだっていい」コリンの目には憎悪に近い感情があふれ、ぎらぎらした。

「スーザンはぼくを後見人に決めた。それに異義があるなら法廷で争ったらどうです」

「おまえは子供のときと少しも変わらないな」ウィリアムは言ったが、その言葉はいい意味で言われたのではなかった。「相変わらず感情的すぎる。そしてまったく思慮に欠けている」

「それはつまり、氷のようなお二人とは違ってぼくが非のうちどころのないモラルの塊じゃないという意味かな。それならすばらしい褒め言葉をもらったわけだ」

「おまえはじぶんのことしか考えていない。子供にとって何が最良なのかまったく考慮していない。我我のもとにいればあの子の将来はまちがいない。あの子は善悪をしっかりとわきまえた――」

「愛を知らない、自尊心のかけらもない人間に育つことはまちがいない」コリンは言った。「あなたたちは子供の心をめちゃめちゃにするつもりなんだ。スーザンの心を押しつぶしたように。ぼくもそうされるところだった。幸いぼくにはスーザンがいてぼくを愛してくれた。スーザンはじぶんのようにぼくがあなたたちにぼろぼろにされないうちに出ていくように諭してくれた」コリンは一歩詰め寄り、身長を強みにして五、六センチ高いところから父親を見下ろした。「さあどうします？　赤ん坊を連れてくるか、それともぼくがこのいまいましい家にずかずか踏み込んで家捜ししなくてはならないのかな？」

コリンは声を荒らげはしなかった。その必要はなかった。目の中に燃える怒りだけで十分だった。父親に殴りかかるかもしれないと心配になり、ダーシーはコリンの腕に手を置いた。ダーシーの手の下の彼の腕の筋肉は固くなっていた。沈黙が流れた。

ウィリアムのほうが目をそらし、色の淡い目を妻の方に向けた。そしてぶっきらぼうにうなずいた。

「子供を」

メイブは唇を引き結んだ。彼女はちらとコリンに目をやった。ダーシーは彼女の目に一瞬何か、強い憎しみのような感情がよぎるのを見た。すぐに消え去ったが、それはダーシーの心に焼きついた。背筋が寒くなった。

いったいどういう人たちなのだろう。息子をあんな憎しみの目で見て、つい最近亡くなった娘を重罪人のように言う。この人たちにはスーザンの死を悼む気持ちが少しでもあるのだろうか？　今ではたった一人となった我が子との絆《きずな》がこれほどずたずたになっているのを悲しく思わないのだろうか？

ダーシーはぞっとし、ワンピースと対の翡翠《ひすい》色のジャケットの胸元をかき合わせた。ここは外よりもひえびえとしている。

メイブはゆっくりとした足取りで部屋を出ていった。彼女が歩いても、ぴんとしたパウダーブルーのワンピースのスカートは揺れもしなかった。彼女はこの家と同じように隅々まで整然としていて、冷たく情がなかった。コリンが何がなんでも姪を引きとろうとするのも無理はない。こんな無菌室のような家で、祖父母のあら捜しの目にさらされて育ったらどうなることだろう。ここに来てまだ十分もたたないが、ダーシーはもう骨まで凍えそうだった。

待っているあいだ誰も口を開かなかった。塵《ちり》一つない、ほとんど色すらない生気に欠けた部屋の中に、父親と息子のあいだの緊張だけがひりひりと尖《とが》っていた。

ほんのいっとき垣間見ただけだが、コリンの両親には情というものが一切欠けているようだった。人を見下すような道徳感も情というなら別だが。

メイブのハイヒールの足音が廊下に聞こえ、ブランケットにしっかりくるんだものを抱いて部屋に入ってきた。突然ダーシーの胸がぎりぎりと締めつけられた。息もできないくらいだった。彼女はコリンの腕から手を離した。コリンは母親の方へ歩み寄った。

メイブは足を止め、ちらと息子と目を合わせた。そして、これ以上議論しても時間の無駄だとわかったらしい。不快感を隠そうともせず、腕の中の赤ん坊を息子に渡した。

コリンはためらわずに抱きとった。ダーシーは、赤ちゃんのことを何も知らない、今まで抱いたこともない男なら一瞬ためらうのではないかと思ったのだが。少しこわごわではあったが、彼はしっかりと赤ちゃんを抱いた。赤ちゃんの顔からブランケットをのけるとき、彼の手が少し震えた。

おじと姪はそっくりな青い目で見つめ合った。赤ん坊は小さな手をもがいてやわらかな白いブランケットの外に出し、宙でふった。あいさつするように声をあげた。

「こんにちは、ちびちゃん」

コリンの表情はまさにとりこになった人のものだった。

赤ん坊のアンジーは、生まれてまだたった六カ月だというのに、賢くも小さな顔をくしゃくしゃにして笑い、小さな二本の歯をおじさんに見せて、しっかりとじぶんをアピールした。コリンはにこにこした。ダーシーは彼の心が赤ちゃんの小さな手の中にまっすぐに落ちていくのを、なす術《すべ》もなくただ見ているしかなかった。

2

「本当に彼女は寒がっていないかな？」コリンがきいた。彼の両親の家を出てから二十分しかたっていないのにこれで二度目だ。

「ブランケットにくるまれているし、ヒーターはきいているし、それに、外は雨だけれど寒くない。ここはシアトルよ。シベリアじゃないわ」

「ごめん」コリンは自嘲《じちょう》するように微笑した。「彼女があんまり小さいから」

「赤ちゃんはみんな小さいわ」ダーシーは方向指示灯を点滅させスーパーマーケットの駐車場に入った。アンジーの持ち物はおむつと粉ミルクだけだった。衣類はサンタバーバラに帰ってからでいいとしても、ほかはそういかない。

中に入るとベビーフードの棚はすぐにわかった。だがその種類の多さに恐れをなしているコリンが気の毒になり、ダーシーはいくつか手早く選んでカートに入れた。コリンが抱いている赤ちゃんを気にしないようにしようとしたが、かなり難しかった。

レジのカウンターで、コリンは小切手帳を取りだすために赤ん坊をダーシーに渡そうとした。

「いいえ！」パニックに襲われ、反射的に言ってしまった。コリンの眉がぴくりとあがった。ダーシーは無理をして微笑した。「私が払うわ。もう小切手帳を出してあるし」彼女は大きくふってみせた。

「オーケー」

コリンが不審そうな顔をしたが、そのときレジ係がアンジーを褒めた。アンジーはブランケットの端から顔をのぞかせ、二本の歯を見せて笑った。レジ係はばかみたいににこにこした。コリンは誇らしげになった。ダーシーは断固として目をそらしていた。

ホテルに戻るころには、ダーシーの胃の中でいがいがした塊がバスケットボールくらいの大きさにふくれあがっていた。一刻も早くバスルームに閉じこもり、肌がシエラブランカ山の地形図のようになるまで熱いお湯につかりたかった。

ダーシーがそう言うと、コリンは防虫スプレーを一本持たされてジャングルの真ん中に置き去りにされるような心細い顔をした。仕方ないわ、彼は建設会社の経営者なのだもの。ダーシーはじぶんに言い聞かせた。彼が赤ちゃんを抱いて途方に暮れた顔をしているとしても当たり前じゃないかしら？

「彼女はおもらししているみたいだ」彼はおろおろした声で言った。

「赤ちゃんですもの、普通のことよ。使い捨てのおむつをたくさん買っておいたわ」ダーシーはスーパーマーケットの袋から紙おむつの箱を取りだし、べッドの上に置いた。

彼の名誉のために言うが、コリンはダーシーにやってくれと頼んだりはしなかった。彼はアンジーをベッドに寝かせ、くるんでいたブランケットをとても丁寧にほどいた。ダーシーの心はバスタブに湯を張りに行くのが身のためだとささやいたが、彼女はその場を動かなかった。アンジーのピンクのロンパースの小さなスナップをはずすコリンの手がいやに大きく不器用に見える。

しばらくして脚が自由になると、アンジーは足を蹴《け》りあげ、両腕をふりまわした。薔薇《ばら》のつぼみのような口を開け、死者でも驚いて蘇《よみがえ》りそうな高い声を出した。コリンはがらがら蛇が鎌首《かまくび》をもたげたのを見たかのように飛びすさった。

「何が悪かったんだ？　ぼくはこの子に痛いことでもしたのかな？」

「どうもしてないわ。赤ちゃんはじぶんの存在をあなたにわからせようとしているだけよ」

「ぼくが気づいていないとでも……」コリンはぶつぶつ言い、おそるおそるまた姪《めい》のそばに行った。

やや骨折った末、彼はなんとかビニールのパンツと濡《ぬ》れたおむつをはずした。アンジーは、お尻が軽くなったのがうれしいのだろう、いっそう元気に足をばたばたさせた。コリンは濡れたおむつを捨て、ダーシーがせめてもの手伝いにと蓋《ふた》を開けた箱から新しいのを取りだした。

紙おむつを片手に、彼はアンジーの上にかがんだ。アンジーは小さな脚をピストンのように動かし跳ねあげる。

コリンはダーシーを見た。その目は、六カ月の赤ん坊をじっとさせるにはどうしたらいいかときいている。

ダーシーは肩をすくめた。

コリンは真剣な顔つきで姪の方へ向き直った。

十分たち、三枚の紙おむつをだめにし、彼の口の端に挫折《ざせつ》の皺《しわ》が刻まれた。四枚目をつかんでいる手の指の関節が緊張で白くなり、目には挑戦の色が浮かんでいる。アンジーが彼を見てにこっとし、何か言った。〝あたしの勝ち〟と言ったように聞こえた。

ダーシーは笑いたいやら気の毒やら、どっちの気持ちが強いのかわからなかった。彼の額には髪がたれかかり、罠《わな》にはまって焦って必死に逃げようとしている動物のような目になっている。シャツの腋《わき》の下に汗のしみがにじんでいる。室内の気温は二十一度ぐらいなのに。

同情が勝った。かかわりたくないとどれほど思っていても、悪戦苦闘しているコリンをただ傍観しているなんてできないことだった。それにあの調子だと、明日の朝飛行機に乗る前に紙おむつがなくなってしまいそうだ。

「私にやらせて」ダーシーはそばに行き、手を差しだした。

「この子はおむつをいやがってるみたいだ」コリンは紙おむつを渡しながら言った。

「この子は誰がボスになるか決めようとしてあなたを試しているだけよ」ダーシーはおむつを赤ちゃんの隣に広げた。

「彼女だ」コリンはあっさり認めた。

「あなたはこんなちっちゃな、七千グラムもない赤ちゃんに降参するの？」

「降参だ」

「いくじがないわね」ダーシーはアンジーを見た。

アンジーは腕をふりまわし、うれしそうにばぶばぶ言った。ダーシーは赤ちゃんに笑顔を返すしかなかった。胸の中で何かが解禁されたような気がした。長い長いあいだ閉ざしていた扉の錠前に鍵《かぎ》が差し込まれたような感じだった。けれど、鍵をまわしてその扉を開けようとは思わない。開けてはいけないのだ。彼女はじぶんに言い聞かせた。二度と。「あなたのおじさんはいくじなしね」ダーシーは赤ちゃんに話しかけた。「彼みたいな大のおとながあなたみたいなちびちゃんにいいようにされてしまうなんて」

ダーシーは一方の手でばぶばぶくうくう言っている赤ちゃんの両踵《かかと》をとらえて持ちあげ、お尻の下におむつをすべり込ませた。一分もするとアンジーはおむつをつけ、くねくねさせている体にロンパースを着せられていた。

「いったいどうやったんだ？」コリンは一部始終をじっと見ていたくせに、手品でも見せられたような顔で言った。

「こつは毅然《きぜん》としていること。彼女は赤ちゃんであなたは大きいおとなだってことを忘れなければいいのよ」

「この子に痛いことをしはしないかと心配だったんだ」コリンは姪を見おろした。

「だいじょうぶ。赤ちゃんはあなたが思っているよりずっと――」言葉がダーシーの喉につかえ、釣り針をのみ込んだように苦しかった。

「強い」コリンがあとを引きとって言った。ダーシーが言葉を詰まらせたのを変に思ってはいないようだった。「そうだな。そうでないと人類の存続が危うくなる。彼女はただとても小さいというだけなんだ」彼はかがみ込んでアンジーの手に触った。するとアンジーが彼の指をつかんだ。「なんて小さい手なんだろう。それに、ほら、この踵を見たかい？」

「ええ」ダーシーはじぶんの声が落ち着いているのでほっとした。

「信じられるかい？」

「信じられないくらいね」ダーシーは声を落とした。コリンがふり返ったので急いで微笑を張りつけ、電話の方へ顔を向けた。「たぶんじきにおなかをすかせて泣きだすわ。ルームサービスに電話してミルクを作るお湯をもらいましょう」

「それにサラに電話をしたい。明日の朝ちょっと買い物を頼めるかどうかきいてみよう」

「買い物？」サラ・ランドールはコリンの秘書で、ダーシーは二、三度会ったことがある。感じのよい人だった。

「赤ん坊のものさ。ほら、ベビーベッドとかベビーカーとか、いろいろ必要だろ。彼女には孫が三人いるから、何を買ったらいいかよく知っているはずだ」

ダーシーはうなずき、電話を取りあげた。「それはいい考えだわ」

赤ちゃん用の家具の買い物は、ダーシーの好きなことのリストの中で、虫歯治療かあるいは髪を紫色に染めることと順位を争っている。


「スーザンがいなかったらぼくはどうなっていたかわからない」コリンは声をひそめて言った。赤ん坊はホテルが用意してくれたベビーベッドですやすや眠っている。「子供のころ、姉がいてくれたからどうにか耐えられた」

彼らはベッドに横たわっていた。ダーシーは肉体的にも精神的にもくたくただったのだが眠れる心境ではなかった。コリンもそうらしい。

「お姉さんとはきっととても強い絆《きずな》で結ばれていたのね」ダーシーは彼の横顔の向こうへ目をやった。薄いインナーカーテンだけ引いてある窓から差し込む満月の光が、部屋を白く清らかに照らしていた。

「ああ。スーザンのことを思わなかったら、ぼくは十七歳になるずっと前に家を飛びだしていたはずだ。彼女を残して行きたくなかったし、彼女がいっしょに来ないことがわかっていたから」

「なぜ？　そんなにひどい状況だったのなら、なぜお姉さんは家を出たがらなかったの？」

「大げさに聞こえるかもしれないが、両親が姉の心を──意志も勇気もこなごなに砕いてしまっていたからさ」コリンが肩をすくめるとシーツが小さく音をたてた。「両親のどちらからも褒められた記憶がまったくない。ほんの小さいときから、ぼくはいつもおまえはなんてだめな子なんだと言われていた。神さまに愛してもらえるようにもっと一生懸命やれと言われた。もし両親がぼくを愛してくれるなら、神さまの愛なんてなくていいとよく思ったものさ」

「ご両親はあなたを愛していたはずよ」ダーシーはそう言ったものの、彼らが昼間コリンに示した冷たい、まるで忌み嫌うような態度を思いだすと、声は説得力を失った。

「そうは思わない。彼らのあいだにすら愛があるのかどうも疑わしい。どちらも冷たくて感情のかけらもない人たちなんだ、ダーシー」彼の声には怒りはなく、事実をそのまま述べているだけだった。「姉もぼくも両親からやさしく抱いてもらったことなんか一度もない。よくやったと言ってもらったこともない。テストの点が悪いと、罪を悔い改めろと部屋に閉じ込められる。そして一週間は口をきいてくれない。よい成績を取っても、よかったとも言ってくれない。いっそ怒ったり怒鳴ったりしてくれたほうがずっとよかった。もし殴られたなら、少なくともそこには何かの感情がある、ぼくに対してなんらかの思いがあるということだ」

「とても寂しい子供だったのね」ダーシーはやさしく言った。小さな男の子だったコリンを思うと胸がちくちくした。

「スーザンがいなかったら悲惨だっただろう。姉が四つのときにぼくが生まれた。姉は愛情を注ぐ相手を、そして愛してくれる者をものすごく求めていたんだと思う。ぼくをまるで我が子のようにかわいがってくれた。いつもかばってくれた。よいことをすると褒めてくれたし、失敗したときにはつぎにはきっとうまくいくからだいじょうぶだと励ましてくれた」

「とてもいいお姉さんだったのね」

「最高の姉だ」コリンは言った。「家を出たあとも連絡を取り合っていた。なんとか生活が立つようになると、すぐぼくのところに来るように言った。何度も言った。だが姉はいつもそのうちにと言うだけで、いつのまにかそれきりに……」彼の声は苦しげだった。じぶんを責めていた。

「コリン、お姉さんをむりやり家から引っ張りだすなんて無理なことだったでしょう」ダーシーはためらいながら彼の肩に手を触れた。筋肉が瘤《こぶ》のように固くなっていた。「それはお姉さんがじぶんで決めることですもの」

「スーザンは両親から離れるのを恐れていたのかもしれない。あるいはぼくの生活に入ってくるのを遠慮したのかもしれない」

「かもしれないわね。でも、だとしてもお姉さんはじぶんで決めたのよ。あなたが差しだした手を彼女が取らなかったからといって、あなたがじぶんを鞭《むち》打つことないわ」

長い沈黙があった。今言ったことをコリンが考えてくれているのだといいけれどとダーシーは思った。お姉さんが選んだ道について彼が責めを負うことはないのだから。その人にとって何が最善であれ、それを押しつけることはできない。

「姉は病気のことを言ってくれなかった」

あまりつらそうな声だったのでダーシーの胸がよじれた。

「きっとあなたを心配させたくなかったのよ」

「病気だと言ってくれていたら、ぼくは飛んできていただろうに」

「ええ、わかるわ」ダーシーはそっと動いてコリンの方に少し体を寄せた。

「ひと月前に電話で話した。元気にしているかどうかきくと、彼女は少し疲れているけれどそれだけのことだと言った。ぼくは急いでいたので、姉に愛していると言いそこねてしまった」

彼は声を詰まらせた。

「お姉さんにはわかっていたわよ、コリン。わかっていた。私は絶対にそう思うわ」喉に塊がこみあげ、ダーシーの声はかすれた。

彼女は衝動的にコリンの首の下に腕を入れ、彼を引き寄せた。彼は一瞬慰めを拒むように体をこわばらせた。だがそれは一瞬で、彼は発作的な激しさでダーシーにすがりついた。

「ぼくは姉さんに別れも言えなかった」

コリンの腕に締めつけられて痛かったが、ダーシーはそのままでいた。豊かな彼の髪を撫《な》で、黙って慰めた。彼にしてあげられることはそれくらいしかない。傷を癒《いや》せるのは時間だけだ。

でも、時ですら癒せないほど深い傷もある。ダーシーはコリンの頭越しに、ベビーベッドとそこに眠っている赤ちゃんにうち沈んだ目を向けた。


前の晩に感情的になったことでどちらもが多少のきまり悪さを感じていたとしても、それはあわただしい出発のしたくの中にまぎれてしまった。アンジーは朝型人間ではなく、そのことをものすごい泣き声で主張した。

かわいそうだがどうすることもできない。空港に向かう車の中でアンジーはずっと声を張りあげていた。だが飛行機に乗り込むころには、赤ん坊は昨日のような愛らしさをいくらか見せてくれた。機内ではコリンは彼女に哺乳《ほにゅう》瓶をくわえさせておいた。ダーシーがそうしたらと言ったのだ。それが魔法のようにきいたらしく、シアトルからサンタバーバラまでアンジーは涙を一粒もこぼさなかった。

新しい我が家に着くとアンジーはくっくっとうれしそうな声をあげた。一方おとなたちは疲れてぐったりしていた。いろいろあった一週間のあと、コンドミニアムの建物がパラダイスのように見えた。ダーシーは車から降りるとすぐに太陽を仰ぎ、そのぬくもりを全身に浴びた。

でも、カリフォルニアの太陽でさえ心の芯《しん》までは温めてくれない。アンジーを腕に抱いて車から出てくるコリンを見ながら彼女は思った。彼と目が合うとダーシーは微笑を作った。彼は今抱えているものだけでも手いっぱいだ。お姉さんに死なれ、突然赤ちゃんを引きとって育てることになった。これ以上、私の心の闇《やみ》まで負わせることはない。

サラ・ランドールはここぞとばかりに有能さを発揮した。乳幼児に必要なものをすべて買い揃《そろ》え、二人が帰る前に全部が届いているように手配し、それだけではなく、コリンの共同経営者のキール・ジャクソンがコンドミニアムの鍵をあずかっていたので、彼ら二人で予備寝室にとりあえずの子供部屋をしつらえておいてくれた。

疲れていたので、ダーシーは二人がいてくれるのがありがたかった。とくにサラがいてくれるのが。サラはいそいそとアンジーを抱き、なんてかわいい赤ちゃんでしょうと感極まった声をあげた。彼女がにぎやかにふるまっていてくれれば、ダーシーが黙りがちでも皆はあまり気にしないでくれるだろう。アンジーがとてもかわいくて愛敬《あいきょう》のある赤ちゃんだということに異論があるわけではなかった。ただ、気持ちを近づけたくないのだ。近寄らないようにしていたいのだ。

今夜だけはなんとかやりすごそう。キールがコリンに先週の仕事の話をしているのを耳半分で聞きながら、ダーシーはじぶんに言い聞かせた。明日は仕事に出るのだから、アンジーに目がいくたびに心臓がよじれそうになる苦しさと闘わなくてすむ。

時間と距離。こんどのことを冷静にきちんと考え、頭の中を整理するのに時間と距離はどうしても必要だ。この状況にどう対処すべきか。二、三日で気持ちが決まるだろう。決め方の幅はあまりない。じぶんの生活の中に――コリンとの生活の中にアンジーを受け入れることができるか、あるいはコリンをあきらめるかだ。ダーシーはコリンをあきらめたくなかった。だとすれば、なんとかしてアンジーと折り合いをつけるしかない。

ダーシーははっと目を覚ました。心臓が激しく打ち、ぐっしょり湿った肌が冷たかった。悪い夢を見て目が覚めてしまったのだ。夢で見ていたものはすでにかき消えていたが、恐ろしさはしっかり残っていて、ぶるぶる体が震えた。ずいぶん長いあいだこの夢を見なかったが、その夢を見たあとはいつもこうだ。どんな夢だったのか思いだせない。覚えているのは赤ん坊が泣き叫ぶ声だけ。

泣き声がした。ダーシーはびくんと体を起こした。息が喉に詰まった。頭はまだぼんやりとしている。一瞬悪夢がこっちの世界までじぶんを追いかけてきたような気がした。本当にそうなるのではないかとダーシーはいつもおびえていた。また泣き声がした。そのときにわかった。あれはアンジーだ。

悪夢の亡霊ではなく、生身の赤ちゃんが泣いているのだ。体中の力が抜けた。ほっとしてすすり泣きまじりのため息をついた。アンジーがまた声を張りあげた。コリンがもぞもぞと身動きしたので、ダーシーはもう一度枕《まくら》に頭を沈めようとした。彼が起きるだろう。コリンはアンジーを引きとった最初の晩からいつもそうしている。

泣き声がまたひときわ甲高く響いた。あれは寂しがって、誰か来てと呼んでいる泣き方だ。ダーシーはとっさにベッドを飛びだしていた。あの泣き声を無視するのは水の上を歩いて渡るより難しい。その泣き声はダーシーの中に深く埋もれていたやむにやまれぬ母親の反応を呼び覚ました。

ベビーベッドを入れて子供部屋に姿を変えた予備寝室のどっしりした樫《かし》材のドレッサーは、今やアンジーのたんす兼おむつを替える台になっている。ダブルベッドは、ベビーベッドやベビーカーやチャイルドシートや玩具《おもちゃ》の箱のスペースを空けるために隅に押しやられた。アンジーは来たときにはほとんど身一つだったが、コリンがあれもこれもと揃えてやったので、今ではずいぶんと物持ちだった。

ダーシーが部屋に入っていくとアンジーがまたわあっと泣いたが、その声はだんだん細くなり、切なげな小さいしゃくりあげになった。

スタンドの常夜灯が散らかった部屋をぼんやり照らしている。ダーシーは乱雑なありさまには目もくれずに部屋を横切り、ベビーベッドのそばに行った。アンジーは仰向けに寝ていた。涙に濡れた顔がくしゃくしゃだった。

「どうしたの？」ダーシーはやさしく言った。

アンジーがぱっと目を開けた。ダーシーをじっと見つめた。この人は何者なのだろうと考えているみたいだった。ダーシーはアンジーが来てからずっと極力近づかないようにしていた。考えた末、選択肢はそれしかなかった。

策ともいえないばかみたいな策だが、これまでのところかなりうまくいっていた。アンジーが泣いてもとにかくここには来ない。むろん、そうはいかないことも幾度かはあった。コリンがシャワーを浴びたり電話をしているときにアンジーが泣きだしたりすれば仕方なかった。知らん顔をしているのは赤ちゃんがかわいそうだし、彼の姪を避けていることがあからさまにコリンに伝わってしまう。ダーシーがアンジーに対して、赤ちゃんというものに対してどんな気持ちを抱いているか、それをコリンにきかれるのは絶対にいやだった。

アンジーは心を許すことにしたのだろう、抱いてちょうだいと小さな腕を差しだし、ばぶばぶと声を出した。〝どうしてもっと早く来てくれなかったの？〟と言っているようだった。この子は私をお母さんだと思っているのかしら？　それともこの子はスーザンのことを覚えていて、母親がなぜ突然いなくなってしまったのか不思議に思っているのかもしれない。

アンジーがまたばぶばぶ言い、早く抱いてと急《せ》かすように腕をのばした。だが、ダーシーはためらっていた。抱かなくてすむならそうしたい。あまりにもつらかったから。だがばかげている。何年も赤ちゃんを抱いたことがないというわけでもない。

去年、ダーシーが勤務している銀行はちょっとしたベビーブームで、毎週誰かしらが生まれた赤ちゃんを連れてきていたと言ってもいいくらいだった。ダーシーはどの子も抱いたし、褒めちぎっただけでなく、あの記憶を遠くに追い払っておくこともできた。けれどアンジーは別だ。アンジーはいっときそうやってやりすごせばいいのとは違う。アンジーはここにずっといるのだ。うっかりするとつい慣れ、つい近づきすぎてしまいそうだ。それはどちらにとってもよいことではない。

コリンは突如生活を一変させた未経験の父親業をなんとかこなすのに精いっぱいで、ここしばらくほかのことに注意を向ける余裕がない。彼はアンジーが新しい環境に心地よくなじむように一生懸命で、会社の経営すらパートナーのキール・ジャクソンに任せがちだった。だがいろいろなことが少し落ち着いてくれれば、ダーシーが彼のかわいい姪に、けして無関心ではなく、いい助言もするくせに、なぜか距離を置いているのに気づくだろう。なぜ用心深くアンジーに近づかないようにしているのかその理由を知りたがるだろう。

そのときにはなんと言おう。こう答える？〝ごめんなさい、理由などなくただ赤ちゃんが苦手なの〟

それともいちかばちか本当のことを打ち明け、コリンに見下げ果てたやつだと刻印を押される？ 考えるとダーシーは胸がひどく痛んだ。

なかなか抱いてもらえないアンジーは笑顔がしぼんでいき、下唇が悲しそうに震えてべそをかきはじめた。

ダーシーは反射的に腕を差しだした。アンジーはじきに火がついたように泣きだすだろう。シアトルから帰ってからずっとコリンは十分に睡眠をとっていない。彼をゆっくり休ませてあげられるなら、この子のおむつを替えて寝かしつけるくらいのことはしてもいい。

アンジーを抱くのはこれが最初ではなかった。だからずっしりと腕に重たくてもびっくりはしなかった。だが腕の中で小さな体がもぞもぞ動くと、やはり心臓が縮んだ。胸がきりきりして息が詰まり、ダーシーは一瞬目をつむった。

喉の塊をのみくだして目を開けて深呼吸をし、心を今このときだけに向けようとした。アンジーをドレッサーのところへ抱いて行って横たえた。このくらいならできる。六カ月の赤ちゃんのおむつを取り替えてベビーベッドに戻すくらいしくじらずにできる。おむつを替えるだけのことに恐慌をきたす必要はないのだ。ほんの二、三分。そうしたらまたベッドにもぐり込み、コリンに体を寄せて、彼のぬくもりで心の寒さを追い払おう。赤ちゃん一人のおむつ替えにいったいどれだけ時間がかかるというの？

しかし、思ったより時間がかかった。アンジーはおむつを取り替えてもらうより、体を動かしたり脚をばたばたさせたりしたがった。おむつカバーを脱がそうをすると、脚を縮めて腕をふりまわした。ちょっとてこずったがダーシーはこの戦いに勝ち、戦利品を――おむつカバーとぐっしょり濡れた紙おむつを手に入れた。アンジーはにこにこして、うれしそうにばぶばぶ言った。

「あなたが協力的だったとは言わせないわよ」

ダーシーはおむつをおむつ用のごみ缶の中に落とし、そばに積まれた新しい山から一枚取った。アンジーは両足を蹴りあげた。お尻に何もついていないのが気持ちがよいのだろう。夜の一時に相手をしてくれる人がいることにご満悦なのかもしれない。あるいは生きていることがただうれしいのかもしれない。

ダーシーは思わずほほ笑んだ。いいわね。生まれて六カ月で、なんの心配もなく、ただ大きくなればいい赤ちゃんは。アンジーのこれまでが一点の曇りもない楽しい絵本の物語のようだったわけではないけれど。生まれて半年で孤児になるなんて悲しい。でもアンジーには救ってくれる人がいた。コリンがいた。ダーシーは紙おむつをアンジーのお尻の下に入れた。

私もコリンに救われた。でも彼はそんなことを知らないだろう。彼に出会う前のダーシーの日々は灰色だった。白状すれば、じぶんでそうしていたのだ。じぶんのまわりにせっせと壁を築いた。人と親しくならないようにした。傷つくのを恐れて心を開かなかった。

そんな中でコリンに出会った。彼は壁に気づかなかったらしい。たとえ気づいたとしても、彼は突破しただろう。気づくとダーシーは再び色彩のある世界にいた。コリンはじぶんが何をしたかわかっているだろうか？　彼は私を殻の中から引っ張りだし、またいろいろなことを感じられるようにしてくれた。それはまた傷つきやすくなったということでもあるのだけれど。

「ちびちゃん、あなたはとてもラッキーよ」ダーシーはアンジーに言った。「あなたのおじさんのコリンはとてもすばらしい人なの。彼のようなおじさんがいてあなたは幸せね。私も彼がいるから幸せよ」

でも、いつまでそれが続くかしら？

ダーシーはその疑問を心から追い払った。もがく赤ちゃんにおむつをつけ、抱きあげた。まぶたが重たくなっているのに、アンジーはすぐに眠るつもりはないらしい。がんばっているその顔を見てダーシーはほほ笑まずにはいられなかった。

「あなたは小さいがんこちゃんなのね？」

アンジーはぶつぶつ言い、落ちかかったまぶたをむりやり開けた。ダーシーはアンジーをやさしく揺すり、歌うように言った。

「眠っているあいだに何か大事なものが消えてしまうかもって心配なの？　だいじょうぶ。明日の朝が来てもぜーんぶあるわよ」

ダーシーは意味もないことを言い続けた。意味はどうでもよかった。声を出していることが大事だった。何か言っていれば、距離をとらなくてはいけないことを、心を近づけてはいけないことを忘れていられる。腕の中のやわらかい重みがうれしかった。なつかしかった。

明かりのほのかな部屋は心地よい天国だった。安全だった。安心だった。ダーシーはいつの間にか小さな声で歌っていた。彼女は今しばらく赤ちゃんに近づいてはいけない理由を忘れ、久しぶりに腕を満たしている感触を素直に楽しむことをじぶんに許した。

3

　女性と赤ん坊が作りあげているこのシーンほど美しいものを見たことがない。戸口にたたずむ男はそう思った。ダーシーが着ているのはなんの変哲もない大きすぎるサイズの白いTシャツで、裾《すそ》が腿の半分まで届いている。ただのTシャツがどうしてこんなにセクシーに見えるんだろう。だが、この六カ月のあいだに一つわかったことがある。つまりダーシー・ローガンはごみ用のポリ袋をまとってもセクシーなのだ。

　しかし、今彼の心にあるのはセックスのことではなかった。少なくともそのことだけではない——Tシャツの裾の下にのびているすらりとした脚を見て

彼は訂正した。女性が赤ん坊を抱く姿というのはこんなにも美しいものなのだ。彼は今はじめてそれを知った。アンジーの顔をのぞき込んでいるダーシーの表情のやさしさが、コリンの内側の深いところをじんと熱くした。

　彼女は実に自然に赤ん坊を抱いている。ぎこちないところは一つもない。まさに完成された母子像だ。ふと姉を思い、彼の胸は痛んだ。スーザンはもうあの子を抱くことも子守歌を歌ってやることもできないのだ。だが、姉の命の一部が小さなアンジーの中に残されている。姉を生き返らせることはできないが、彼女がぼくに託した願いにこたえて最善を尽くそう。ぼくは姉のためにじぶんの手であの子を育てる。ダーシーが手を貸してくれたら助かるが……。

　ダーシーは赤ん坊がそばにいるとひどく居心地が悪そうだ。アンジーに生活をかきまわされるのを恐れているのかもしれないと思う。その気持ちもわか

る。たしかにアンジーは彼の生活を撹乱《かくらん》している。ダーシーが危惧《きぐ》を抱いていたとしても無理はない。

彼女は赤ん坊の世話をした経験などないだろう。コリンの知っているかぎりはそのはずだ。だが、おむつを替えたり、湯あみをさせたり、食べさせたりといった、彼がはじめてすることにてこずっていると、ダーシーはいつも適切な助言をしてくれる。コリンにはすごくありがたいという気持ちだけがあり、なぜそんなによく知っているのかきいてみようとも思わなかった。漠然と、女性には生まれつきそういう能力が備わっているんだろうくらいに考えていた。しかし、おむつの替え方の技術まで遺伝子に組み込まれているだろうか。

今アンジーを抱いている彼女は、あの子が生まれたときからずっとそうしてきたかのようにとても自然で無理がない。妬《や》けるくらいだ。いったいどうしてなんだ？　コリンはふと気づいた。ともに暮らしはじめてもう半年になるが、彼女についてほとんど何も知らない。今現在の二人の関係に満ち足りていたので過去のことを語り合う必要を感じなかった。だがそろそろ物事を変えるときかもしれない。

「君は赤ん坊の世話がとてもじょうずなんだね」コリンは静かに言った。

彼女はびくりとし、ふり返った。寝ついた赤ん坊を起こさないようにそっと。部屋の明かりは暗かったが、コリンは彼女の顔に後ろめたそうな表情がちらとよぎるのを見たような気がした。まるでしてはいけないことをしていたのを見つかったように。しかしそれは一瞬で、すぐにいつもの顔――赤ん坊にかかわるときにはいつもそうであるように、用心深く感情を隠した顔になった。

「おむつを替えるのにそれほどの才能はいらないわ」

彼女は冗談めかすように言った。

「ぼくはどうしていいかわからなかった」コリンは苦笑しながら部屋に入った。「何度もやってやっとマスターした。君が手本を見せてくれなかったらお手上げだったろうな」

「まさか。家を建てられる人がいつまでもおむつごときにてこずっているはずがないわ」ダーシーは穏やかに、だがそっけなく言った。

「家は釘《くぎ》を打つときにぐにゃぐにゃ身をくねらせたりしない。はじめてやったときは、正直なところ、この子には脚が六本あって、そいつが全部いっせいに動いているんじゃないかと思ったよ。君が助けてくれなかったら、ぼくは今もまだシアトルのホテルでこの子を相手に、ちょっとのあいだでもじっとしててくれないかと焦っているんじゃないかな」

「じっとしてくれるまで待っているつもりなら、まだ待ってたでしょうね。赤ちゃんはじっとしていないものなの」

彼女はアンジーをベビーベッドのところへ連れていった。コリンはついていき、彼女が赤ん坊をマットレスの上にそっと寝かせるのを見ていた。

「今じゃぼくも知っているが。君は赤ん坊のことにどうしてそんなに詳しいんだ？」どうということもないその質問にダーシーが体をこわばらせるのをコリンは感じた。ほんの一瞬返事に詰まった。

「ベビーシッティングで学んだの」彼女は言った。「ティーンエージャーのころによくベビーシッターをしたのよ」

「知らなかったな」

「わざわざ知るほどのことじゃないでしょう」彼女は片方の肩を軽くすくめた。

彼女の口調にはどこにも不自然なところはなかった。さっき感じたぎこちなさは気のせいだったのかもしれない。コリンはアンジーにピンク色の綿毛布をかけてやった。

「すぐに蹴《け》ってはいでしまうわ」ダーシーが言った。

「わかってる」コリンは指の甲でそっとアンジーの頬に触れ、いつもながらそのやわらかさに驚嘆した。「なんて小さくて頼りないんだろう。今にも壊れてしまいそうで怖いみたいだ。ちょっと緊張してしまうよ」

「ええ」彼女の声の中の何かがひっかかり、コリンはふり返った。が、ダーシーはすでに向こうを向いてしまっていたので表情は見えなかった。「彼女はもう寝ついたから私はベッドに戻るわ」

「ぼくもすぐに戻る」コリンは彼女の背中に向かって言った。

ダーシーが部屋を出ていくとコリンはまた眠っている赤ん坊に目をやった。両手をベビーベッドの枠に置いてアンジーを見下ろしたが、実は赤ん坊を見ていなかった。彼の目に映っていたのはさっき廊下から見たダーシーの姿だった。彼女の顔は穏やかで輝くばかりのやさしさに満ちていた。しかしコリンに気づくやいなやその表情は、あとかたもなく拭《ぬぐ》い去られた。まるでアンジーをかわいがっているところを見られてはまずいかのように。

いっしょに暮らしはじめてじきに、コリンは彼女がじぶんをほとんど見せない女性だということに気づいた。彼にとってダーシーはいまだに氷山のようだ。見えているのはほんの一部で大部分は隠れている。彼はダーシーが何か大事なことを隠しているような気がしていた。ときどきじぶんは彼女についてほんの少しでも知っているのだろうかと思うことがある。

アンジーが眠りながら身動きし、小さな毛布が半分ずり落ちた。コリンはちょっとほほ笑み、小さな体にかけ直してやった。彼は一本の指先で赤ん坊の頬をそっと撫《な》で、体の向きを変えて部屋を出た。

コリンが寝室に戻ってきたとき、ダーシーはベッドの中にいた。目はもう暗さに慣れていたので、コリンがドアを半分だけ閉めてベッドの方へやってくるのを見ていた。彼は上半身裸で、ダーシーの視線は、肉体労働で鍛えられた筋肉を覆う胸毛に吸い寄せられた。コリンは金槌《かなづち》をふるっている姿も、青写真を調べている姿もどちらもすてきだ。

暗いので見えないが、彼の肌は日焼けしている。日なたでシャツを着ないで働くからだ。胸毛は平らなおなかを横切り、だんだんに細くなり、その先は骨腰にひっかけるようにしてはいている黒いコットンのパジャマのズボンの中に消えている。

心が動揺していたにもかかわらず、ダーシーは鳩《みぞ》尾《おち》の奥が熱くかきたてられるのを感じた。毎晩いっしょのベッドで寝ているが、コリンの姉の死の知らせが来てからは愛し合っていなかった。もうそろそろ二週間になる。

コリンがベッドのそばで立ち止まった。光が乏しいので表情までは見えなかったが、彼の目が光り、彼が見つめているのがわかった。暗さのせいか、夜のこんなに遅い時間だからか、あるいは二週間たったストレスのせいなのか、ダーシーは突然コリンがものすごく男らしく感じられ、胸が苦しくなった。

彼はベッドの上にぬっとそびえているように見えた。彼がパジャマのズボンに手をかけて少しずつ下におろした。ダーシーは欲望のうずきを感じたが、そこには女であるがゆえの不安も少しまじっていた。コリンを恐れているのではないが、女と男の大きな差にあらためて気づいた。彼はじぶんよりはるかに強い。彼が強くたくましいのはすてきなことだ。けれど強さの中には危険も潜んでいる。

彼のパジャマのズボンが腿まで引き下げられた。そこに現れたものを見てダーシーは大きく息をのんだ。そ れが聞こえたのだろう、コリンは男らしさを見せつけるように尊大な笑みを浮かべた。体の内が熱く溶けだしていなかったら、そんな得意げな顔をした罰に、彼の肋骨《ろっこつ》にパンチをめり込ませてやったことだろう。ダーシーは早く彼をベッドに引き寄せたかった。鳩尾の奥がうずいていた。その渇望を癒《いや》してほしい。それができるのはコリンだけだった。

だが彼はまたにやりとし、両手を腰につがえていっそう見せびらかすように片膝を軽く曲げ、さあどうだというようなポーズをしてみせた。この魅力には抵抗できないだろうと挑発している。ダーシーはあらがえないし、コリンはそのことを知っている。笑っている青い目が憎らしかった。けれど、ダーシーは戦わずに屈するつもりはなかった。

ダーシーは上掛けをめくって床に立った。コリンには一瞥《いちべつ》もくれず、白いTシャツの裾をつかみ、ゆっくりと、少しずつ持ちあげた。

シャツがヒップの上まであがり、脚の付け根にふわりとしたブロンドのカールの三角形が出現するとコリンの口はからからに干上がった。ほっそりとしたウエストのカーブと臍《へそ》の魅力的なくぼみが現れたところで彼女は手を止め、横目でちらとコリンを見た。彼は爪先まで欲情した。

彼女はまた少し胃のあたりまでシャツをあげた。乳房のふくらみがちらと見えた。コリンは指が手のひらに食い込むほどぎゅっと手を握りしめた。彼女をつかみ、Tシャツを引き裂いて彼女の背中をベッドに留めつけたくてじりじりした。彼女がまたコリンを見た。彼がどれくらい燃えあがっているかたしかめるように。そして満足したのだろう、彼女はTシャツを引きあげて頭から抜いた。

コリンは息を止めた。彼女が全裸になる瞬間は何度見ても息詰まるシーンだった。Tシャツを脇《わき》に落とすとき豊かな胸のふくらみが揺れた。両手をあげて髪に指を通す。腕をあげながら少し横を向いたので完璧《かんぺき》に美しい乳房の形が見えた。

　このゲームは前にもしたことがある。無関心を装いながら相手をからかい、触れ合わずに目だけでたがいを刺激する。ゲームの終わりは決まっているが、ゆっくりと火をかきたて、どんどん熱くなっていくのが楽しい。

　今夜、コリンはことをゆっくりと引きのばす気分ではなかった。この前彼女に触れてから何カ月もたっているような気がした。もうずいぶん長く彼女のやわらかな金色の肌に触れていない。

　彼の両手がヒップを包むとダーシーは小さくあえいだ。彼は荒々しいほど強く引き寄せ、カーブのまるみに手を這《は》わせた。ダーシーは頭をのけぞらせた。彼女も同じように気が急《せ》いていた。彼は唇を重ねるとすぐに舌を入れた。ダーシーの渇望はいっそう激しくかきたてられた。

　彼女は指をコリンの岩のように固い上腕の筋肉に食い込ませた。体をねじってもっと押しつける。熱く固い高まりがやわらかな下腹部に当たると、声がもれた。彼がこんなふうに抱いてくれるのは、こんなふうに愛してくれるのは久しぶりだった。

　コリンはダーシーをベッドに横たえ、マットレスに肘をついて体を支えながら彼女の上に覆いかぶさった。彼の膝が膝のあいだに入ってくると、ダーシーは脚を開いた。

「待てない」彼はかすれた声で言った。

「誰がそうしてと言った？」ダーシーはささやき、ヒップを浮かせて誘った。

　コリンは一気に侵入し、彼女を満たした。ダーシーは大きくあえいで体をそらし、もっと深く彼を受け入れた。魂に届くほど彼を感じたかった。彼をじぶんのものだと、じぶんだけのものだと感じたかった。

　コリンは湿った熱い世界に包まれてうめいた。彼はじぶんを、どこもかしこも完全な人間になったように感じた。そんなことができるのは彼女だけだ。彼は彼女の両手を取ってベッドに押さえつけ、体を動かした。

ダーシーは踵《かかと》をマットレスに沈め、背中をそらせて彼を迎えた。彼は体を沈めた。厚い広い胸がダーシーの胸を押しつぶし、胸毛が乳首にこすれた。体が動くたびにダーシーの体の奥深くにあるコイルがきりきりと締めあげられ、もう耐えられなくなった。

コリンは彼女の下に両手を入れ、やわらかなヒップをつかみ、引き寄せた。いっそう深く交わり、彼女の魂にまで届くほど深く、究極の深みにじぶんをうずめた。

彼女のありとあらゆる感覚がはじけてこなごなになった。息が残っていたならダーシーは叫びをあげただろう。けれど息も魂も心もすべて彼に奪われていた。彼女はコリンの汗で濡《ぬ》れた肩に指を食い込ませ、よろこびにすすり泣いた。

彼女がクライマックスに達したのがわかるとコリンはうめいた。筋肉のこまかな震えに包み込まれながら、彼はじぶんもまっしぐらに、彼女を引きあげ、押しつけて、彼女の爪がぎりぎり肩に食い込むのを感じながらのぼりつめた。

歓喜の涙にかすんだ目で、ダーシーはコリンの顔を見上げた。頬骨の上の皮膚がひきつり、唇のあいだから歯をのぞかせ、うなるような声をあげる彼を。ダーシーは脚を持ちあげ、彼の腰にからめてコリンに体を押しつけた。これ以上なく深く体が合わさり、彼はダーシーの上にくずおれた。快楽の大波が長く長くどこまでもうねっていくようだった。

ずいぶんたってからダーシーはやっと目を開けた。消耗した体がぐったり重いが、コリンに押さえつけられていなかったらベッドから浮きあがってただよいだしそうだった。肌が心地よく粟立《あわだ》っていた。

コリンが体を動かし、両肘をついてダーシーを見下ろした。暗いので表情は読みとれなかったが、彼が微笑すると歯が白くひらめいた。

「じらすとどういう目にあうかよくわかっただろう、ミズ・ローガン」

「とてもよくわかったわ、ミスター・ロバーツ」

どちらも落ち着いた声で言った。

「以後忘れないように」

ダーシーがちょっといたずらをしたのでコリンの声が最後のところでうめきになった。

「はい、もうじらしたりいたしません」ダーシーは無邪気に目を見開いてみせたが、体は無邪気とはほど遠いことをしていた。

「よし」コリンは腰を動かしてまた高まっていることを彼女にわからせた。

「ええ二度とじりじりさせたりは」ダーシーは普通の声を出すのに苦労した。

「ぼくはじりじりさせられるのが好きだ」

コリンは両手でダーシーの髪を包んで彼女の頭をのけぞらせた。喉の付け根に彼の歯が触れるとダーシーは快感に身震いした。

こんどは急いで駆り立てられはしなかった。欲望はゆっくりと高まり、ゆっくりとのぼりつめながら、二人の体はいつの間にか溶けて一つになっていた。どこまでがさっきのつづきなのか、どこからこんどがはじまったのかわからないくらいだった。ダーシーはコリンに対するじぶんの反応にいつもびっくりする。じぶんはどちらかと言えば冷たいほうだと思っていた。けれどコリンは彼女の中から燃えさかるものを引きだす。時には怖いほどに。

再び世界が揺らいでまわりだし、ダーシーはうめいて彼の肩にすがりついた。

少しのあいだダーシーはコリンを失いそうな不安を頭から締めだしていられた。

4

「ちょっと食事に行くだけで、赤ん坊一人にこんな重装備がいるなんて信じられないよ。ゴビ砂漠を行軍する陸軍の小部隊だってずっと軽装だ」

ベビーシートや大きくふくらんだおむつバッグと格闘しているコリンを見てダーシーは笑った。アンジーを連れて出かけるのは、シアトルから彼女を引きとってきて二週間たつが、これがはじめてだった。

「陸軍は赤ちゃんがいるものを持っていく必要がないからよ」

「これが全部必要で、こんなのを担いでいかなくてはならないとしたら、戦争の数はずっと減るだろうな。新兵訓練キャンプの一人の三カ月分の持ちものだってずっと少ない」コリンは言った。「それに夜もろくろく眠れないんだから疲れて戦闘どころじゃない」

最後のところは玄関から車まで荷物を運びながら、コリンはぶつぶつこぼした。

ダーシーは赤ちゃんと中に残っていた。アンジーはソファに寝かされていて、転がっても落ちないようにまわりにクッションを積んである。アンジーはソックスを片方引っ張って抜いてしまい、足の爪先を噛《か》もうとしていた。

ダーシーはアンジーを抱きあげたくて手がうずうずしていたが、じっと我慢した。彼女はこの事態について始終考えていた。シアトルから戻って以来、ほかのことは何も考えられないくらいだった。これはまったく無理な事態だった。ダーシーは一切乳幼児にかかわりたくない。だがコリンと赤ちゃんは今や切り離せない。

そして絶対に揺るがないことが一つある。ダーシーのコリンといっしょにいたいという気持ちだ。六年間何も望まず、とくに人には何も望まず固く心を閉ざしてきた者にとって、怖いような気持ちだった。コリンと半年暮らしてきたが、アンジーが生活に入ってこなかったら、じぶんがどれほど彼を支えに思い、どれほど必要としているかに気づかなかったかもしれない。

アンジーに対しては最初、拒絶反応だけだった。コリンはそれほど大事な人ではないとじぶんに言い聞かせたが、それは違う。それにダーシーはじぶんをごまかすのが下手だった。コリンが現れる前の、無菌室の中に閉じこもっているようなわびしい暮らしに戻りたくない。それが本音だった。コリンと出会って見つけたもろく危うい幸福。一切を知ったらコリンはきっと私を嫌うだろう。でも、これがどれほど危うい幸福であっても失いたくない。その幸福をくれた人を失いたくなかった。

だとすれば、コリンにお姉さんの子供をどうにかしてとは言えないのだから、ダーシーがアンジーのいる生活とどうにか折り合っていくしかないのだ。それほど難しいことではないはずだわ。じぶんの足の親指をうれしそうにしゃぶっている赤ちゃんを眺めながら、ダーシーは胸の中でつぶやいた。コリンは私の態度が変だとは思っていない。今までのところは。もし気づかれたら、私は母性的なタイプではないのだと言おう。そして心をアンジーから遠ざけておく。物理的な距離を置く。

それくらいのことは難しくないでしょう?

じぶんの爪先に飽きてしまったアンジーは、新しい玩具《おもちゃ》を探してきょろきょろした。ふりまわした手が布製のブロックに当たった。足の親指をしゃぶる遊びを発見する前にはそれで遊んでいたのだ。アンジーはブロックを持ちあげ、昆虫学者が新種のかぶとむしを観察するように真剣そのものの顔で眺めた。

アンジーの目はおじと同じ明るい、心を溶かすようなブルーだ。ダーシーは我知らずほほ笑んでいた。

「用意はいいかい？」

コリンの声がし、ダーシーはびくんとしてドアをふり返った。

「ええ」別に悪いことをしていたわけではないのに。

ダーシーはじぶんを叱《しか》った。

「ぼくのいちばん大事な二人の女の子はご機嫌よくしているかな？」

コリンの声がするとアンジーはたちまち布のブロックに興味をなくし、首をめぐらせて彼を捜した。

じきに小さな顔がくしゃくしゃになると二本の歯を見せて笑い、元気よく両足を蹴《け》りあげた。

コリンの笑顔にはうっとりせずにはいられないわ。

ソファの方にやってくる彼を見ながらダーシーは思った。睡眠不足だとこぼしているくせに、彼はやつれてもいずとてもハンサムだった。額に一房黒い髪が落ちかかり、そのせいで目の青さがいっそう際立って見える。彼は黒いジーンズに、目の色と同じブルーのシャツを着ている。ダーシーがクリスマスにプレゼントしたシャツだ。今ダーシーはあんなのをあげなければよかったと後悔しそうだった。彼をもっとすてきに見せるものなどいらない。彼はありのままで十分に致命傷を与えられる。

「ぼくのかわい子ちゃんは元気かい？」そう言いながら彼は身をかがめてアンジーを抱きあげた。赤ちゃんの小さな体と比較するとコリンの手はとても大きく見えたが、抱き方は堂に入っている。はじめのころのおっかなびっくりといった様子はもうどこにもない。たかいたかいをしてもらうとアンジーはうれしそうに声をあげ、コリンの注意をひこうとするように両脚を元気よくばたばたさせた。

あなたが何を思っているかよくわかるわ。ダーシーはちょっぴりひねくれた気分で思った。

そこは二人ともはじめて来るレストランだった。ファミリーレストラン風の店で、メニューの傾向は、フィレミニョンのベジタブル添えよりホット・ローストビーフ・サンドイッチにマッシュポテトという感じだった。

「アンジーは〈シェベヴ〉はまだ無理だと思って」コリンは前に何度か行ったことのある店の名を口にした。

「ここもアンジーには無理なんじゃないかしら」

ダーシーの口調はそっけなかったが、このレストランに失望しているふうではなかった。コリンは脚の高い小児用の食事椅子にアンジーを座らせながら、ダーシーをうかがった。

「たしかに。アンジーがベビーキャロットを口から吐きだしたらあのウェイターがどんな顔をするか」

コリンは椅子のトレーをきちんと留めつけてから、赤いビニール張りの椅子に腰をおろした。

「きっと大事件になるわ」ダーシーが言った。「シェフが出てきて、彼のスペシャルレシピに何か不満がありましたかってアンジーにきくでしょうね」

「アンジーのフランス語が通じるかどうか」コリンはまじめな顔で言った。

アンジーはぶうぶう言い、まるで料理を催促するように子供用椅子についているトレーを両手で叩《たた》いた。

「さあ、どうかしら。彼女はどんな言語でもこなしそうだけれど」ダーシーはそっけなく言った。

「きっとそのとおりだ」コリンは、料理が来るまでおとなしくさせておこうと、ふくらんだおむつバッグの中から玩具を出して姪《めい》に与えた。アンジーはすぐにプラスチックのリングを噛みだした。

これで少しは気を紛らわしておけるだろう。コリンはダーシーの方に顔を向けた。赤ん坊のことで一つ学んだ。赤ん坊というのは実に目が離せないものだということを。息をつくひまもないくらいだった。彼はダーシーと話し合わなくてはならない、アンジーがもたらした生活の変化についてきちんと意見を交換しなくてはいけないとずっと思ってきた。しかし二週間たってもまだ話し合っていなかった。

彼は育児がこんなに大仕事だとは思ってもみなかった。まったく予備知識も何もないままいきなりまっただ中にほうり込まれたのでなおさら大変だった。ダーシーがおむつのつけ方を教えてくれたり、秘書が本来の仕事でもない買い物を喜んで引き受けてくれているからいいようなものの、そんな手助けがなかったらじぶんにしろアンジーにしろ、最初に一週間もったかどうかわからない。

今ではだいぶこつをつかんだ。だが起きている時間の大部分は赤ん坊のこまごましたことで手いっぱいだったし、少しでも時間ができれば仕事の遅れを取り戻さなければならない。キールが文句も言わずに彼の分まで働いてくれているが、いつまでも甘えてはいられない。それに二人で決めなければならないことがいろいろある。ダーシーも仕事を持っているので、結果として二人きりになれる時間がなかった。

ベッドの中は別として。そこではうまくいっている。しかしベッドの中では、彼の気持ちは生活の変化について話し合うより、もっと本来的なことのほうへ急いでしまう。

だが今なら、ここなら二人きりだ。アンジーと周囲にいるたくさんのほかの客を勘定に入れなければだが。落ち着いた雰囲気ではないし、今夜話し合いをはじめるつもりだったのでもなかった。しかし案外邪魔が入らずに話ができるかもしれない。

「ダーシー、ぼくは――」

「ご注文は？」ウェイトレスは見たところ十八歳くらいだった。着ているのはほかのウェイトレスと同じ特徴のない茶色と白のお仕着せだったが、黒いソックスにコンバットブーツをはき、片方の鼻孔に小さな金のピアスをしていた。

コリンはその娘がオーダーを取ってテーブルを離れるまではなんとか真顔でいたが、彼女が向こうへ行くとすぐに身を乗りだした。

「あれはいったい誰のまねだ？」彼は声をひそめてきいた。

「ロン・チェイニー。昔の映画の『オペラの怪人』であんなのを見た覚えがあるわ。髪型はああだったかどうかたしかじゃないけれど」

「あの頭のてっぺんに尖《とが》っているのが髪だっていうのか？」コリンはおおげさに目をまるくした。「いったいどうやったらあんなふうにつっ立てられるんだ？」

「何年もの訓練と一缶のムースよ」

娘が飲み物を持って戻ってきた。彼女が去ると、コリンはダーシーと目を合わせ、ダーシーは吹きだした。コリンも笑いだした。アンジーはおとなたちが何をおかしがっているのか知らないくせに、きゃっきゃっと大きな笑い声をあげた。

「ここしばらく笑ったことがなかったね」笑いがおさまるとコリンは言った。

「このところちょっと大変だものね」ダーシーはクリームのピッチャーを取りあげ、じぶんのコーヒーにたっぷりと入れた。

「ちょっとどころじゃない」アンジーがプラスチックのリングをテーブルの上に投げた。コリンは拾って反射的に赤ん坊に渡した。

「私は銀行員よ。銀行員は何事も話半分に受けとるの」ダーシーはスプーンを手に取った。プラスチックのリングが飛んできて落ちると、彼女は取りあげて子供椅子のトレーにのせた。

「話し合おうと言ったのを忘れていたわけじゃないんだ――赤ん坊のこととか。ぼくらは――」

アンジーはこんどはリングを床に投げ、椅子から身を乗りだしてその行方をながめた。コリンは身をかがめて拾い、赤ん坊に渡そうとした。

「彼女は口に入れるわよ」ダーシーが注意した。

「え？」ほかのことで頭がいっぱいだったコリンは、一瞬ぽかんとした。

「彼女はそれを口に入れるに決まってるわ」ダーシーはリングの方へ小さく顎をしゃくった。「今床に落ちたでしょう」

「ああ。そうだね」彼はリングをおむつバッグに戻し、布でできたボールを取りだした。アンジーはうれしそうな声をあげてそれをつかんだ。

「本当はなんでもないかもしれないわね」

「なんでもないかもしれないって何が？」コリンは戸惑った。話が見えなくなった。

「彼女が床に落ちたのを口に入れてもということ。じぶんの足をしゃぶってだいじょうぶなら、ちょっとくらい汚れがついていてもだいじょうぶじゃないかしら」

「じゃ、どうして止めたんだ？」

「向こうのカウンターにいるおばあちゃまタイプの人がじっとこっちを見ているから。その人のお眼鏡に何かかなわないことをしたら、あなたの手をぴしゃっと叩くんじゃないかと思って」

コリンは彼女が言った方向に目をやった。ランチカウンターに座っている老婦人と視線がぶつかった。彼女はコリンにむかってにっこりした。彼は微笑を返してダーシーの方に向き直った。ダーシーはコーヒーカップの縁越しに見つめていた。目が笑いできらめいていた。

「どうして彼女はあんなふうにぼくを見てるん

だ？」彼はひそひそ声できいた。ずっと離れたところにいる彼女に聞こえはしないかと思っているようだった。

「赤ちゃんの扱い方がとてもじょうずだから感心しているんでしょう」

「ぼくは別に何もしてないけれどな」彼はアンジーがテーブルの真ん中に投げたボールを拾って返した。アンジーはすぐにまた投げた。アンジーは投げっこが大好きで、拾ってくれる人がいれば飽きずにやっている。

　アンジーの相手をするのはずいぶん忍耐がいることなのだが、コリンはなんの苦もなく、ごく自然にやっている。生活がめちゃくちゃになったのに彼は姪を引きとったことを少しも悔やんでいない。じぶんがすごいことをしているとはちっとも思っていない。赤ちゃんといっしょの彼を見ながら、ダーシーはふと、彼は天性の父親なのだと思った。父親役が仕立てのよいスーツのようにぴったり身についている。

　ダーシーは彼とのあいだに深い割れ目が口をあけているような気がした。じぶんはこっち側に、コリンと赤ちゃんは向こう側にいる。明るい照明が急にかすみ、喉がひきつった。ダーシーは顔を伏せ、何かを探しているふりをしてバッグをかきまわしながら感情を静めようとした。

「どうかしたのか？」

　コリンがテーブルに身を乗りだした。顔を見なくても彼が心配そうにしているのがわかる。彼はなぜ普通の男みたいじゃないの？　女の気持ちに無神経で鈍感でいてくれないの？

「だいじょうぶ」ダーシーはバッグの底からくしゃくしゃのティシューを引っ張りだして目を叩いた。

「ごみか何かが入っただけ。もう取れたわ」

　ダーシーは頭を起こし、この世はすべて薔薇《ばら》色であるかのようににっこりした。コリンは疑わしげな顔をした。きっともっと追及したかったに違いない。だが折よく、そのときウェイトレスが料理を運んできた。

「お待たせしました」

もしダーシーが死ぬほど飢えていたとしても、ウェイトレスを見てこれほど感謝感激はしなかっただろう。髪をつっ立てて、鼻にピアスをし、コンバットブーツをはいている娘が白い羽の天使よりすてきに見えた。

「さあ、お料理が来たわよ」ダーシーはほがらかに言った。目の前に置かれた皿にコリンが気づかないはずがないのに。コリンはわかっていないのかもしれないが、六カ月の赤ちゃんに食べさせながらまともに話をすることなど無理だということをダーシーは知っていた。

彼は生活の変化について話したいのだろう。けれどダーシーは話したくなかった。彼といっしょに暮らしていたい、でも赤ちゃんにはできるだけかかわりたくないということを説明するはめになりたくない。彼は理由をきくに決まっているし、ダーシーは答えられない。真実を話すのは論外だから。

コリンはまじめな会話と赤ちゃんに食べさせるのとは両立しないことがわかったらしい。話があたりさわりのない範囲からはみださないので、ダーシーの緊張はだんだん解けてきた。ダーシーは仕事の話をした。コリンはキールと取りかかろうとしている新しい現場のことを話した。

これは二人のいつもの会話だった。目をつむれば、以前と――赤ちゃんが来る前とちっとも変わっていないように思える。

ダーシーは感心した。コリンはアンジーに食べさせながらちゃんとじぶんの食事もしている。私はあの半分もじょうずに――彼女は思いだしかけたことを頭から追いだした。考えがその方向へ行かないようにした。何年も訓練を積んでいるので難しいことではなかった。

食事が終わりかけたころ、さっきコリンに微笑した年配の女性がテーブルに近づいてきた。

「ちょっとお邪魔してよろしいかしら。おたくの赤ちゃんをもっとよく見せていただけたらと」

「どうぞ」

コリンはダーシーをちらと見た。ダーシーは肩をすくめた。赤ん坊がいると、好むと好まざるとにかかわらず見も知らぬ人から声をかけられる。

「あなた方がここに入ってらしたときにすぐに目がいったわ」老婦人はアンジーの方に身をかがめた。アンジーは愛想よくにこにこした。「お嬢ちゃんは恥ずかしがりやさんではないわね」彼女はうれしそうに言った。「私のワンダにそっくり。むろん、今の彼女じゃなくてだけれど。彼女はこの三月に四十八歳になったんです。彼女はまだ四十一歳だと言っていますけどね。でも母親が子供の年を忘れるはずないわ。そうでしょう？」

彼女は明るい青い目をダーシーに向けた。ダーシーはおとなしくうなずいた。「ありえないでしょうね」

「ええそう。私もワンダにそう言ったんですよ。それに私は出生証明書を持っていますしね」ワンダの母親は勝ち誇ったように言った。

「ミリー、この人たちはそんな話は聞きたくないだろうよ」ミリーの夫が後ろから言った。妻のおしゃべりに困ったような顔をしている。

「でしょうね。でも、本当にあきれるんですもの。あちこち美容整形をしたりティーンエージャーのような服装をしたり。私はそのことについて何も言いません。でもじぶんの母親に年をごまかすなんてちょっといきすぎだわ」

ここは無言でいるのが無難だろう。ダーシーはコリンの頬がひくひくしているのを見た。必死で笑いをこらえている。この会話に本気で加わる気はないのだ。

「ミリー」ミスター・ミリーは居たたまれない様子をしはじめた。

「わかったわ。愚痴はやめましょう」ミリーはまた身をかがめてアンジーに笑いかけた。「私はただ、本当にかわいい赤ちゃんだと言わずにはいられなかっただけなの。私が言わなくてもお二人にはわかっているでしょうけど。あなた方のようなご両親を持ってこの子は幸せね」

「あら、あの――」

「ありがとう」コリンは、じぶんたちはアンジーの親ではないと言おうとするダーシーをさえぎった。

もう一度赤ちゃんにほほ笑んでからミリーは離れていった。ミスター・ミリーは、妻が駆け戻ってまたおしゃべりをはじめるのを阻止するかのように、妻の上腕をしっかりつかんでいた。ほかのときならダーシーはそれを見て滑稽《こっけい》に思っただろう。

けれど胸が妙なふうにずきずきし、そのシーンを面白おかしく感じなかった。こんなちっぽけなことでつらくなるなんてばかみたいだ。アンジーの母親だと思われてもぜんぜんかまわないじゃないの？

かまわないが、ただ一瞬ダーシーは本当にそうならどんなにいいだろうと思ったのだ。

「説明する必要なんてないと思ったから」コリンが言った。

「ええ、もちろん」ダーシーは彼を見て無理に微笑した。「変わった人だったわね」

「ご主人が今にもさるぐつわを噛ませるんじゃないかと思ったよ」

「私はひそかにワンダに同情するわ」ダーシーは気のせいか、コリンが少々無理して冗談を言っているような気がした。「あちこち美容整形をしたり、実の母親にそれを暴露されたり」

「きっとやりきれないいな」

食事がすんだが、ダーシーはつい今何を食べたのか思いだせないくらいだった。彼女はデザートはいらないと微笑して断った。胃が締めつけられていて、すでに食べたものがちゃんとおさまっていてくれるかどうかあやしく思えた。

アンジーは車のベビーシートに寝かされるとたちまち眠ってしまった。帰りのドライブは静かだった。ダーシーは窓の外の景色に見とれているふりをしていた。聞かなくてもわかっていた。コリンは今夜延ばし延ばしにしていた話をしようと意を決している。これから先のことについて、アンジーがいる生活の中でのダーシーの立場について。

この話をいつまでも先延ばしにすることはできない。アンジーの将来にもかかわってくることなのだから。頭ではそうわかっている。でも、あと一晩くらい延ばすことはできるはずだ。

コリンがコンドミニアムの前の駐車スペースに車を入れると、まだ止まらないうちにダーシーはドアに手をかけた。

「おむつバッグを持つわ」ダーシーはバッグをつかんで逃げだそうとした。

赤ちゃんをベビーシートから出すには時間がかかる。うまくいけばコリンが部屋に着くころにはシャワーを浴びていられるかもしれない。いろいろ入っている大きなバッグの奥から鍵《かぎ》を取りだすのに手間取らなかったら作戦はたぶん成功していただろう。底の方から小バッグを引っ張りだしているあいだに、コリンが入り口でダーシーに追いついた。眠っているアンジーを——重要人物を腕に抱いて。

「まっさきにシャワーに飛び込むつもりよ」ダーシーは彼を見ずに言った。

「ダーシー」コリンはさっさとリビングルームを横切っていく彼女を呼び止めた。「話をしたいんだ」

「あとではだめなの？」ダーシーはふり返らずに言った。

「もうずいぶん延ばしてきたから」

「私は――」

「お願いだ」

その一言はわめくよりずっと効果があった。ダーシーは立ち止まって彼を見た。不安そうな声にならないように気をつけた。

「でも、もう遅いし――」

「まだ九時前だ」

「明日は早く起きなくてはならないの」

「土曜日だよ。寝坊できるはずだ」

彼はあきらめるつもりはないのだ。ダーシーはため息をついた。

「アンジーをベッドに寝かせてきたら？」ダーシーは髪に手を入れて淡い色の金髪を肩に広げた。「コーヒーをいれておくわ」

「ありがとう」

二人ともわかっていた。そのありがとうがコーヒーのことではないのを。

5

コリンはキッチンの戸口で足を止め、少しのあいだダーシーを眺めて目を楽しませた。温かなコーヒーの香りがただよっている。彼女は今戸棚からマグカップを取りだそうとしているところだ。カップは上の棚にのっているので彼女は手をのばさなくてはならず、するとTシャツが持ちあがって、ジーンズのウエストの上の白い肌がちらとのぞいた。

彼はその肌の味を知っているし、背筋に舌を這《は》わせると彼女が身を震わせることを知っている。彼女のヒップのやわらかい感触も知っている。膝の後ろにキスをすると彼女がくすぐったがって笑うことも知っている。彼女の隅々まで知っている。筋肉も筋も。どこに触れると彼女が溶けだすか正確に知っている。

彼女はぼくのものだ。ぼくはダーシーのはじめての男ではないが、彼女の体からありとあらゆる官能を引きだし、彼女に喜びを教えた最初の男だ。過去の男についてダーシーにきいたことはない。ダーシーもぼくのことをきかない。だが、はじめてぼくとベッドをともにしたとき、彼女がこなごなになってショックを受けたのはまちがいなかった。

前の男が誰であれ――彼女の過去の男は一人だけだったと思うが――そいつは能無しだった。だが、コリンはひそかにそのどこかの能無しに感謝していた。ダーシーにはじめて情熱を教えたのがじぶんだということがうれしかった。彼女の最初の男でなくてもかまわない。だが、どうしても彼女の最後の男になりたいと思った。

視線に気づいたのか、ダーシーがふいに顔を向けた。カップを持つ手がこわばった。

「足音が聞こえなかったわ」驚いた声が少し尖《とが》って

いた。

「ごめん。どすんどすん歩く練習をすることにしよう」コリンは寄りかかっていた戸口から離れてキッチンに入った。「コーヒーのいい匂《にお》いがする。いれてくれてありがとう」

「どういたしまして。カフェイン抜きのよ。私たちのどちらも夜のこの時間にカフェインはいらないと思って」

「そうだね」コリンは目を覚ましてくれるものなど必要なかったし、ダーシーはこれ以上刺激がなくても今にもひび割れてしまいそうにぴりぴりしている。

彼女はマグを二つカウンターに置いた。彼女がコーヒーをついでいるあいだにコリンは冷蔵庫からハーフ・アンド・ハーフのコーヒー用クリームを出した。

「アンジーをちゃんと寝かせた？」

「ぐっすり眠ってるよ」

コリンはラベンダー色と白の回転木馬の絵がついているマグカップにハーフ・アンド・ハーフを一滴落とした。もうひとつのマグにはフォークアート風の絵で猫が描《か》いてある。マグはどっちもダーシーが持ってきたものだ。彼女が来ていっしょに住む前に彼が持っていたのは皿二枚、フォーク二本、ナイフ二本、なんでも二つだった。コーヒーカップは一つしかなく、白で縁が欠けていて、タイタニック号の残骸《ざんがい》から回収されたような代物だった。ダーシーのカラフルなマグのコレクションは、彼女がコリンの人生を明るくしてくれたもののほんの一例だ。

相談したわけではないが、彼らはじぶんのコーヒーを持ってリビングルームに行った。ダーシーはソファに背中をまるくして座った。コリンはそのそばに直角に置かれた革張りの大きな椅子に腰をおろした。彼は一口コーヒーを飲み、カップの中を見つめた。ダーシーはコーヒーにちょっと口をつけ、ソファの腕についている糸屑《くず》を観察でもするようにじっと見た。

耳の中で沈黙ががんがん鳴っているようだった。

「ぼくは――」

「あなたが――」

二人はいきなり同時に言い、顔を見合わせた。コリンはうなずいた。「君から」

「私はただ――あなたが話をしたいと言ったのよ、と言おうとしただけ」

「おかしいね。ぼくも同じことを言おうとしたんだ」

コリンは苦笑した。ダーシーはあいまいな微笑を浮かべた。だが、息が苦しいほど張りつめていた緊張は解けた。

コリンはコーヒーテーブルの厚いガラストップの上にカップを置いた。テーブルの脚はねじ曲がった流木だった。コーヒーテーブルを買い替えなくてはならないなと彼はぼんやり思った。ガラスの角が尖っているのはよくない。新しくするか、あるいは何か工夫してこの角にパッドをつけるかしないと。アンジーはもうつかまり立ちができる。読んだ本によれば、じきによちよち歩きをするようになるはずだ。アンジーがコーヒーテーブルにぶつかって頭をぱっくり切ったりしたら大変だ。

彼はそう言った。ダーシーは驚いたような顔をしたが、テーブルを見てうなずいた。

「何かを当てればいいかもしれないわ。ガラスの縁に古いタオルか何かをテープで貼《は》ったらどうかしら」ダーシーは半分微笑しながら頭をふった。「アーリーアメリカン・ベビースタイルね」

「新しい流行にはなりそうにないな」

「デザイナーには受けないでしょうね」

「君はいいのかな？」コリンはいきなりきいた。

「『ハウス・アンド・ガーデン』誌が取材に駆けつけてきてもということ？」ダーシーは眉をあげた。

「いろんなことが変わったことがさ。赤ん坊が来たせいで……」

コリンはマグを包んでいるダーシーの手がこわばるのがわかった。彼女は目をそらした。

「郷に入れば郷に従えって言うわ」ダーシーはものやわらかに言った。

「そうだが、でも、もし君がいやがっていたとしても無理はない」コリンはほとんど飲まないままのカップを置いて立ちあがった。胸の中がひどくざわざわしてじっと座っていられなかった。「君は何も言わなかったが……」

「あなたも何も言わなかったわ」

「ああ。だがスーザンはぼくの姉だ。でも君は関係ない」コリンは体の向きを変えてパティオに通じるガラスの引き戸のところへ行った。カーテンをねじるようにして引き開け、暗闇《くらやみ》を見つめた。この話を持ちださなければよかったと半分悔やんだ。今までどうにか折り合いをつけてやってきた。無理にボートを揺する必要があったのか？

あった。ある日いきなり転覆なんてことになりたくなかったからだ。これまでの人生で最高の宝を失いたくないからだ。

彼がいきなりふり返ったのでダーシーがびくりとした。

「ぼくが勝手なことをしたのはわかってる。君の意見を聞かなくちゃいけなかった。話し合いもしないで君の生活を混乱させる権利なんてないんだ」

「何を話し合うの？」ダーシーは身をかがめてカップを下に置いた。声は静かで落ち着いていたが手がかすかに震えた。「アンジーをあそこに置いておけなかったのだし、ほかに引きとる人はいなかったのだし」

「ああ」コリンはずっとじぶんにそう言い聞かせてきた。だが、今、その理屈は心の中で言っているときのような説得力がなかった。彼の気のとがめを軽減してくれなかった。「だがぼくはきちんと――」

「あなたはあなたがしなくてはならないことをきちんとしたのよ」ダーシーは彼をさえぎった。立ちあがって彼のそばに行き、腕にそっと手を置いて彼を見上げた。「話し合わなかったからといって、私は怒ってなんかいないわ、コリン。あなたは決めなくてはならなかったし、こうするほかなかったんですもの」

コリンはダーシーを見下ろした。明るいブルーの目がいつになく陰った。ダーシーは気持ちを隠すのがじょうずだ。生まれながらにそういう術《すべ》を備えているのかもしれない。だが、彼女は何かつらい経験のせいでそうなったのではないかという気がしてならない。

はじめて会ったとき、彼は彼女の目の中の影にすぐに気づいた。過去に誰かに、あるいは何かに傷つけられたのだ。あんな影が残るほど深く傷ついたのだ。この数カ月、影は薄れはじめていた。原因となった何かを少しずつだが忘れかけているように、あるいは忘れられなくても、少なくとも心から追いやっておくことができるようになってきたように見えた。

しかし最近また影が差すようになった。澄んだグレーの目が曇り、彼が好きになってきた明るいきらめきがなくなった。彼女がじぶんから離れていってしまうような気がしてコリンは不安だった。彼女を失ったら、彼は人生の中でいちばんいいものをなくしてしまう。

「でも君は幸福じゃない」

彼がぼそりと言ったそのひとことがダーシーを強

打のように襲った。ダーシーは彼の腕から手を落とし、あとずさった。明かりが一つしかともっていなくてよかった。顔から血の気がひいたのを見られなくてすむ。

「どういう意味かわからないわ」説得力のない返事だったが、それがダーシーにはやっとだった。彼に悟られないようにしているという自信があった。動揺のかけらも見せないように気をつけていた。

「どうしてかというと君は——アンジーがそばにいると……なんだか居心地が悪そうだ」コリンは言葉を探すのにちょっと手間取った。彼女が赤ん坊をいやがっているという感じは受けない。怖がっていると言ったほうがぴったりくるが、あまりにもばかげているのでそうは言えなかった。

「赤ちゃんに慣れていないから。それだけのことよ」

「でも、ベビーシッターをよくしたと言っていたじゃないか」

「ベビーシッターと、常に生活の中にいるのとは違うわ」

「たしかにそうだ」

コリンはじっと見つめていた。澄んだ青い目が問いかけている。ダーシーが答えられないことを。答えるつもりがないことを。もし彼が本当のわけを知ったら……。

「たぶん——たぶん私は母性的なタイプじゃないんだわ」ダーシーは半分肩をすくめた。「アンジーをかわいいと思うけれど、でも赤ちゃんは赤ちゃん。つまり、私が言いたいのは、赤ちゃんとは話ができないし」

ダーシーはまた肩をすくめた。赤くなったのを悟られたくなくて明かりから顔をそむけた。なんて薄っぺらでばかげた言い訳だ。〝赤ちゃんとは話ができない〟ですって。生まれて六カ月の子とドストエフスキーの文学について議論を戦わせたいわけ？　コリンはなんていやな女だと思っただろう。もし今までそう思っていなかったとしても。

「私、ばかみたいなことを言ったわね」コリンが黙っているので、ダーシーはつぶやいた。

「いや。君が言おうしていることは理解できる」彼に理解できないのは、なぜダーシーがそんな見え透いた嘘《うそ》をつくのかということだ。彼女が言ったように感じる人間はたくさんいるだろう。理解できないことはない。しかし、有り金全部を賭《か》けてもいいが、ダーシーは本当はそんなことを思ってはいない。

「赤ちゃんがほしいと思っていたこともあったわ」ダーシーは言った。言葉が喉に詰まりそうだった。「でも私には必要な遺伝子が欠けているみたい。あなたはそんな話を聞きたくないわね。わかっているわ。あなたは私がアンジーのいいお母さんになると言うのを聞きたいんでしょう。でも、私にはその仕事は向いていない。問題はそこだわ」

ダーシーは言葉を切り、喉を大きくごくりとさせた。さあ、言わなくてはならない。声が震えないように必死になった。

「もし私が出ていったほうがいいのなら――」

「いや！」コリンは一瞬の躊躇《ちゅうちょ》もなくきっぱりと言った。「そんなこと誰が」

彼はダーシーの手をつかんだ。まるで彼女が今にも玄関から飛びだしていこうとするのを恐れるように。ダーシーは大きく息を吸い、少しのあいだ目をつむった。あまりにほっとしたので膝ががくがくした。

「行かないでくれ」

コリンは強く言った。彼はダーシーを腕の中に引き寄せた。ダーシーは喜んで彼の胸に顔をうずめ、頬の下に彼のしっかりとした心臓の鼓動を聞いた。

「私も行きたくないわ」

彼女は言った。コリンにはそれが簡単に出てきた言葉ではないことがわかった。

彼女はとても注意深くじぶんをガードしている。コリンは思った。彼は彼女の頭の頂に頬《か》をのせてシャンプーとせっけんのほのかな香りを嗅いだ。ダーシーはめったに香水をつけない。彼はどんなに高価な香水より女性の自然な匂いのほうがずっとエロチックだと思っている。

「ぼくらはうまくやっていける」彼は言った。

「でもアンジーが最優先だわ。私はアンジーを傷つけたくないの」

「何もかもうまくいくさ。アンジーとじゃ話ができないというのが君の最大の不満なら、ほんの一、二年の我慢だ。サラ・ランドールが正しければ、あの子はじきにかささぎみたいにおしゃべりになるよ」

ダーシーの笑いは喉に詰まった。目をつむって涙を押し戻した。これはなんのご褒美？　コリン・ロバーツは私にはもったいない人だわ。それに彼の言うことには一理ある。アンジーがもう少し大きくなるまで辛抱できたら、そしたらもうそんなに恐れることは――。

ダーシーはその考えをさえぎり、コリンの腕の感触に心を向けた。彼に抱かれているととても心が安らぐ。

「何もかもうまくいくよ」彼が再び言った。

本当の問題を彼女が話してさえくれたら、なんとか解決する手があるはずだが。そうコリンは思った。彼はシャドーボクシングをしているような気持ちだった。敵の姿がちらとでも見えたら。だが、何も捕らえられない。コリンはじぶんが何と戦っているのかまったくわからなかった。

しかしコリンはあきらめるつもりはなかった。ダーシーの目の中の陰りはなんなのか探りだし、永久に消してやる。

コリンは仕事のやり方を変えた。アンジーの世話ができるようにペーパーワークはほとんど家に持って帰った。現場に行かなければならないときは、サラ・ランドールのいちばん下の娘マリーにアンジーを預かってもらう。離婚して子供が二人いるマリーは臨時収入が入るのを喜んだし、コリンはアンジーがきちんと世話をしてもらえるので安心だった。

まだ一カ月もたたないが、彼はアンジーがいない生活などとても考えられなかった。姉が亡くなる前にはじぶんが父親になることなどあまり考えなかった。頭の片隅でいつかそのうちには、ぐらいには思っていたが、三十四歳になっても性急にどうにかしようという気はぜんぜんなかった。

ところがいきなり親業を引き受け、気づけばそれにどっぷりつかっており、しかも予想以上に楽しんでいる。毎日新しい発見があった。アンジーにもじぶん自身にも。赤ん坊は彼が気づかずに生きてきた心の隙間《すきま》を埋めてくれた。

アンジーとダーシー。それでコリンの人生は完璧《かんぺき》だった。あと必要なのは、三人いっしょがどれほどいいものかをなんとかしてダーシーにわかってもらうことだけだ。

コリンと姪《めい》のあいだの絆《きずな》がどんどん強くなっていくのを見ているダーシーの気持ちは複雑だった。その反対になればいいと思っているわけではないが、日がたつにつれ、ダーシーはじぶんの決めた枠の中にきちんとおさまらなくなってくるのを――おさまっていられなくなってくるのを感じた。

けれど物事は前よりよくなった。コリンと話して気が楽になった。ダーシーは本当のことは言わなかったが、幸福な家族の構図の中に彼女を引っ張り込もうとしないほうがいいということはちゃんと伝えた。

た。コリンはわかってくれたのだろう、ダーシーの腕にアンジーを押しつけてなじませようなどとはけしてしなかった。

何かを期待されているというプレッシャーがなくなると――それがダーシーの側の勝手な思い込みだったとしても――赤ちゃんがそばにいても前ほどは気にならなくなった。アンジーの無邪気な愛らしさを、後ろめたさをちくちく感じることなしに眺めていられるようになった。

乳幼児が何か新しいことをしはじめるその瞬間を目にするのはなんともいえずうれしいものだ。ダーシーはその喜びを忘れかけていた。アンジーにとっては見るものすべてが珍しくて不思議なのだ。そして世界はじぶんの思うままになると無邪気に信じている。

赤ちゃんが楽しく遊んでいるのを見て心が和まない人はいないだろう。ダーシーよりもっと固く心を囲っている人でも。アンジーを見ているとたしかに胸がうずく。けれど思っていたほどつらくはない。時のなせる業だろう。傷は完治しないとしても苦痛は鈍る。

アンジーに対してどうこうしなければと思わずにいられるなら、コリンがそれでいいと思ってくれているかぎりはそれでやっていけそうだった。

初夏の日々は悩むこともなく過ぎていった。六月のはじめのある夕方、ダーシーとコリンは家にいた。ダーシーが夕食を作り、食事のあと二人はリビングルームに腰を落ち着けた。コリンは近々キールといっしょに取りかかる予定の仕事に必要になるので、最近変更になった建築法規の一覧表に目を通していた。ダーシーは読みはじめたばかりの推理小説を膝に広げていたが、いっこうに気が乗らなかった。

二十分くらい同じページを読んでいるのにまったく頭に入ってこない。とうとうダーシーは読むのをあきらめて顔をあげた。コリンの建築法規も退屈なのじゃないかしら。彼もケーブルテレビで古い映画を見るのに賛成かもしれない。見るとコリンはぐっすり眠っていた。思ったとおり建築法規は退屈だったのだ。

コリンを見ながらダーシーは微笑した。彼には睡眠が必要なのだ。〈J&Rコンストラクション〉の経営とアンジーの世話と、フルタイムの仕事を二つこなしているのだから、七時に居眠りをするのも無理はない。

目の隅で何かが動いた。アンジーがこっちに這ってくる。だが〝這って〟というのは正確な表現とは言えない。よたよたとしているけれど、腹打ち飛び込みの連続と言ったほうが近いだろう。アンジーは目標を定めてやってくる。二、三日前にこの新しい移動術を獲得したアンジーは飽くなき探求者となった。そのために急遽《きゅうきょ》模様替えが必要になり、アンジーの手が届きそうなところにある危ないものはすべて片付けられた。

今アンジーはまっすぐダーシーの方へやってくる。青い目でダーシーの明るい紫色のソックスをしっかり見つめて。ダーシーはにっこりし、爪先をちょっと動かした。アンジーはうーっとはりきり声をあげて体を浮かせ、最後の十センチほどをおなかで跳ねてゴールに到着した。小さな手がダーシーの爪先を、びっくりするほど強い力でつかんだ。

ダーシーはまた爪先をもぞもぞさせた。赤ちゃんが顔をしかめて、この新しい玩具《おもちゃ》を真剣に調べるさまが面白かった。まずじっと見て、それから触って、あと残っているのはかじってみることだけだった。

「あらあら」ダーシーはやさしく笑い、身をかがめて赤ちゃんを抱きあげた。「あなたがじぶんの足の親指をしゃぶるのはまあいいわ。でも、ほかの人の足を噛《か》んではだめ。それは礼儀正しいことではないのよ」

　アンジーはだっこしてもらったので紫色のソックスを噛むのをあっさりあきらめた。それに手の届くところに別の面白そうなものがあった。むっちりした手がダーシーの金のチェーンのネックレスをつかんだ。そのチェーンはコリンからの誕生日のプレゼントだった。いっしょに暮らしはじめて間もないころにもらったのだが、それからずっと肌身離さずつけている。

　チェーンはだめと言われたアンジーは、こんどはダーシーの鼻をつかんだ。ダーシーは頭をふってその手を捕まえ、じぶんの口に持っていった。ちっちゃな指をもぐもぐやさしく噛むと、アンジーはきゃっきゃっと笑い声をあげた。ダーシーは、じぶんのためにもアンジーのためにも離れていなくてはいけない理由をしばらくのあいだ忘れた。赤ちゃんを抱いているのが楽しかった。

　コリンはソファで居眠りをしているふりをしながら、薄目を開けて二人を見ていた。彼が目を覚ましたとわかったら、ダーシーはたちまち例のあのわけのわからない後ろめたそうな顔になるだろう。そしてアンジーを彼に渡すだろう。

　母性に欠けているだって。まさか。めったにないが今のようなとき、呪縛《じゅばく》のような何かから解き放されているとき、ダーシーはごく自然に母性をあふれさせる。どこから見ても普通の母親だ。ダーシーの穏やかな笑い声とアンジーの元気な笑い声がいっしょに響くのを聞きながら、コリンはこの世にこれ以上すばらしい音はないと思った。

　彼女はアンジーを愛している。じぶんでは気づいていないとしても。それに、ダーシーは一度も口に出したことはないが、コリンにはわかっていた。ダーシーが彼を愛していることを。コリンも彼女を愛していた。心のありったけで。彼はいっしょに住もうとダーシーを口説き落とした。そして彼女が、二人の結びつきがどれほど特別で、離れてはとても暮らせないことに気づく日を待っていた。彼がアンジーを引きとったので水が差されたが、ほんの少しだけだ。ダーシーは三人でうまくやっていけることがわかってきたはずだ。

笑いながらダーシーがアンジーの首に鼻をこすりつける。するとアンジーははじけるように笑い、まるまるした手でダーシーの金髪をつかんだ。コリンの胸は二人への愛でいっぱいになった。目頭がじんと熱くなった。

たしかに懸念は少しある。だがコリンは確信を持った。だいじょうぶだ。必ずうまくいく。

6

「君は今日、何をする予定？」コリンはきいた。ダーシーがキッチンに入ってきたとき、彼はテーブルでアンジーに朝食を食べさせていた。

「ショッピング。それから昨日持ち帰った仕事を片付けるわ。誰も彼も、犬までローンを組みたがっているみたい。勤務時間だけでは処理しきれなくて」

ダーシーは冷蔵庫を開け、食欲をかきたててくれるものが何かあればと中をのぞき込んだ。ゆうべのピザを見ると胃がむかむかし、ドアを閉めた。今朝はコーヒー一杯だけにしておこう。

昨夜また夜中に目が覚めてしまった。子供部屋に行きたくてたまらなくなり、誘惑に勝てずベビーベッドのそばに立って、すやすや眠っている赤ちゃんの息遣いを見守った。ほっとしてベッドに戻ったが、一時間もしないうちに悪夢に身を震わせてまた目が覚めた。今週三回目だった。眠りが寸断され、胸を締めつけるあの感じが迫ってくる。ダーシーの気分は灰色で疲れていた。

「疲れているみたいだね」コリンは、カップにコーヒーをついでテーブルの向かい側に座ったダーシーに言った。

「ありがとう」彼女はそっけなく言った。「ひどい顔をしているってわかってうれしいわ」

「ひどい顔だなんて言わなかったぞ。疲れているみたいだねと言ったんだ」コリンはスプーンで赤ん坊の口ににんじんを入れ、顎にこぼれたのを手際よくふいた。

「同じことじゃない？」ダーシーはカフェインが重たい頭をすっきりさせてくれることを願いながら、コーヒーを一口飲んだ。

「君がゆうべ夜中に起きたのを知ってるよ」

「よく眠れなくて。たぶん今仕事をたくさん抱えているからだわ」ダーシーは肩をすくめた。コリンがその説明で納得し、眠れない理由をそれ以上追求しなかったのでほっとした。

「一日ゆっくり休むといい」

「今日がその休日よ」

「仕事を持ち帰っていなければね」コリンはいやがるアンジーをだましてもう一口にんじんを口に入れた。赤ん坊はそれをぶうっと吹きだしそうに口をすぼめたが、コリンがじっと見ていると、吹くかわりに口を大きく開けて笑った。彼はぞっとした。「そんなテーブルマナーは最低だぞ」コリンは叱《しか》るように言った。するとアンジーはその評価がうれしくて仕方ないように、子供用食事椅子のトレーをスプーンでばんばん叩《たた》いてはしゃぎ声をあげた。

「彼女はあなたを信用していないみたいね」ダーシーは言った。

その声を聞くとアンジーはダーシーの方を向き、そのとおりだと言うように、マッシュしたにんじんにまみれた口を開けて笑った。ダーシーはほほ笑み返した。胸の奥が小さくよじれるような、アンジーが来てから始終起こるあの奇妙な感じがした。アンジーはとてもかわいい赤ちゃんだ。彼女を愛するのは簡単なことだ。危険を無視すれば。

「仕事は待たせておけないのかい？」

コリンがきいたのでダーシーは彼を見た。彼は湿らせた布でアンジーの口と手についたにんじんをふいていた。

「そうね。でも、なぜ？」

「ピクニックに行こうと思ってるからさ」

「ピクニック？」

「そう。冷たくて固い地面に座って、蜂《はち》や蟻《あり》を追い払いながらものを食べて日焼けするあれさ。ピクニックだよ」

ダーシーは鼻に皺《しわ》を寄せた。「とってもすてきそうに言うわね」

「苦難も楽しみのうちだ」コリンは元気よく言い、立ちあがってアンジーを食事椅子から抱きあげた。アンジーは足をばたばたさせた。「今日一日アンジーをマリーに見てもらうことにしてある」

ダーシーは断ろうとして喉まで出かかった言葉をのみ込んだ。「私たち二人だけで？」

「たまに気分転換もいいだろう」

「私はアンジーがいっしょでもかまわないわ」ダーシーは急いで言った。「とってもいい子ですもの」

「彼女は困り者だ」そう言いながらコリンはアンジーの爪先をくすぐっている。だから〝困り者〟は悪口ではないのだ。彼は赤ん坊を片腕に抱いてダーシーをじっと見た。明るい青い目に浮かんでいる表情にダーシーの心臓の鼓動が少し速くなった。

「たまには娯楽なしもいい。アンジーはなにしろ娯楽を提供してくれる天才だからね」

「でも、どうしても片付けなくてはならない仕事もあるし」ダーシーはのろのろと言った。

「仕事は逃げだしはしないよ。行こう、ダーシー。いっしょにサボろうよ」

なだめすかされるように言われると勝てなかった。それに午後中コリンを独占できるのだ。彼がアンジーにかまけているのを妬《や》いてはいないが、せっかく二人きりになれるチャンスをふいにしたくないのは当然だろう。

「いいわ。ピクニックって楽しそうね。蟻やら蜂やらも含めて」それに、もしかしたらこんなことはもうないかもしれない。

ダーシーはシートに頭をもたせかけ、窓から吹き込む風に髪をなぶらせていた。そこに――コリンがピクニックの場所に選んだどこかに着くころには、髪は干し草の束みたいになっているだろう。でもかまわなかった。今日は一切物事をマイナスに考えない、そう決めていた。将来のことも、過去のことも、現在二人の中でもつれていることも。今日はただ一分一秒を楽しむのだ。

サンタバーバラを出てコリンが車を北に向けたとき、ダーシーはちょっと意外に思った。どこに行くのかたずねると、彼は首をふって秘密だと言った。どこに行くのかわからない旅、それはダーシーの気分にしっくり合っていた。だから彼女はただシートに体を預けてドライブを楽しんでいた。

彼らは海岸沿いのハイウェイを、太平洋の輝きを左手に見ながらドライブした。サンタバーバラを出て数キロのところで車は海岸線を離れ、何度かの冬の雨にもめげずに緑を保っているなだらかな丘陵のあいだを走った。

そこここにライブオークの木があり、太い幹やねじ曲がった枝ぶりから長い年を経た木だということがわかる。やがてコリンは車を砂利の道に乗り入れ、一キロほど進んでから、二つの丘にはさまれた小さな谷間で車を止めた。彼がエンジンを切ると、あたりはしんと静まり返った。

「どう思う？」コリンの声はどことなし緊張していた。ダーシーの返事が彼にとって重要であるかのように。

ダーシーは彼から無人の風景に目を移した。「きれいなところだわ。でもピクニックにしてはずいぶん遠くまで来たわね」

「ぼくはここに家を建てる」

彼はドアを押して車から降りた。ダーシーもそうした。彼女はあらためてあたりを眺め、一つの丘の懐に抱かれて立つ家を、玄関のドアの向こうに小さな谷間が広がっている様を頭の中に描いた。

「家を建てるにはすばらしいところね」

「できるかぎりこの環境を壊さないようにしたい。大きな作業機械を持ち込まないつもりだから工期は普通より少し長くかかるだろう」

ダーシーは車をまわり、トランクからピクニックの道具を降ろしているコリンを手伝った。コリンはシカモアの古木が陰を作っている方に歩くあいだも、地面にブランケットを広げてランチやら何やらを並べるあいだも、家のことを話し続けていた。

町で買ってきたサンドイッチを食べるころには、ダーシーは彼が説明する家が本当にそこに見えるような気がした。赤木とガラスでできた家。伝統的なものとモダンのあいだをとったスタイルで、部屋部屋には日がたっぷり差し込み、まわりにある樫《かし》の木に配慮した大きなテラスがある。建ててすぐは周囲に溶け込まないかもしれないが、二、三年すれば太陽にさらされて赤い木はやわらかな灰色に変わり、よく見なければ家があるのがわからないくらいになるだろう。

「すてきね」ダーシーは少し切なく言った。膝頭を胸に引き寄せ、目を細めてその家を目に浮かべた。「その家に住む人がうらやましいわ」

「そんな必要はない」

「え？」ダーシーはまだ頭の中の想像の家を眺めていた。

「うらやむことなんてないよ」

「どうして？」ダーシーは彼を見て眉をあげた。

「なぜならぼくたちだから。たぶん――ぼくたちだから」

「ぼくたちって？」

「その家に住むのはぼくたちだということさ」両肘をついて体を投げだしていたコリンは座り直した。彼女と肩が触れそうになった。「ここはぼくの土地なんだ、ダーシー。そしてぼくはぼくらの家のことを言っていたんだ。もし君が気に入ったらだが」

「私が気に入ったら？」ダーシーはコリンをまじまじと見た。

「君が気に入らないなら、別のデザインを考えるよ」

「あら――いえ――デザインは完璧《かんぺき》だわ」ダーシーは首をめぐらし、コリンが家を建てるつもりの場所を見た。その家はまだダーシーの心の目に映っていた。ただ、その家は今や彼女の家――彼女とコリンの家だった。

そしてあの赤ちゃんの。

ダーシーは小さく身震いした。イメージの端がぼやけた。コリンが考えているのは家よりずっと重要なことだ。彼はまだ口に出さないが、すでにそれを聞いたも同然だった。

ダーシーは首をふった。「ここは美しいところだし家はすてきそうだわ。でも、私――」

　ダーシーの声はかすれて消えた。ふり返るとコリンが黒い小さな箱を差し出していた。ちょうど指輪のサイズのジュエリーの箱だ。ダーシーははっとしてそれを見つめた。頭がくらくらした。ダーシーが取ろうとしないので、コリンはもう一方の手で箱を開けた。黒いベルベットの上の一粒のダイヤモンド。とてもシンプルで、とても美しく、とてもすばらしかった。

「ぼくと結婚してくれ、ダーシー」

「まあ」ダーシーは片手を口に当てた。田舎道で車のヘッドライトに目がくらんだ兎《うさぎ》のように指輪を見つめながら〝まあ〟ではプロポーズの答えにならないことに気づいた。「なぜ？」

「君を愛しているから」

　彼らはどちらも今まで愛という言葉を口に出したことがなかった。シンプルで美しい言葉だ。ダーシーの目に涙があふれた。

「ああ、コリン。私もあなたを愛しているわ」

「よかった」コリンはにっこりした。「ぼくらは同じ気持ちなんだ。あと君がイエスと言ってくれればすべて完璧だ」

　イエス。その言葉はダーシーの舌の上で震えた。彼を愛している――イエス。彼と結婚する――イエス。それはとても当然の成り行きだろう。

　でもそんなに簡単ではない。

　ダーシーはそわそわと立ちあがった。コリンから顔をそむけた。パニックを鎮めようと両腕を胃の上に押しつけた。

「私、結婚できないわ」

「なぜだ？」コリンはじぶんも立ちあがりながら穏やかに言った。「君はぼくを愛している。ぼくは君を愛している。これ以上シンプルなことはないだろう？」

「そんなふうにシンプルだといいのだけれど、あなたは私の全部を知っているわけじゃないわ」

「君もぼくの全部を知っているわけじゃない。結婚のすてきな点の一つは、愛する人のすべてを知ることができるということだ」

「それはどうかしら。あなたが知らないことの中には悪いこともあるわ」ダーシーの声は草を渡る風の音にかき消されてしまいそうにかぼそかった。

「たとえばどんな？」彼女を苦しめているものがやっとわかるかもしれない。コリンは励ますようにダーシーの肩に両手を置いた。「話してくれ、ダーシー」

「私、結婚したことがあるの」

驚いてコリンの手が一瞬こわばった。それは予想していなかった。彼女がほかの誰かの妻だった。じぶんより強い絆《きずな》でほかの男と結ばれていた。彼の一部は即座にそれを拒絶した。

「それは恥ずべきことではないよ」コリンはつとめて穏やかに言った。「離婚したのか？」

「ええ」彼女は怒ったように言った。コリンの手から体を引きはがすようにして彼と向き合った。「ほかの人と結婚していながら私があなたといっしょに暮らすと思うの？」

「わからない。君はぼくの知らないことがあると言った。離婚も恥ずべきことではない」コリンは彼女の顔を探った。知りたくないことを探った。「君は彼をまだ愛しているのか？」

「いいえ！」こんどはダーシーが彼の手をつかんだ。「私が愛しているのはあなただけよ、コリン。その人を愛したことがあったとも思えないわ。私は孤独で彼はやさしそうだった。それで……結婚したの。でも、彼に対して何も感じなかった。あなたに対して抱いているような気持ちはかけらもなかったわ」

「信じるよ」コリンは胃の中のしこりが少し溶ける

のを感じた。ダーシーを抱き寄せ、彼女の淡い色の金髪を撫《な》でた。「君はぼくがプロポーズを引っ込めたくなるようなことはまだ何も言っていない。それだけなのか？」

怖くて言えなかったのは結婚のことではない。ダーシーはコリンのやわらかいコットンのシャツに顔をうずめ、力強く打っている彼の心臓の音を聞いた。結婚していたことは秘密でもなんでもない。

「言ってごらん、ダーシー」

言えるかもしれない。もしも誰かに話せるとしたら、それはコリンだ。でも、もし話して、彼がマークと同じ顔をしたら？　マークはダーシーに愛を約束した。尊敬し、力づけてくれると言った。けれど結局ダーシーを嫌った。あのことでダーシーを非難した。彼が非難したのは当然だったかもしれない。マークにあんな目で見られてもなんとか耐えた。だが、もしコリンに同じ目をされたら、きっとじぶんの中の、命にいちばん近いところが死んでしまう。

「ダーシー？　ほかに何があるんだ？」

「何も」ダーシーは小さい声で言って目をつむった。そんな怖いことはできない。

「ならこれをはめていけない理由はない」コリンの声は少しかすれた。彼はダーシーの指に指輪をすべり込ませた。

ダーシーは拒もうとして指をまるめたが遅かった。目を開き、彼の胸に当てている手をじっと見た。ダイヤモンドがやさしく瞬き返した。希望がきらきらと輝いた。

「アンジーはどうするの？」指輪を見つめながらダーシーはささやいた。

「今までうまくやってこられただろう？」

「ええ……」

「だったらこれからもだいじょうぶさ」

コリンはいとも簡単に言う。ダーシーは指を動かし、指輪がきらめいて虹《にじ》色の光が躍るのをうっとりと眺めた。本当にそんなに簡単にいくのかしら？　私は物事を必要以上にややこしく考えすぎているだけなのかしら？

「物事をややこしくするのはやめよう、ダーシー」

コリンはダーシーが思っていたことをそのまま言った。ダーシーはぎくりとした。もしかして彼は私の頭の中が読めるのだろうか。

「うまくやっていこうと努力すればうまくいく」

「どうかしら。私にはわからない」

「ぼくはわかっている」

コリンはダーシーの顎の下に手を入れそっと顔を持ちあげた。彼の目はきらきらしていた。まるで明るい日差しのように。

「ダーシー、ぼくは君を愛している」

「私もあなたを愛しているわ」ダーシーの言い方は幸福そうではなかった。むしろ自暴自棄に聞こえた。

「そんなに憂鬱《ゆううつ》そうに言われたくないな」コリンは文句を言った。「君は練習しなくちゃいけないぞ」

「ごめんなさい」ダーシーは微笑をかき集めた。「あなたのことをとっても愛しているわ、コリン」

「こんどのほうがいい。完璧じゃないがずっといい。結婚してからも練習する年月はたっぷりあるしね」

「私、結婚するなんて言っていないわ」ダーシーは怖くなった。

「しないとも言っていない」

危惧《きぐ》を抱いているのは私だけなんてことがあるかしら。ダーシーは彼の目の中を探った。彼の目には危惧も迷いもかけらもなかった。彼はじぶんがしていることにたしかな自信を持っているようだった。私もそうだったらどんなにいいだろう。

「ここでキスをするのが普通だと思うけどな」コリンが冗談ぽく言った。

だが、彼のキスには冗談ぽいところは一つもなかった。飢えたようなキスだった。欲望のキスだった。飢えはしのげても欲望はどうすることもできない。ダーシーの頭の中にはまだ危惧がひっかかっていたが、彼女の手はコリンのうなじの髪を探っていた。

コリンはうめいていっそう強くダーシーを抱きしめ、いっそう熱く深いキスをした。ダーシーもありったけの熱さでこたえた。口を開けて彼の舌を受け入れた。キスはいつまでも続き、ダーシーは息が切れて頭がくらくらしてきた。二人はついに体を離し、一歩引いてたがいを見つめ合った。

「ダーシー？」

コリンが問いかける。ダーシーは返事をするかわりに彼のシャツのボタンをはずした。

ダーシーは背中の下のブランケットがざらざらした感触なのを気にもしなかった。じぶんの上のコリンの体のたしかな重さと、中にいる彼の感じがすべてだった。

空の下に横たわる二人を目撃しているのは、木々と太陽と風とのんびり上空を舞っている一羽の鷹《たか》だけ。彼らはもっとも自然でもっとも素朴な方法で愛をたしかめ合った。究極の瞬間ダーシーは体を固く弓のようにそらせた。指輪が太陽を捕らえて虹色に、幸福の成就を約束するようにきらめいた。幸福はそこにある。もしダーシーが勇気を出して手をのばすなら。

サンタバーバラに帰るとき、車の中で二人はほとんど話をしなかった。ダーシーは喜びと恐れのあいだで揺れながら、指輪を見つめるか窓の外を眺めるかしていた。

迎えに行くとアンジーはにこにこしてご機嫌だった。約一日ほうっておかれたのを恨んでいないことはたしかだ。コリンはアンジーを抱きあげ、たかいたかいをしてやっている。ダーシーはいつものように一歩退いたところからそれを見ていた。例によって胸がずきずきしていたが、ダーシーは今はじめてその正体がわかった。胸は過去への郷愁にうずいているのではなく、今を渇望しているのだ。じぶんもあの絵の中に加わりたくてたまらない。あの温かい光景の一部になりたくてたまらない。

夕方の空気は昼のぬくもりを残していたが、ダーシーは身震いした。じぶんの願いの強さに怖くなった。だが心の中で声がささやいた。おまえはあの幸福の輪の中に入る資格はない。おまえが犯した過ちはけして償えない。

マリーと世間話をしながら、ダーシーは左手を見せないようにしていた。婚約したのが正しいことなのかどうかまるで自信がなかった。おめでとうなんて言われたくない。コリンがマリーに何も言わないのがありがたかったが、家に向かう途中でダーシーはふと気になった。黙っていたのは私の気持ちを思ってだろうか。それとも彼は考え直しているのだろうか。

けれどベッドに入ると、彼はすぐにダーシーを抱き寄せた。後悔している様子は彼のどこにもなかった。昼間激しかったので、こんどの行為はいたわり合うようにやさしかった。小さなため息と静かな愛《あい》撫《ぶ》、そしてゆっくりとのぼりつめて体を震わせると、どちらも満ち足りた。

「愛している」コリンはダーシーの髪の中にささやいた。

「私もあなたを愛しているわ」

コリンが眠ってしまったあと、ダーシーは長いあいだ目を覚ましていた。暗闇《くらやみ》を見つめながら思った。本当のことを隠したまま結婚することはできない。考えただけで体に寒気が走ったが、どうしても打ち明けなくてはならないのだ。こんな隠し事をこの先一生抱えていることはできない。だとしたら今、コリンとこれ以上強い絆で結ばれないうちに打ち明けてしまわなくてはならない。

きっとだいじょうぶ。ダーシーはじぶんに言い聞かせた。彼はマークとは違う。もし誰かわかってくれる人がいるとすれば、それはコリンだ。涙で目がひりひりし、頰が濡《ぬ》れた。罪の意識が重くのしかかり、胸がつぶれそうだった。息をするたびに胸が痛んだ。

いったいどう話したらいいの？　どうわかってもらうわけ？　じぶんの落ち度で我が子を死なせてしまった。そんなことを誰が許してくれるかしら？

うとうとするかしないうちにあの悪夢がダーシーを捕まえた。ベビーベッドがある。黒いリボンに覆われたベビーベッド。どこかで赤ちゃんが――私の赤ちゃんが泣いている。だがダーシーはあの子のところに行けない。足が動かない。何かが足をその場に縛りつけている。泣き声は続いている。いつまでも続く。ダーシーは両手で耳をふさごうとするが、手も何かわからない力に押さえ込まれている。ダーシーはなす術《すべ》もなくそこに立ち、身悶《みもだ》えしながら赤ちゃんが泣いているのを聞いているしかない。

ふいにマークが目の前にいた。端整な顔が悲しみと憎悪に歪《ゆが》み、憎々しげに裂けた口から、毒のような言葉が矢を吹くようにダーシーに浴びせられた。

〝君はいったいどういう母親なんだ？　これは君の過失だ。落ち度だ。君の落ち度だ……君の落ち度だ……君の落ち度だ……〟彼の姿が消えた。泣き声もやんだ。しんと静かだ。ようやく体が動くようになった。けれどもう手遅れだ。ダーシーは地面にうずくまってすすり泣いた。独りぼっちだった。独りぼっち。ずっと独りぼっち。それが身の報いなのだ。

「ダーシー！　目を覚ませ！」

じぶんの泣き声にまじってコリンの声がした。ダーシーは夢の暗い淵《ふち》から這《は》いあがり、彼の腕にすがりつき、体を押しつけた。彼のたくましさとぬくもりに救いを求めた。

「だいじょうぶだ。ぼくがここにいる」彼はささやき、髪を撫で、彼女の震えがおさまるまでしっかり抱いていた。「きっとすごく怖い夢だったんだな」

ダーシーはただ黙っていた。指に彼がくれた指輪の重さを感じて目を開けた。暗い中でじっとそれを見た。するとダイヤモンドの芯《しん》のところがきらっと光った。でもそれはきっと想像だったのだ。輝きは一瞬で失《う》せ、もう光らなかった。

ダーシーの頭は、コリンが二人の家を建てる話をしてからずっと霞《かすみ》がかかったようになっていたのだが、それが一気にはっきりした。夢は思いださせてくれた。警告なのだ。もう少しで忘れそうになっていた。過去から逃れられると思い込みそうになっていた。でもそれはできないことなのだ。忘れてはならないことがある。許されないことがある。

「どんな夢だったんだ？」

コリンがきいた。彼の手が背中を撫でている。

「私、あなたと結婚できないわ」

彼の手がいきなり止まった。「ぼくと結婚できない夢を見たということかい？」

「いいえ。そうじゃなくて、私はあなたと結婚できないの」ダーシーはコリンから体を離した。彼は引き止めようとはしなかった。彼がじっと見ているのを感じながらダーシーはベッドから出た。手探りでベッドの足元からローブを取りあげ、それを着た。そしてベッドサイドのスタンドをつけた。

「どうして結婚できないんだ？」

傷ついているというより好奇心をそそられているような口調だった。それはなぜかダーシーにはわかった。彼はダーシーが言ったことを本気にしていないのだ。でもダーシーは本気だった。じぶんがどうしなければいけないかわかっていた。こんどこそじぶんをごまかしはしない。

「とにかくできないの。してはいけないの」ダーシーはローブの帯を結び、手櫛《てぐし》で髪を撫でつけた。

「さっきの悪夢と関係があるのか？」

コリンがベッドから出た。ダーシーは彼の裸から目をそらした。ごそごそジーンズをはく音がした。ジッパーが上がる音がするまでダーシーは彼の方を見なかった。

「悪夢のせいじゃないわ」まったくの嘘《うそ》は言っていない。「私たちが結婚したらきっとよくない結果になると気づいたの。それはあなたにとってフェアじゃないわ」

「ぼくにとってフェアかどうかはじぶんで決める」コリンはぴしりと言った。

「それに赤ちゃんにとっても」ダーシーは耳を貸さずに続けた。

「アンジーのことはもう解決したはずだ」

「いいえ。解決を先延ばしにしただけ。あなたは自然にうまくおさまると思っているのでしょう。でも、私はあなたが望むようにはなれないわ」

「そのままの君でいい！　今の君に文句があるなら結婚を申し込んだりしないだろう？」

「あなたはアンジーの母親がほしいのよ。そして少し時間がかかっても、いずれ私がそうなると思っているんだわ」

図星をさされてコリンの顔が赤くなった。

「たしかにぼくは三人で幸福な家族になれたらという夢を持っている」彼は認めた。「だが、それが無理ならそれでちっともかまわない。大事なのは、ぼくと君が愛し合っているということだ。それとも、そこのところも変わったのか？　君の気持ちも？」

「いいえ。あなたを愛してるわ」ダーシーはうなだれ、指から抜きとった指輪を見つめた。「愛しているからあなたと結婚できないの。それにもうこれ以上いっしょに暮らすこともできないわ」

「ばかな！　愛しているから結婚しないだって？　わけのわからない心理学みたいなことを言わないでくれ」

「でもそうなのよ」ダーシーは指輪をベッドの上に落とした。二人のあいだに。それは突然命を失ったように見えた。その瞬間にそれはただ無機質の、鉱物をつけた金の輪でしかなくなった。

コリンは指輪からダーシーの顔に目を移した。そしてぞっとした。彼女は本気なのだ。本当に出ていくつもりだ。彼は大きく息を吸って気を静めた。彼女は動揺している。午後のことは急ぎすぎだった。突進しすぎた。二度とすまいと彼は心に誓った。彼女が抱えている魔物が何にしろ、簡単には退治できないことを彼は知った。彼女は悪い夢を見てひどく心を乱している。朝になり、彼女が落ち着いたらちゃんと話ができるだろう。彼女が必要としているのが時間ならゆっくり進めればいい。だが、彼女を失うのはいやだ。戦わずして失うのはいやだ。

彼は身をかがめて指輪を取りあげ、手のひらに食い込むほど固く握りしめた。

「もう遅いし、二人とも疲れている。ベッドに戻ろう」コリンは彼女の目が拒絶するのを見てつけ足した。「ぼくはソファで寝るよ。どのみち真夜中に引っ越しは無理だ」彼は冷静に合理的なことを言おうとしたが、ずいぶんと努力がいった。

ダーシーはのろのろとうなずいた。「だったら私がソファに。ソファはあなたには小さすぎるもの」

彼女はじぶんがめちゃくちゃなことを言っているのに気づかないのだろうか。たった今彼の感情をずたずたにしたくせに、こんどはソファは彼には小さすぎると心配している。いや、彼女の中ではそれで筋が通っているのかもしれない。彼女は彼のために結婚しない、彼のために出ていくなんて言っているのだから。

「ぼくがソファだ」そうすれば少なくともダーシーが夜中にこっそり出ていこうとしてもわかる。彼女と玄関のあいだにいれば。

コリンはダーシーの横を抜けてドアに向かった。戸口でふり返って彼女を見た。彼女はベッドのそばに立っていた。両腕を脇《わき》にたらして。うつむいているので落ちかかる淡い色の髪がカーテンのように横顔を隠している。コリンは傷ついていたし腹が立っていた。彼女を揺すぶってわからせてやりたい気持ちもあった。だが彼女はうちひしがれているように見えた。とても寂しそうだった。

どんなにばかげているにしろ、ダーシーは本当にこうするのが彼のためだと信じているのだ。コリンにはそれがわかった。奇妙なことだがこれが彼女の愛の証明なのだ。彼女が彼と同じだけ傷ついていることもわかった。

彼は髪に手を走らせた。髪はぼさぼさだった。口を開くと声に疲れがにじんだ。「午後のことだが、悪かった。君を無理に追いつめるようなことをしてしまった」

「あなたが謝ることはないわ」ダーシーの声は聞きとれないくらい小さかった。「とてもすてきな午後だったわ」

午後がそんなにすてきだったとしたら、なぜ今夜出ていくなんて言うんだ？

「ぼくもそう思う」コリンは穏やかに言った。「今ぼくが到達した結論は、何事も焦って決めるのはよそうということだ。もう遅い。君は疲れている。いろいろあった一日だった。悪い夢にうなされたところだし。今は人生を左右することを決めるのにふさわしいときじゃない。まず眠ろう。そして朝になったら話をしよう」

彼は待った。だが返事は返ってこなかった。あるかなしかの頭の動きが返事だったのだとしても、うなずいたのか首をふったのかわからない。コリンはうなずいたと思うことにした。どっちだろうと本当はかまわなかった。明日の朝話し合うのだから。彼女を椅子に縛りつけても説得する。

彼はため息をついた。「じゃ、おやすみ」こんどは返事を待たずに背中を向けた。

コリンはリビングルームの明かりをつけようとしなかった。ソファに座り込み、膝の上に肘をついて顔を手の中にうずめた。彼は長いことそうしていた。じぶんの息の音を聞きながら。ベッドルームからもれてくるダーシーの忍び泣きを聞きながら。

7

コリンは一睡もできないと思っていたが、六時ごろにうとうととした。それもつかの間、七時にアンジーが起きたがってむずかる声で目が覚めた。彼は寝不足でかすんだ目で、ソファから転がるように起きあがり、よろけながら子供部屋に行った。コリンの顔を見るとアンジーはたちまち泣きやみ、二本の歯を見せてにこにこした。赤ん坊のその笑顔はどんなときもまちがいなくコリンの心をとろけさせる。

「おはよう、ちびちゃん」

アンジーはうれしそうにばぶばぶと返事をし、抱いてほしくて腕をのばした。

コリンはアンジーを着替えさせ、コットンのロンパースを着せた。赤ん坊を抱いてキッチンへ行く途中、ベッドルームのドアに目をやった。ドアの向こうはしんとしている。ダーシーはまだ眠っているのだろう。眠っているうちに出ていくなんていうばかばかしい考えはきっと消えるだろう。

彼はアンジーに朝食を食べさせたが、彼の注意力はいつもより少し散漫になっていた。シリアルで汚れたアンジーの手と顔をふいていると呼び鈴が鳴った。

「いったい誰だ？」コリンはアンジーを椅子から抱きあげながらつぶやいた。日曜日の朝の八時だ。人がぶらっと訪ねてくる時間じゃない。「キール、何か用か？」

「おはよう、お二人さん」

キールは怪訝《けげん》そうな顔をしたが、そのままリビングルームに入ってきた。コリンはドアを閉めてパートナーのあとを追った。

「ひどい顔をしてるな」キールは無遠慮に言った。

「お言葉に感謝する」コリンは手で髪を撫《な》でつけ、まだ髭《ひげ》を剃《そ》っていない顎をこすった。「で、なんの用なんだ？」

「ダーシーから電話があった」キールはコリンが知らないので驚いたような様子だった。「運びたいものがあると言っていた。急いでいると」

「彼女が君に電話を？」コリンはきき返した。腹を蹴《け》りつけられたような気がした。

「ええ、したわ」

コリンはキールの肩越しにダーシーを見た。彼女はリビングルームから奥に通じる廊下のアーチの下に立っていた。ジーンズに白いTシャツ――コリンのTシャツを着ている。髪は額からかきあげて後ろでまとめてポニーテールにしていた。ひどい顔をしている。彼女もじぶんに負けず劣らずみじめな気分なのだとわかるとコリンは同情するより喜んだ。

「なぜキールを呼んだんだ？」

「私の荷物が車に入りきらないからよ」彼女は筋の通った返事をした。

「君の荷物？」キールがびっくりして目をまるくした。「引っ越すのかい？」

「ええ」

「いや」コリンは彼女の返事を打ち消した。「朝話し合うってことだったはずだ」

「話し合うことなど何もないわ」

コリンは彼女の声が落ち着いているのが気に入らなかった。もうすっかり決めている声だ。

「たくさんある」誰もかまってくれないので、ただ抱かれているのに飽きたアンジーが腕の中でもぞもぞした。コリンがかがんで赤ん坊を床におろし、玩《おも》具《ちゃ》に布のボールを持たせた。「こんなふうに出ていくことはないだろう」彼は体を起こしてダーシーに言った。

「これがいちばんいいのよ」

「誰のために？　君にはいちばんいいのか？　ぼくのためじゃないことはたしかだ」

「ぼくはまた出直したほうがよさそうだな」キールは煙のように消えてしまいたそうな顔で言った。だが誰も聞いていなかった。

「あなたはわかろうとしないのよ。私がわけを説明しようとしても」

「わけ？　君はわけなんてひとことも言っていない。あんまりだぞ、ダーシー、こんなことをするな」

「でもするつもりよ」彼女の声が震えた。「いつかあなたは――」

「いつかぼくが君に感謝するなんて言ってみろ、ただじゃおかないぞ」コリンは怒鳴った。

「どうやら君たちは難しい話があるらしいから」キールはドアの方にあとずさり、アンジーにつまずきそうになった。アンジーはボールに飽きてあちこちを探険していた。

「行かないで」ダーシーが一歩飛びだした。溺《おぼ》れた者が藁《わら》にもすがるように、キールの方に腕を差しだした。

「行ってくれ」コリンは後ろにさがってキールのために道を開けた。

キールはどうしていいかわからない顔で二人を見比べた。ぎこちなく硬直した沈黙の中、ソファのそばの床に座っていたアンジーが妙な声をたてた。三人のおとなはいっせいにそっちを見た。アンジーは……様子が変だった。コリンは不安になり赤ん坊に歩み寄った。

「どうした?」

「喉に何かを詰まらせたんだわ!」ダーシーは一っ飛びで部屋を横切り、アンジーを抱きあげ、頭を逆さにして膝にのせた。手のひらで赤ん坊の背中をすばやく四回叩《たた》いた。反応がない。彼女は同じことをくり返した。

アンジーの喉につかえていたものがぽんと飛びだした。あとになって思い返し、コリンはあのとき本当に〝ぽん〟という音が聞こえたと思った。誓ってもいい。それは赤ん坊の開いた口からカーペットの上に落ちた。一瞬部屋が静まり返った。アンジーがごぼっと息を吸った。もう一度息を吸い、それからわっと火がついたように泣きだした。

コリンはへなへなと膝をついた。ぞっとして体が震えていた。

ダーシーはおびえて泣くアンジーを抱き、やさしくささやきかけながらそっと揺すった。キールはかがんで危うく命取りになるところだったものを拾いあげた。コリンは友人の手が震えているのを見ても驚かなかった。

「ボタンだ」キールは腰が抜けたように椅子に座り込んだ。「ただの一個のボタンだ」彼はそれをコリンに差しだした。

「二、三日前にシャツのボタンが一つなくなっているのに気がついたが」コリンは砕きそうな力でボタンを握りしめた。「洗濯機の中で取れたのだと思っていた」

「一個のボタン」キールがまたつぶやいた。呆然《ぼうぜん》とした声で。

アンジーはじきに泣きやんだ。怖い思いはしたが怪我《けが》はなかったし、死にかけたわけでもなかった。おびえはすぐに赤ん坊の心から拭《ぬぐ》われた。

「さあ、あなたが抱いてあげないと」ダーシーの声は細く、血の気がひいた顔は着ているTシャツより白いくらいだった。

コリンは赤ん坊を受け取り、ちょっとのあいだ目をつむった。生きているアンジーの重みがただもううれしかった。目を開けるとダーシーがベッドルームへ行こうとしていた。彼女も膝が震えているのだろう。よろけるような歩き方だった。彼女の後ろでドアがかちりと静かに閉まった。

「彼女のところへ行ったほうがいいんじゃないか。ずいぶんショックを受けたみたいだ」

「そうだな」

アンジーが苦しそうにもがいた。あまりきつく抱いていたからだ。コリンは腕をゆるめ、赤ん坊を見おろすと、本当にどこもなんともないかたしかめた。アンジーの黒い濃いまつげにはまだ涙がついていたが、彼女はコリンを見て笑った。けろっとしている。アンジーはきっともう忘れてしまったのだろう。だが、コリンはさっきの恐ろしさをそう簡単に忘れられそうになかった。

彼が立ちあがるとキールも腰をあげた。

「ちょっとこの子を見ていてくれ」

「ぼくが?」そう言いながらも、キールはコリンがアンジーを差しだすと反射的に両手で抱きとった。

「ぼくは赤ん坊のことなんかなんにも知らないぞ」

「ぼくだってそうだった」すでに歩きだしていたコリンはふり返って肩越しに言った。

「しかし……」

ベッドルームのドアがキールのぼやきを締めだした。コリンは心配しなかった。パートナーがちゃんと見てくれるのがわかっていた。彼が今気がかりなのはダーシーのことだった。

彼女はベッドの端に座っていた。両腕で胸を抱いて前後に体を揺すり、涙をこぼしていた。

「だいじょうぶか？」

彼女は何も言わずに頭をふった。顔が苦痛に歪《ゆが》んでいる。コリンはゆっくりと部屋を横切り、彼女の前にひざまずいた。

「君はすばらしかったよ、ダーシー。ぼくならあのときどうしていいかわからなかった」

「私の落ち度だったの」彼女は涙にむせびながら言った。

「君の落ち度？　いったいどうして？　あれはぼくのシャツのボタンだよ」

「すべて私の責任よ」彼女はうめいた。何も耳に入らないように。「マークがそう言ったわ。本当に彼の言うとおりなの」

「マーク？　君が前に結婚していた男か？」単なる当て推量だが、アンジーの間一髪の危機が引き金になって古い記憶が蘇《よみがえ》ったのだろうと、コリンは考えた。

「彼は私の落ち度だと言ったわ」

彼女はくり返した。彼女の目はコリンには見えない何かを見据えていた。それがなんであれ、彼女を八つ裂きにしているのは明らかだった。コリンは思い切ってダーシーの手を取った。じぶんの肘をぎりぎりつかんでいる手を苦労して引きはがし、しっかりと握りしめ、彼女が独りぼっちではないことを言葉なしで伝えようとした。

「ダーシー、そいつは何を君の落ち度だと言ったんだ？」コリンは静かにきいた。彼女を蝕《むしば》んでいる心の闇《やみ》をやっと知ることができるかもしれない。

今やっとコリンに気づいたように、彼女はまばたきをした。コリンは彼女の目にまたシャッターがおりてしまうのでは、また彼を締めだすのではないかと思った。しかし彼女の目の中にあるのは苦痛とあきらめの色のようなものだった。逃げて逃げて、結局逃げ切れないとわかったように。

「私の落ち度で私たちの赤ちゃんが死んだの」

彼女の手を握っているコリンの指がこわばった。赤ん坊？　彼女には赤ん坊がいたのか？　心臓を蹴られたような気がした。彼はショックと傷ついた気持ちを顔に出すまいとじぶんと闘った。だが成功しなかったらしい。

「ごめんなさい、コリン。あなたに話さなければいけなかったのに」

「今話してくれてるじゃないか」彼は言った。じぶんで思ったより落ち着いた声だった。「教えてくれ。何があったんだ？」

「あれは……とても幸福な結婚とは言えなかったでしょうね」彼女は感情のない声で言った。「いっしょに暮らしていても、二人のあいだには本当に火花の散るようなものが何もなかった。どちらも失敗だとわかっていたと思うわ。でも、私が妊娠したことがわかって――物事は少しよくなったみたいだった。しばらくのあいだ私たちは幸福だったわ。赤ちゃんが生まれてからも。男の子だったからマークはとても喜んだの」

「その子の名前は？」コリンの声はしわがれていたが、ダーシーは気づかないようだった。

「アーロン。私たちはアーロンて名付けたの。とてもかわいい子だった。おとなしくて、でもいつもにこにこしていて」彼女は思い出にひたり、夢を見るように微笑した。

「何があったんだ？」コリンはきいた。傷を癒《いや》すチャンスがあるとすれば、その傷がむきだしになっているときしかないと思った。

ダーシーの微笑が消えた。目が陰った。やわらかな灰色の目がほとんど黒くなった。「死んだの。ある晩坊やをベビーベッドに寝かせ……朝行ってみるともう……。医者は乳児突然死症候群だと言ったわ。そういうことが……ときどきある。原因は解明されていない、と」

ダーシーはひとごとのようにそっけなく言った。だが、彼女の手を握っているコリンは彼女の爪が手に食い込むのを感じた。

「医者は君の責任じゃないと言ったんだろう？」

「ええ。でも私のせいよ。わかっているの。マークもわかっている。彼は言ったわ。〝赤ん坊が理由もなく死ぬわけがない〟って」

「しかし医者はそういうことがときどきあると言ったんだろう？」コリンはやさしく言った。

「ええ」

「じゃあ、なぜ君は医者を信じないんだ？　マークが君の落ち度だと言ったからか？」

「なんの原因もなく赤ちゃんが死ぬわけがないわ」

彼女は食ってかかるように言った。

「君は医者が嘘《うそ》をついたと思っているのか？」

「そうじゃ――そうじゃないけれど……」

「それで君はアンジーにかかわらないようにしているんだな？」握っている彼女の手がびくんとしたが、コリンはその手を放さなかった。彼女が視線をそらそうとしてもそうはさせなかった。「そうなんだろう？」

「そうよ！」彼女は叫ぶように言った。「またそんなことになったらどうするの？　私が何かしてしまったらどうするの？　そうじゃなくても何かが起こったら？　そんなこと二度といや。耐えられない」

彼女は泣きだした。ただ涙をこぼすのではなく、体の底から、はらわたがちぎれそうに身をよじって彼女は泣いた。すべてを洗い流す涙。コリンはそうであってほしいと願った。彼は立ちあがってダーシーを抱きあげ、膝にのせてベッドのヘッドボードにもたれた。

コリンはダーシーが泣くままにしておいた。抱いてやさしく言葉をかけたが、涙の奔流を止めようとはしなかった。やがて嗚咽《おえつ》が細くなり小さなしゃくりあげに変わった。彼はティシューを一つかみ手渡し、彼女が涙を拭いはなをかむのを待った。

「アーロンのことは君の過失じゃない」

「あなたにはわからないわ」彼女は涙のからむ声でつぶやいた。

「いや、ぼくにはわかっている。医者は君の責任じゃないと言った。マークは違うことを言ったかもしれないが、彼はつらさを君にぶつけたんだ」彼女の前の夫について冷静に話すのはずいぶん努力がいった。本当はそいつの住所を聞きだしてめった打ちにしてやりたいくらいだった。「時には理由不明のことが起こる。それでも人生は続くんだ」

「でもまた起こったらどうするの？」彼女は暗闇を恐れる子供のように言った。

「君はアーロンを産んで後悔しているのか？　アーロンなんていっそ生まれてこなければよかったと思っているのか？」

「そんなことないわ！　あの子が生まれてくれてうれしかった。私の人生の中で何よりもすばらしいことだったわ」

「だが、アーロンが生まれなかったら君はこんなに苦しむことはなかった」コリンは事実を指摘した。

「もうこんな思いはたくさん――」じぶんの言葉に

驚いてダーシーの声はとぎれた。「こんな思いはもうたくさん」

「じぶんを守ることばかり考えていたら生きていられない」コリンは静かに言った。

「あんなことがまた起こったら私はとても生きていられないわ」

つまり、アンジーに何かあったらということだ。ダーシーはそれを言いたかったのだし、コリンにもわかった。

「未来は誰にも予測できない。だがもし何かが——万一何かがあったとしてもぼくらはいっしょだ。何があってもいっしょだ」

いっしょ。こんなふうに彼の腕に包まれていると、どんなこともいっしょだと信じることができる気がした。ダーシーはコリンの胸に顔をうずめて目をつむった。彼がもぞもぞと体を動かし、ダーシーの左手を取ってじぶんの胸のところに置いた。

「これをはめてくれるね？」

ダーシーは目を開いた。コリンの手の中で指輪はとても小さく、大事な契りのしるしの輪は細く見えた。

「すぐに結婚することはないんだ。君は好きなだけ時間をかけて考えたらいい。そしてもしも……もしも君が本当に出ていきたいんだったら、引っ越しはぼくが手伝う」

彼がどれほどつらい気持ちでそう言っているのかダーシーにはよくわかった。

「だが君がこの指輪をしていてくれる限り、君はぼくのものだ。ぼくはそう思っていられる」

返事をするかわりにダーシーは指を広げた。彼が指輪をはめられるように。空想かもしれないが、指輪は輝きを取り戻したように見えた。希望と契りが虹色《にじ》のきらめきを放ったように見えた。二人はそのままじっとしていた。言葉は交わさず、心が一つに結ばれたうれしさを、こんどこそ本当にいっしょだという思いを静かに味わった。

リビングルームでどすんと鈍い音がした。二人の静かなひとときは破られた。

「キールをアンジーの手から救いだしてやらないといけない」コリンが言った。「彼は生きた爆弾を渡されたような顔をしていたから」

ダーシーは乱れた髪を撫でつけながらコリンのあとに続いた。泣いたのがばれてしまうけれど、キールは気心の知れたいい友達だ。それにコリンの姿を目の中に入れておきたかった。彼がそこにいれば彼が説く未来を信じていられる。彼がいないとその魔法が消えてしまいそうな気がした。

キールのほっとした顔がおかしかった。いないいないばあをして遊んでいたのだろう、キールはソファの腕の陰に四つんばいになっていた。彼の黒い髪はハンドミキサーでかきまわしたようで、気がおかしくなりかけているような目をしていた。

コリンがソファからアンジーを抱きあげるとキールはのっそり立ちあがった。

「彼女はどうしてもやめようとしないんだ。逃げたって捕まえられるし」

「アンジーはまだはいはいもちゃんとできないんだぞ」コリンは友人を無情な目で見た。

「今でも十分すばしっこい」キールはむっつり言い、コリンからダーシーに目を移した。「君たちの問題は解決したのかい？」

ダーシーは答えるかわりに左手をあげて見せた。キールはにっこりした。

「引っ越しの手伝いはいらなくなったわけだ」

コリンがちらとダーシーを見た。ダーシーは首を横にふった。出ていかない。彼の言うとおりだ。危険のない人生なんてどこにもない。ダーシーは大きく一つ息を吸った。コリンに歩み寄り両腕を差しだした。

「私に抱かせて、お願い」

コリンはびっくりしたもののうれしくなり、少し心配しながらアンジーを彼女に渡した。

ダーシーは赤ちゃんをしっかりと胸に抱いた。こんなふうにアンジーを抱いているのがとても自然に思えた。この何週間かむりやり胸の中に閉じ込め、そんな感情を持ってはいけないとじぶんに禁じてきた愛を解き放った。

「この子はフラワーガールにはまだ小さすぎるかしら？」ダーシーは顔をあげ、きらきらした目にありったけの愛をこめてコリンを見た。

「きっとベビーカーに乗ったフラワーガールが流行するぞ。ぼくらはその先駆けだ」コリンは言った。胸がいっぱいで声が震えた。

彼はダーシーに腕をまわして引き寄せた。暗い影は消え去った。愛だけがここにある。

訳者あとがき

赤ちゃんにはものすごく力があります。無力であるという大きな力です。生まれて間もない赤ちゃんを見るときとくにそれを感じます。じぶんでは何もできず、眠っているか、ただ目を開いてもぞもぞしているか、泣いているかの赤ちゃん。でも赤ちゃんがそこにいるだけで心を奪われます。無垢《むく》のエネルギーにひきつけられます。小さいくせにじつに大きな存在です。このちっちゃな人が生活に加わると、おとなたちの毎日は一変します。

ノーラ・ロバーツ、アン・メイジャー、ダラス・シュルツェ。三人の作家がそれぞれの持ち味で赤ちゃんがいるロマンス小説を書きました。これらは男性と赤ちゃんの遭遇の物語とも言えます。遭遇の仕方はそれぞれですが、小さい人たちの存在が彼らの人生にどんな力をふるうのでしょうか。

『すてきな同居人』

新聞社でスポーツ欄を担当しているクープは女っけのない独身生活を謳歌《おうか》しています。気ままな暮らしをもっと快適にしようと、環境のよい、希望条件にぴったりの住まいに引っ越しました。ところがクープの毎日は最初の思惑からどんどんそれていきます。大家さんのゾウイはとびきりの美人で、一人で四歳の男の子キーナンを育てながらがんばって生きています。子供が苦手だったクープですが、坊やにすっかりなつかれ、しだいに母子のとりこになってしまいます。

ノーラ・ロバーツの軽快なタッチのストーリーは心地よく心を温めてくれます。

『令嬢のプロポーズ』

これは少し重たい物語です。アン・メイジャーは、境遇のまったく異なる、どちらもずっしりと悲しみを抱えた男女の愛を描きました。ジム・キースは最愛の妻を亡くしたうえに、妻の病を救いたい一心から無理な借金をしたために、アパート経営が傾き、財産のすべてを失ってしまいます。担保流れになった彼の全財産を手にしたのはカーリントン・エンタープライズの社長ケイトでした。ケイトは富豪の一人娘として生まれ、いくつもの学位を持ち、成功者として順風満帆の人生を歩んでいるように見えます。

しかしケイトは愛に飢えていました。彼女は赤ちゃんがほしくてたまりません。愛する者がほしかったのです。いつかじぶんを愛してくれる者がどうしてもほしかったのです。一度結婚に失敗していた彼女は夫なしに赤ちゃんだけをほしいと思います。彼女はジム・キースにベビー・マシーンになってほしいと言います。赤ちゃんを作るためだけの契約結婚の報酬として彼は一度失った財産を取り戻せる……。

貧しい生い立ちのキースはすべてに恵まれているケイトに反感を持っています。しかも全財産を彼女に持っていかれた恨みもあります。しかし彼はプライドをのんでケイトのベビー・マシーンになります。たがいに惹《ひ》かれながら本当の気持ちをなかなか相手に伝えることができない二人。赤ちゃんの誕生は彼らの心をどう結びつけたのでしょう。


『イエスと言えなくて』

姉が亡くなり、コリンは生後六カ月の姪《めい》アンジーを引きとることになりました。突然父親業に突入したコリン。彼は右も左もわからない育児に奮闘します。毎日がどんなに大変でも彼はアンジーがかわいくてたまりません。彼はダーシーという女性といっしょに住んでいます。ダーシーはなぜかアンジーに一切かかわろうとしません。けれど彼女は育児についていろいろ知っているようです。また彼女はけして赤ちゃんを嫌っているわけではないらしいのです。なぜ彼女は赤ちゃんに近づくのを避けるのでしょう。ダーシーにはコリンに打ち明けられないつらい過去があったのです。結婚を申し込まれたダーシーは、コリンと赤ちゃんを愛するがゆえに彼のもとを去ろうとします。

ダラス・シュルツェは心に闇《やみ》を抱くダーシーの悲しみとコリンの温かい人柄を温かく描いています。

キーナン坊ややアンジーやケイトの赤ちゃんは、おとなたちの人生にどんな贈り物をしてくれるのでしょう。三つのすてきな短編をお楽しみくださいますように。

松村和紀子

この恋は止まらない

2003年4月20日発行

著　者　ノーラ・ロバーツ他
訳　者　松村和紀子（まつむら　わきこ）

発行人　浅井伸宏
発行所　株式会社ハーレクイン
東京都千代田区内神田1-14-6
電話　03-3292-8091（営業）
03-3292-8457（読者サービス係）

印刷・製本　凸版印刷株式会社
東京都板橋区志村1-11-1
装　丁　屋宜加奈美

定価はカバーに表示してあります。

造本には十分注意しておりますが、乱丁（ページ順序の間違い）・落丁（本文の一部抜け落ち）がありました場合は、お取り替えいたします。ご面倒ですが、購入された書店名を明記の上、小社読者サービス係宛ご送付ください。送料小社負担にてお取り替えいたします。ただし、古書店で購入されたものについてはお取り替えできません。

Printed in Japan

ISBN4-596-80020-0 C0297